上左／明治38年陸軍大臣園遊会の際に賜った漆塗りの酒杯。上中／昭和３年昭和天皇即位の際全国の有資格者に贈られた「地方賜餞の」杯。上右／大正４年陸軍閲兵式記念杯。下／４種類の少佐肩章。恩賜の煙草（熊本市所蔵／撮影＝井上和博）

日露開戦前の第二軍司令部。望遠鏡のすぐ横が奥司令官。最後方に著者

橘周太（毎日新聞社提供）

世田谷村の三等郵便局長になった頃。前列左から長男真人、三女静枝、妻辰子、四女芳枝、妻の母菊池寿恵、次女菊枝。後列左から妻の弟菊池保雄、著者、長女清枝

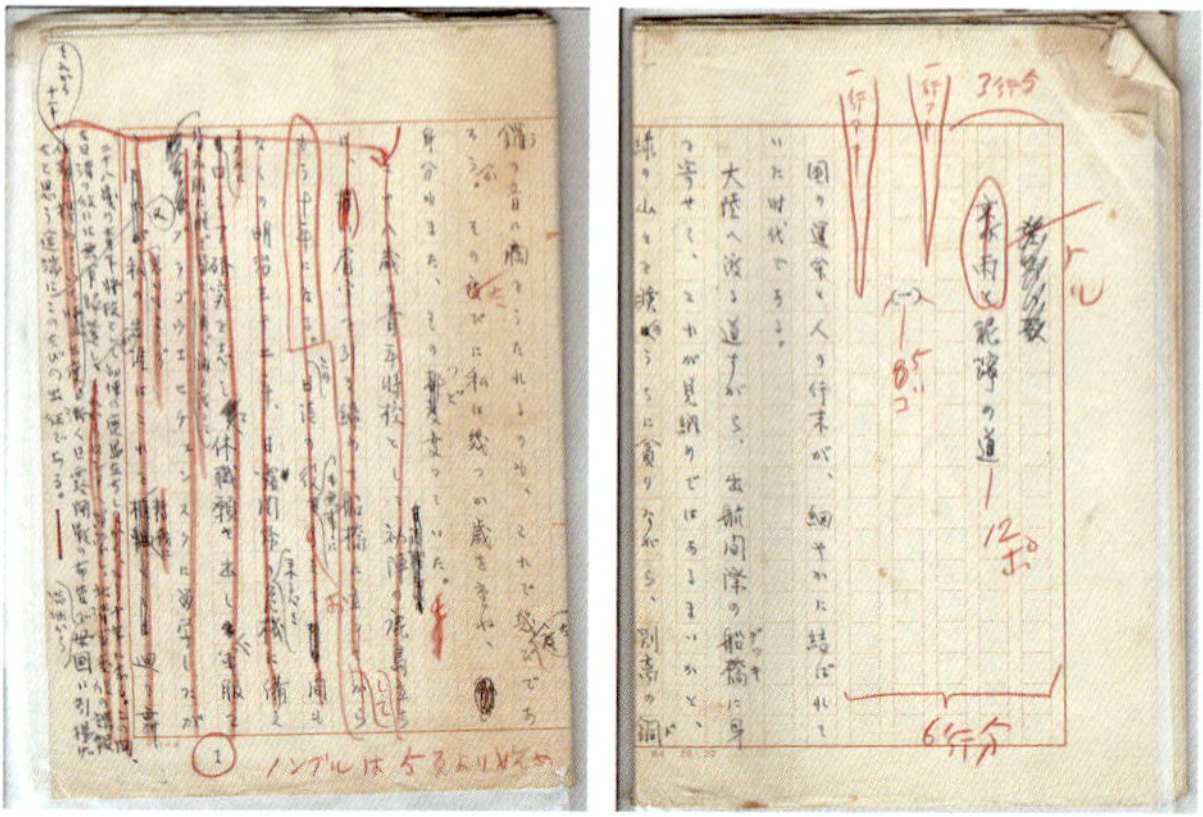

昭和33年龍星閣から刊行された『望郷の歌』、石光真人筆の原稿

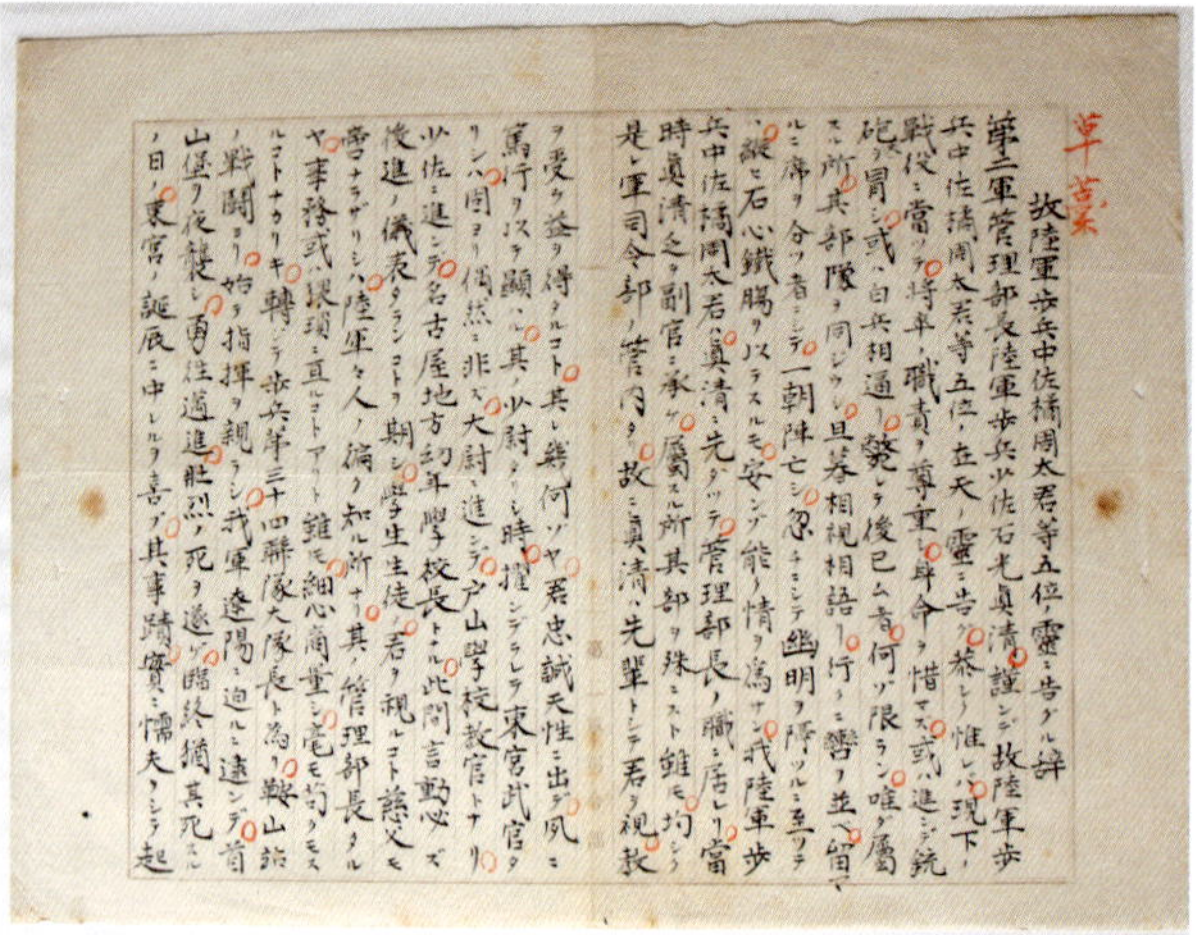

森鷗外筆の橘周太慰霊祭文の草稿（石光家所蔵／撮影＝悠人堂）

中公文庫

望　郷　の　歌

新編・石光真清の手記（三）　日露戦争

石　光　真　清
石　光　真　人　編

中央公論新社

目次

附　録

望郷の歌

新編・石光真清の手記㈢　日露戦争

まえがき

石光真人

一、故石光真清が秘かに綴り遺した手記は、明治元年に始まり、大正、昭和の三代に亘る広汎な実録である。これを公刊するに当って年代順に整理編集し、『城下の人』『曠野の花』『望郷の歌』『誰のために』の四著に分類した。

二、この四著は著者が自ら体験した事件と生活記録で、人生の機微にふれて余すところがないが、同時に著者が生きて来た「日本」自らの生活史であり、また東亜諸民族の歴史の歩みでもある。従ってこの四著はあわせて一巻として読まるべき意義と内容を持っているが、いわゆる小説における「続きもの」ではない。

三、『城下の人』は昭和十八年刊のものがその一部をなし、その他の大部分は未発表のものである。

四、『曠野の花』の大半は昭和十七年刊の『諜報記』が根幹になっているが、当時の社会情勢から発表を憚られた部分と脱落していた部分を新たに追補して、全面的に再整理したものである。これによって手記本来の姿に立還ったので敢えて改題した。
五、『望郷の歌』は全篇未発表のもので、これをもってひとまず手記の明治時代を終る。
六、『誰のために』は「石光真清の手記」の最終篇である。なお他に尨大な諜報記録がある。
七、四著それぞれの書名、章題、区分はすべて手記によらず、また文体、会話、地名などは出来るかぎり現代風に改めた。
八、四著をなす手記とそれに関する資料は尨大複雑であり、もともと発表する意思で書かれたものではなく、死期に臨んで著者自ら焼却を図ったものである。その中には自分を他人の如く架空名の三人称で表わしたものさえ多く、その照合と考証に多くの年月と慎重な努力を要した。従って焼却された部分や脱落箇所の補綴や、全篇に亘っての考証は、編者（嗣子石光真人）が生前の著者から直接聞き正し、また当時の関係者から口述を得たものによって行ったほか、生前の著者を知る多くの人々の協力によって、全容の完成を見るに至った。しかし事実を述べるに、なんらの作為を弄せず、私見もさし挿んでいない。

泥濘の道

一

国の運命と人の行末が、細やかに結ばれていた時代である。

大陸へ渡る道すがら、出航間際の船橋《デッキ》に身を寄せて、これが見納めではあるまいかと、緑の山々を瞼《まぶた》のうちに貪りながら別離の銅鑼《どら》の音に胸をうたれるのも、これで幾たびであろうか。そのたびに私は幾つか歳を重ね、身分もまた、そのつど変っていた。

二十八歳の青年将校として初陣の鹿島立《かしまだ》ちした日清の役から無事に帰還して、それから十年、日露開戦の布告で満洲から母国に引揚げたと思った途端に、またこのたびの出征である。

このまま暫くの間、東京の赤坂青山北町六丁目の奥まった静かな家に妻子とともに身心を休めて、桜の三月、四月を過してから、前途の身の振り方を考えようと、秘かに楽しみさえ抱いて帰って来たのである。すでに中年に入った年輩ではあったが、少しも後悔はしていなかった。満洲で過した四年間の苦労を考えれば、どんな仕事にも耐え得る自信があったし、新しい半生の開拓にも希望が持てた。しかるに……自宅に帰り着いて、久しぶりに和服に着かえ、幼い長女と次女を傍らにして食卓に寄ると、妻が緑茶とともに差出した書状は、意外にも召集令状と第二軍司令部付副官を命ずる辞令であった。

妻は大きな瞳で微笑して私の表情を読もうとした。すでに覚悟が出来ていたのであろう。手にとって見ると、この召集令状は私の満洲引揚げの途中に出されたものであった。戦争の当初から私のような経歴の予備将校が司令部の副官として召集されることはまずないことだから、まったく予期しないことであった。それだけに、この召集には特別の計らいがあったに違いない。私のロシア留学を後援激励してくれた田村怡与造《いよぞう》大佐は、その才能と気骨を惜しまれてすでに明治三十六年十月一日病死（当時中将）していたが、田村中将なきあとは、恐らく私の行動について理解を持っていた町田経宇《けいう》少佐（後の陸軍大将）、田中義一大佐（後の陸軍大将、男爵、総理大臣）の特別の建議によって第二軍副官に採用し、満洲における私の経験を作戦上に生かすとともに、私の身分を差当り保障しようという温情によるものであったと思う。私はこれらの温情を、ありがたいと思い、心から感激しないわけではなかったが、第二の人生を一市民として開拓しようと秘かな悦《よろこ》びを抱いて帰国した矢先であったから、出鼻を叩かれたように戸惑ってしまった。

驚きをかくし、予期していたような素振りで私は妻にうなずいてから、丁寧に召集令状と辞令をたたんで食卓の片端に置いた。そして言うべき言葉に迷った。妻も挨拶に窮している様子で、食卓の上を布巾で幾たびか拭っていた。こんな戸惑いも、私と母をとり囲む親戚知己の祝の言葉と笑声の中にすぐ消えた。凱旋と出征が一緒になってしまったのである。私の留守中はおそらく、ひっそりと静もり返っていたわが家は、数日の間大変な賑わいが続いて、幼い次女の昼寝を妨げた。

その間、私は忙しかった。私と一緒にハルビンや大連の写真館から引揚げて来た支配人山本逸馬、田中幸三郎、通訳秋山運次郎ら館員一同の就職を考えなければならなかったからである。私が召集されずに何か事業を始めるのであったら、彼等に協力を求めたであろうが、私は再び大陸に戻らなければならなかったし、留守にしていた内地には、これといって彼等を容れ得る職場に縁がなかった。考えてみたが、参謀本部の田中義一大佐に相談するほかに良い思案も浮ばなかった。といっても、同大佐に特別の関係があったわけではない。私がハルビンに情報本部としての菊地写真館を経営していた時、当時露都ペテログラードに駐在武官をしていた同大佐が、帰任の途中で宿泊し、たまたま居合せた志士や浪人を交え、館員たちとも一緒に連日連夜、痛飲放談して国家の将来を語り合っただけの関係であった。まことに心細い話である。しかも田中大佐は国運を賭けての大戦争のさ中、枢機に与かる地位にあって、近く総司令部の参謀として大山巌《いわお》大将（後の元帥）の幕下に加わる逸材であった。写真館員の就職などという些細な雑事に割く時間などはあるまいと思ったが、どう考えてみても、このような事情を理解して本気に受けとってもらえる人は、同氏以外にはないと思われた。大事の前にはまことに些細な雑事に過ぎないが、大事は捌《さば》き得ても、些細な雑事を捌き得ない人が多いものである。ところが私自身にとっては些細な雑事どころか、大きな問題であった。生死を共にして危険な諜報活動に従事した写真館の館員に対して、少しも報ゆることなく退去命令に服さなければならなかったから、このまま私が出征して満洲の曠野《こうや》に果てたならば生涯の痛恨事である。出征の日時が迫っていたので、挨拶かたがた参謀本部を訪うと、田中義一大佐は多忙な時間を割いて私の無事帰国を祝い、ハルビンの思い出を語って屈託がなかった。そして、遠慮がちの私の願いを即座に引受けてくれたのである。

このように私自身も心を砕き、先輩の田中義一大佐も、出征軍の通訳、酒保の請負などの仕事を細々と斡旋してくれたが、館員たちは再び満洲に渡ることを嫌って、一人去り二人去り、それぞれ故郷に散ってしまった。考えてみれば、それが人情かもしれない。つい数日前、私自身がわが家に帰り着いて召集令状を手にした時の、あの心境を省みれば、こんな斡旋をしたこと自体がまことに不人情な見当ちがいであったろう。ありがた迷惑な好意の押売りであったかも知れない。無事に凱旋出来たら将来報いることも出来ようかと考えて、この問題は一応打切ることにした。

召集令状に従って陸軍大学校内で編成中の第二軍司令部に出頭しなければならない。出頭の日付はすでに過ぎている。帰国の翌日、わが家の座敷には、もう将来着用の日はあるまいと考えていた陸軍歩兵大尉の軍服、軍帽が、樟脳の香りを漂わせて整えられ、かつて橘《たちばな》周太《しゅうた》（後の軍神橘中佐）より貰った橘家の家宝左一文字の軍刀が床の間に飾られていた。妻辰子は、同郷熊本の軍人の家に生れ、武士気質の祖母からことのほか愛されて育っただけに、このような場合にも冷静に手廻しよく準備が整えられた。あまり手廻しよくされると心淋しいものだが、これも私の予期しなかった召集から来る家族への愛情の故でもあり、秘かに楽しみにしていた第二の生涯の出発が中断された心残りからでもあったろう。

召集令状をポケットに収めた軍服を久しぶりに着けると、固い詰襟が咽喉を締めつけ、腰の帯剣が気になった。ロシア留学以来、暖かい季節にはゆったりしたルバシカを着て暮していたし、背広服が身についてしまった。軍服を脱いだのはロシア留学に出かけた明治三十二年であるから、五年ぶりの着用である。

出頭すると首脳部はすでに出来上っていた。司令官陸軍大将奥保鞏《おくやすかた》（後の元帥）、参謀副長陸軍歩兵中佐由比光衛《ゆひみつえ》（後の大将）、参謀歩兵少佐山梨半造《はんぞう》（後の大将）、騎兵少佐鈴木荘六（後の大将）、砲兵少佐石坂善次郎（後の中将）等々で、私は予備歩兵大尉から副官部副官に任じられていた。嬉しいことには、管理部長は幼年学校時代から兄と仰ぐ歩兵少佐橘周太であった。異色の人としては軍医監森林太郎（森鷗外）が軍医部長に就任していた。

こうして、あわただしく桜の季節を過して、老母や妻子と再び別れて大陸に向ったのは四月も終ろうとする日であった。広島宇品《うじな》港の岸壁には市民の群れが日の丸の小旗を波打たせて、勇士を送る歌を唱い、万歳のときの声をあげていた。

私は東方の山々を望んで、胸のうちに老母と妻子に何を祈るともなく合掌した。この国難が無事に乗越えられて、国土が敵の軍靴に踏まれることさえなければ、私亡きあとも母や妻子は細々ながらも生活していかれるであろう。だがこの戦いの帰趨《きすう》は全く予想もつかなかった。私一人の生涯を考えても、この数年の間に遭遇した事件と、これに応じて変った私の一身上のことは、嘗て想像も及ばないことばかりであった。明日のために、次代のために生きているつもりでいても、私たちは明日のことも次代のことも、本当には知らないのである。もし知ることが出来たら私たちは、踵《きびす》を返して戻ってしまうかも知れない……こんなとりとめのないことを考えてぼんやり船橋《デッキ》に身を寄せていると、突如、出港を知らせる銅鑼が鳴り、岸壁の群衆も船上の将兵たちも、一せいに身をおどらせて万歳万歳を叫び交して、しばらくは止まなかった。

二

宇品港の岸壁が白い航跡の彼方に遠ざかって、美しい瀬戸内海の風物が次々に私たちの視界を流れていった。大部分の将兵たちは眺めるともなく甲板の上に立ちすくんでいた。死地に赴くものにとっては美し過ぎる風景である。

「菊地正三さんではありませんか」

過去四年の間、聞き馴れた仮りの名であるが、菊地と呼ばれて私は虚《きょ》を衝かれたようにギクリとした。ふり返ると、兵士たちの群れの中に、黒詰襟服の男が合掌して微笑していた。襟にかけた略式の袈裟《けさ》が僧侶であることを示していた。そして次の瞬間、この男が意外にもハバロフスクで初対面以来、満洲各地で因縁に結ばれた本願寺布教僧で特別任務を持つ安倍道瞑師であることがわかった。

「おお道瞑さんではないか！」

意外な場所で意外な人に逢うものである。

見交した眼の底に汲み尽せない思いが籠められていた。同師は第二軍司令部付の通訳の資格で従軍したのだそうである。奉天《ほうてん》で一別以来の経過を問おうともしないし、語ろうともしない。四年前の初対面の時からただの坊主でないことを知ったが、同師もまた私をただの満洲浪人だとは思っていなかったであろう。こうして私が初めて陸軍歩兵大尉の軍装で対面しても、同師は驚きもしなかった。ハバロフスクの破れ布教所で、汚れたルバシカの苦力《クーリー》姿で初めて会った時と少しも変らない態度である。私にとっては終生忘れることの出来ないあの壊しい顔、同師と一緒にいるだけで救われたような気持になる。せっかく無事に帰国して、一市民として第二の生涯を開拓しようと思っていた矢先に、再び満洲に伴《つ》れ戻される……そのようなぎこちない気持に捉われがちな私の眼の前に、同じ運命を辿りゆく同師の微笑を得てからは、懐しい第二の故郷に帰ってゆくような、半ば諦めに近く半ば楽しみに近い気持に移っていくのを感じた。私のような凡人にとっては、苦しみにも楽しみにも、共に同伴者が必要なのであろうか。

同師は船中の退屈な生活のうちでも、私的なことは何一つ問うこともなく、過去四年の因縁についても語らなかった。朝夕には船室の片隅の壁に小さな阿弥陀如来《あみだにょらい》の掛軸をかけてお勤めもしたし、求めに応じて兵士たちを相手に説法もして、昔と変るところがなかった。私も同師の心境を察して同師の身許、経歴については一言も戦友に語らず、ただ一人の従軍僧としてつきあうことに努めた。

われわれの船が鎮南浦《ちんなんぽ》に着いた時、待ち受けていたランチが近づいて来て、東郷平八郎連合艦隊司令長官が、無表情な顔で幕僚二名を従えて乗船し、奥第二軍司令官と長時間にわたって密議した。上陸作戦に関する打合せであった。その間、副官部の私たちはすることもなく退屈していると、軍艦初瀬がゆっくりと近づいて来て、乗員たちが手を挙げて私たちを歓迎した。初瀬の甲板はひどく損傷していた。旅順港の沖合で敵の要塞から砲撃されたのだそうである。戦場の先輩が後続の新来者を歓迎するにふさわしい姿である。船上の将兵たちは船橋に寄って珍しげに飽かず眺めていた。すると初瀬からランチが降され、二名の青年将校が乗って私たちの船に横づけになった。船橋に寄っている私たちを仰いだ顔は赤銅色《しゃくどう》に焼けていた。両の掌を口に当てて「副官殿！　見物に来ませんか！」と呼んだ。私たち副官部のものは直ぐ賛成してタラップを降り初瀬に向った。この二名の海軍青年将校は旧知のように私たちを歓迎して、艦内を案内してくれたが、その日から間もなくのこと、旅順《りょじゅん》沖で警戒中に敷設水雷に触れて爆沈し、全員戦死したとの報告を受けた。私はこの日のことを思い浮べて旅順沖の方向に合掌したことである。

東郷、奥両司令官の長時間の密議によってまとまった作戦は、その翌日に早くも実施された。それは旅順港口に船を沈めて、港内に待機している敵艦隊の出撃を不可能にしたうえで、私たちの第二軍が上陸することであった。一言にいえばただそれだけのことであるが、容易なことではなかった。港口の砲台から撃ち出す銃砲撃は、いかなる船舶も港口に近づけなかったし、決死隊によって近づいても目的地に接近する前に撃沈されてしまう可能性が多かった。果して第一回は十分な効果をあげ得なかった。

やがて、第二回の閉塞隊《へいそくたい》が、決死の出発をするというので、われわれは、全部甲板に出て見送った。甲板上は満員である。マストの上まで鈴生《すずな》りになって、決死隊がボートで閉塞艦に乗りこむのを歓送した。この閉塞艦を旅順港口に進めて爆沈させ、港口を塞ぐ作業である。私たちが見送ったこの第二回決死隊は、後日軍神に祀《まつ》られた広瀬中佐等の三決死隊であった。彼等はボートの中から笑顔でわれわれに答礼した。その態度は落着いていて、まるで釣にでも出掛けるような気易さに見え、日焼けした顔に白い歯を光らせていた。旅順港口に散ったこの貴い犠牲によって、ロシアの東洋艦隊は、旅順港内に完全に封鎖されてしまい、わが第二軍はその翌日、ゆっくりと安全に塩大澳《えんだいおう》に上陸することが出来たのである。

上陸してからは疾風のように進撃した。日清戦争の時に進軍した思い出の十三里台を経て金州城外の南山《なんざん》に至るまでは、ほとんど戦いらしい敵の抵抗はなかった。南山は大連《だいれん》、旅順に至る途上の最大拠点であった。見渡したところ、なだらかな丘陵であるが、山麓には幾重にも厳重な鉄条網が張りめぐらされ、中腹には強固な堡塁《ほるい》が二十数カ所も見られる。しかも山頂は要塞化されて、砲七十余門がわれわれに砲口を向けていた。十分に砲撃を加えてからでなければ到底手をつけられないと思われたが、わが軍には敵を沈黙させ進撃路をひらき得るほどの砲兵隊もなかったし、それほどの砲弾もなかった。私がハルビンで菊地写真館を経営していたころ、陸軍大臣クロパトキン将軍が幕僚多数を引きつれて、満洲の軍事施設の建設情況を視察したうえで日本を訪問したことがある。この時に私は撮影の御用を承って館員と共に一行に随行し、この堡塁を見廻ったことがあるが、その時はまだ半ばも完成しておらず、その後の施設内容については全く知識がなかった。幾たびか慎重に作戦が練られ、偵察が試みられたが、強行突破のほか方法がなかった。

五月二十六日の払暁、大雷雨のなかで部隊はそれぞれ進撃の位置についた。司令部は肖金山に設けられたが、ここからは南山が一望のもとに見渡せた。降りやまぬ大雨の簾《すだれ》を通して私の双眼鏡に入って来る情景は、眼を閉じたくなるほど凄惨きわまりないものであった。掩護《えんご》砲撃のもとに突撃を敢行する決死隊は、次から次に敵の機関銃の掃射になぎたおされて、行くもの行くもの、仆《たお》れて再び起きあがるものがなかった。わが軍が機関銃という新兵器を体験したのはこれが初めてである。その間、司令部は張りつめた弓のように緊張して戦線を見守り、地図を按じ、指令を飛ばせた。だが午後四時になっても戦線は全く進展を見ず、南山の斜面には将兵の屍が積み重なり血潮が流れた。

奥司令官はいよいよ言葉少なくなり、前線からの報告は絶望に近いものになった。突撃を続行せよ――の指令が繰返され、そして、やがて伝えられて来る報告は何々部隊全滅の悲報だけであった。

私は呼び出され、第一師団司令部への口達命令を受けた。

「全滅を期して攻撃を実行せよ」

ただこれだけの命令であった。私は不思議な顔で反問したが、参謀長はうなずいて眼の色で行けと言った。大雨は去ったが辺りは薄暗に包まれていた。第一師団司令部に馬で駆けつけると、第一師団長伏見宮貞愛《さだなる》親王殿下が粗末な支那式の古椅子に腰かけて、三原副官を相手に地図を拡げておられた。私は星野参謀長に命令を伝えた。星野参謀長は姿勢を正して、黙ってうなずいた。

師団司令部を辞してから、第一線の後方五百米《メートル》の地点にある松村旅団司令部に行って戦況を観察した。すると第二連隊長の五十君弘太郎《いきみこうたろう》中佐が青白い顔をひきつらせ、両眼を光らせて馳せつけ、不動の姿勢で旅団長に報告した。

「正面の情況はご覧の通りであります。ただいま前進すれば全滅のほかありません」

「わかっとる……」

「………」

「軍司令部の命令である。全滅を期して攻撃を実行せよという命令である。ご苦労さまです」

「わかりました。ご命令は守らねばなりませぬ。閣下、お世話になりました。お別れいたします」

五十君連隊長は睨《にら》みつけるように全身を硬直させて挙手の礼をした。松村旅団長も身を固くして答礼したまま去ってゆく連隊長の後姿を見送った。私はこの情況を軍司令官に報告しますと言って別れたが、松村旅団長は暗い面持で「ご苦労でした」とうなずいただけであった。

このような無理な肉弾総攻撃も、ますます激しい敵の銃砲火に阻まれて、午後六時になっても、依然として戦線は進まず、南山の麓は将兵の死屍《しし》に死屍を重ねてゆくばかりであった。

この情況を肖金山上で見ていた奥司令官は、参謀会議を開いて、参謀各自の意見を一人一人問うたが、すでに万策尽きて誰も発言する者がなかった。

「こうなっては、夜になるのを待つよりほか致し方ないと思う。それまでは現状を維持して動かぬよう命令してもらいたい」

奥司令官は低い声で、そのように命令して散会を宣した。この時の奥司令官の低い声が、いつまでも私の耳の底に焼きついて消えなかった。予備兵はすでに一兵もなく、この一戦に日清戦争の全期に費した数量の砲弾を撃ち尽していた。とうとう最後の一弾までが第一線に配給を終った。

午後六時五十分、死屍累々《るいるい》の山麓に闇が垂れこめた頃、最後の砲弾を山頂の一角に集中して、まず第四師団の一部が闇を縫って斜面を這い登り、砲台に突入を敢行した。続いて第一、第三師団も進撃、意外にも、僅《わず》か三十分で、あっけなく南山に日章旗が翻《ひるがえ》ったのである。敵は死傷者を収容して、整然としてすでに旅順方面に退却した後であった。戦機というものは、このように微妙なものである。こちらが無理押しをすれば、敵は苦しくても退却出来ずに死守し、結局はわが軍の損害も大きくなる道理であった。手を休めて敵の出方を待つうちに、敵は進退を打算して退却を決定したのである。この戦いで大阪の第四師団が一番乗りの名乗りをあげて、十年戦争（西南役）以来の不名誉を回復した。……というのは、十年戦争の折に、私はまだ十歳の子供であったが、西郷軍びいきの熊本市民た

ちが、

　またまた敗けたか八連隊
　それでは勲章くれんたい

と歌って官軍を嘲ったほど大阪兵は弱かったのである。ロシア軍は窮極においては弱小国の日本などに敗けるとは思っていなかったから、日本軍に消耗させながら、ひとまず旅順に退却して、本国から来援を待つことにしたのであった。それにしても、ロシア軍が逆襲に転じなかったことは幸いであった。あの場合、ロシア軍が攻勢に出て来たら、おそらく第二軍は全滅に瀕《ひん》したことであろう。

三

昨日の激戦も大雷雨も嘘のように穏やかな朝が来た。私は参謀長から大連市街の偵察を命ぜられたので単騎で出発した。

昨日まで気付かずにいたが、草原は一面に黄白の花で飾られていた。すでに夏草の装いである。このように長閑《のどか》な風景も、南山に近づくに従って凄惨な気に満ちて来た。草原は踏み荒され、砲弾の炸裂に掘りかえされ、車輪を砕かれた野砲が傾いて棄てられている傍らには弾薬車がひっくり返り、馬が草に埋れて死んでいる。さらに進むと兵士たちの累々たる死体が早くも整理されつつあった。三列にも四列にも、草の上に手足を投げ出した死体が並べられて、延々と続いていた。軍帽は勿論《もちろん》のこと上衣や靴まで吹き飛ばされているものが多く、いかに砲撃が激しかったかを物語っていた。宇品港の軍用船の上で緑の山々を眺めながら彼等が万歳を叫んだのは、つい先日のことではないか。戦争というものがこんなに激しく、こんなにも無情なものとは思っていなかったであろう。まだまだこれから幾月か幾年か、このような惨憺《さんたん》たる戦場にあって、幾十万の青年たちの死をおくらねばならないのだろうか。日清戦争で台湾討伐に参加しただけの私は、戦争の規模が比較にならないほど大きくなり、その機動力が飛躍的に増していることを知って、容易ならぬ大戦争であることを沁々《しみじみ》と覚った。しかも緒戦で弾丸を撃ち果し、予備兵を失ってしまったのである。私は馬上から合掌して戦死者たちの霊に感謝するとともに、国家の安泰を願わないではいられなかった。

そこから大連に至るまで、ロシア軍が撤退して行った道や橋は破壊されていると思っていたら、意外にも何の被害もなかった。それよりもっと驚いたことは、用心しながら秘かに侵入した大連市街が、戦前の姿をそのままに石造の欧州風の街並を整然と私の眼の前に並べたことであった。ただ人間だけが一人の姿もなく消え失せていた。私は多少の不安を感じながら、石畳の街路を馬の蹄の音を高く響かせながら駈けめぐった。どこにもロシア兵の姿もなく、破壊の跡もなかった。私にとっては懐しい街である。勝手知った街角を幾曲りかして、かつてのわが諜報機関の出張所であった田中写真館の前に馬をとめた。ロシアにとっては敵産であるこの写真館も、破壊されていなかった。フォトグラフィア・タナカの看板もそのままに、硝子《ガラス》窓一枚の破損もなく、私たちが立退いた日をそのままに建っていた。私は馬を街路につないで、戸口のハンドルに手をかけた。何のこともなく玄関が開かれた。私は埃くさい薄暗い部屋を一つ一つ用心しながら開けていった。居間もアトリエも物置も、引揚げの日をそのままに、写真機は黒いヴェールを被って隅の方に埃を浴びていた。戸棚を開けて見た。寝具も小道具も格納されたままで、荒された痕跡はなかった。

「おおヤポンスキー、部下が大変お世話になっています。ありがとう。観艦式の日には、是非わが大艦隊の威容を見てもらいたい」

極東大守のアレキセーフ将軍が、胸間を勲章で埋めつくし、立派な顎鬚《あごひげ》を左右にふり分けて、このアトリエに姿を見せたのもつい先頃のことである。私は去り難い懐旧の念にとらわれて立ちすくんだ。戸口に繋いだ馬が蹄を踏み鳴らしたので急いで街路に戻ったが、街は依然として静まり返って人の気配がなかった。私は丁寧に写真館の戸口を閉じ、馬に跨《また が》ろうとしてふと隣家のロシア人イワノフの家を訪ねて見る気になった。戸を叩いたが応答がなかった。戸を排して入ると、何となく人の気配を感じた。けれどもノックに応ずる声はなかった。思い切って広間のドアを排して入ると、食卓の上には飲みかけの紅茶と食べかけのパンなどがスプーンやナイフなどとともに散らばっていて、家人が去ってから間もないことを示していた。炊事場には料理しかけた野菜が残っていたが、それも新鮮であった。おそらく大連の全市民は、ロシア軍を信頼して平常通りの暮しを続けていたのであろう。そして意外にも昨夜ロシア軍が南山から旅順に退却して来た時に、軍の指導でロシア市民は旅順要塞内に引揚げたのである。この家内の情況から判断すると、南山が陥落するとは思っていなかったに違いない。日本軍が、南山の守りをあのように堅固であると考えなかったように、ロシア軍もまた、日本軍があのように犠牲を顧みずに性急な肉弾戦を敢行し続けるとは思っていなかったのであろう。

こうして大連は無血占領されて、旅順方面の敵には乃木将軍の第三軍が当ることになった。われわれ第二軍は、南満洲鉄道に沿い北に向って進撃した。六月十三日、得利寺で敵の大部隊に遭遇し、第三師団が苦戦に落ちた。ところが第六師団は未到着であり、第四師団は左翼従隊となり北進してしまって、これとの連絡が絶たれた。第四師団に作戦変更を命ずるために、将校と下士の連絡斥候を矢継早に派遣したが、いずれも敵に遭遇して引返したり、行方不明となったりして、一つも成功しなかった。翌十四日午後九時頃であった。私は奥第二軍司令官以下、参謀長、参謀副長等が会議中の部屋に呼び出され、参謀副長由比中佐から第四師団への決死の連絡を命ぜられた。

——明朝四時までに、いかなる困難に遭ってもこれを排して第四師団に連絡せよ。随行者は君の選択に委す。護衛兵は君が必要とするだけ引率してよろしい。

という破格の条件を示された。第二軍が支離滅裂になろうとする瀬戸際であったから、私も死を覚悟した。私は信頼する波多腰《はたこし》曹長ほか兵三名を率いて闇夜の中を出発した。尋常の手段では駄目だと思ったので、道路には頼らず磁石だけを頼りに一直線に進むことにした。五人がそれぞれ懐中電灯で磁石を照らしながら、一直線に丘を越え川を渡り道を横切り畑を踏み散らして走り続けた。こうして約四時間、遮二無二《しゃにむに》に走り続け駆け続けるうちに、五軒ばかりの民家の集落に行き当った。とっ付きの一軒の家を激しく叩き起した。三十歳前後の男が戸口に現われ、私たちを見て、腰を抜かさんばかりに驚きガタガタ慄え出した。兵のうちの一人が馬を降りて、この男の片腕をとって引張り出した。

「ロシア兵を見なかったか」

「今少し前に、この村からカザック兵が二十名出て行った。旦那方は会わなかったか」

と慄え声で答えた。

「ああ見たよ。僕等は彼等を追跡しているんだ。さあ従《つ》いて来い。案内しろ。これから復《ふく》州《しゅう》街道に出てロシア軍を追撃するんだ」

と私は答えた。兵士四名がこの男の胸板に銃口を突き付けた。私はポケットから五円の軍票を出して、慄えている男の手に握らせた。復州街道に出たら、さらに十円やるぞと約束した。

　さすがに土地の者だけあって、闇の中をさっさと先頭に立って走り出した。今までとは違って道を辿って駆け続けたが、私は磁石を見ることだけは怠らなかった。この男が私たちを反対の方向にでも案内したら、判り次第射殺するつもりでいた。

午前三時、先方に焚火が見えた。それが日本軍であると判った。近づいて尋ねると、野戦砲兵第十四連隊の炊事場だった。そこで炊事当番の兵一人を馬に乗せて案内役とし、無事に第四師団司令部に着いたのは午前四時四十分であった。命令より四十分遅れていた。私は参謀長野口仲之大佐に司令部の命令を伝え終ると、くらくらと眼まいがして、そのまま参謀長の部屋の温突《オンドル》の上に、どさりと倒れて気を失ってしまった。

気がつくと私の肩を抱き起している者がある。これが傲慢不遜で有名な小川又次《またじ》師団長であった。傲慢師団長はあの小さな眼尻に皺《しわ》を寄せて、ぴんと長い髭を張った口を綻ばせていた。

「おい、気がついたか、ご苦労だったな……」

ただそれだけが聞こえた。私は満身に力をこめて飛び起きたが、口が言うことをきかずに何も言えなかった。涙が急にこみ上げてきた。

「ご苦労、ご苦労」

師団長は再びそう言って、直ちに前夜の師団命令を取消し、揚家店方面に廻って敵の背後を衝くよう新しい命令を出した。私が第二軍司令部に無事還り着いたのは正午に近かった。奥司令官初め一同は私をとりかこんで手をとって喜び、また格別の讃辞を浴せた。私という男はなんという幸運な男であろう。途中の村落で案内に立たせた男が語ったように、二十騎ほどのカザック兵が軍司令部と第四師団との間を遊撃していて、当方から度々派遣した連絡斥候を仆《たお》していたのであった。私は幸運にも、彼等の跡を追うようにして無事任務を果すことが出来たのである。

四

統制を失いかけた第二軍も、どうやらまとまって立ち直り、敵の主力を追って六月十六日、尖山子に司令部を移した。その翌日の午後一時頃であった。敵襲、敵襲の叫びに驚かされた。全く不意のことだったので、衛兵も対抗出来ないうちにカザック騎兵約三十が槍を馬上から斜に構えて、司令部内に飛びこんで来たのである。司令部といっても小さな村落であり、道路も狭いので射撃が出来ない。抜刀して飛び出して来た一人の将校が、その辺にまごまごしている兵隊を歩兵だろうが騎兵だろうが差別なく指揮して、カザックに立ち向った。地上と騎上では勝負にならない。ふと気がつくと、指揮している将校はわが敬愛する管理部長歩兵少佐橋周太であった。やがてこの騒ぎを聞きつけて、あちこちの家屋から参謀長を始め各部長や部員が、抜刀したり短銃を片手にして飛び出して来て、狭い道が一ぱいになってしまった。カザック兵は逃げ場を失って、到着したわが糧食縦隊に衝突し、あわてて再び狭い道路に引返して来た。結局、袋の鼠になって、全部、捕虜になってしまった。調べて見ると逃げ場を失った残兵であって、襲撃して来たものではなかった。

　私は橘少佐を冷やかした。

「管理部長が司令官を放置して、抜刀で追撃するなどは部長のとるべき行動でないと思うが、何か新しい服務規律でも出来ましたかな……」

　ニヤニヤ笑いながら軽口を叩いたつもりだった。服務規律は橘少佐の専門で、彼の作ったものだったからである。すると同少佐は例のようにキリッとした真顔で答えた。

「そうだ、そうだ、全くそうだ」

と言って刀を納め、その足で奥司令官を訪ねて、実況を報告してから自分の軽挙を謝罪したそうである。昔から冗談もうっかり言えない人であったが、戦場にあっても終始この通りであった。

　七月九日、蓋平《がいへい》攻撃のため司令部を前線に向って移動した。所定の地点に約七、八丁というところで、突如として敵弾が頭上に集中した。われわれの一行は広い道路を、護衛騎兵を先頭に立てて一列になって進んでいたのである。狙い撃ちされていることが明らかであったから、参謀長以下全員は、一斉に左側の森林内に逃げこんだ。このような場合はこうするのが当然だからである。

　ところが気がつくと奥司令官の姿が見えない。道路を見返すと、司令官がわれわれを振向きもせず、砲弾の炸裂する空を仰ぎもせずに、一人でゆっくりと馬を進めていた。まるで、つんぼか、盲目のようであった。これに気がついた一同は、号令もかけなかったのに一斉に森林から這い出して、元通りの隊伍を整え、砲弾の炸裂する下を仕方なく並足で司令官の後に従って進んだ。

どうやら一同無事に予定の地点に着いた。そこは蓋平城を眼の下に見下す丘陵の上で、全軍を指揮するには絶好の地形であった。またそれだけに敵の攻撃目標にもなり易く、早速砲弾が飛込んで来た。こんな情況では、参謀が地図を囲んで、各方面の情況報告を聞きながら、静かに作戦を練るには不適当である。そこで参謀長は奥司令官に位置の変更を申し出た。すると奥司令官は例によって静かな口調で言った。

「それはならぬ。弾の来るのが邪魔になるようでは戦《いくさ》は出来ん。気にするな」

「司令部が被害を受けますと、全軍の作戦に支障を生じますので……」

「そんなことは判っとる。司令部の位置はここであると、前から全軍に連絡してあるし、ここへ報告をもたらすよう命令してある。今こちらで勝手に移動したら、各師団との連絡に支障を来たすではないか。その方がもっと全軍の作戦に悪影響を与える」

参謀長は取りつく島もなく格好がつかなかったので、

「閣下、危うございます。壕へお入り下さい」

と言ったが、奥司令官は聞えないふりをして、丘の上の椅子に掛けたまま双眼鏡を顔から離さなかった。参謀長以下参謀たちは、やむなく丘の上に机を集めて地図を開いた。

私は傍らでこの経緯《いきさつ》を眺めていたが、これは奥大将の芝居でないことを知っていた。私はこの戦争中、僅《わず》か一カ月ほど兵站司令官として司令部を離れたほか、全期間を通じて奥大将の身辺にあったので、親しくその人柄に接した。同大将は小倉藩の出身で陸軍の藩閥の外にあったが、頭脳明晰であり沈着重厚であり、老将軍の中では一頭地を抜いていたから、この大国難に遭うと藩閥の連中も奥大将の才幹を排することが出来ずに、攻略軍の中枢となる第二軍司令官に任命したのであった。人徳が高いとか威風があるとか、或いは豪傑肌であるとかいう人柄ではなく、田舎爺の風貌のうちに、才智を深く蔵して外に現わさなかった。一見、平々凡々の寡言の将軍で、己《おの》れを棄てて全軍の中枢になり切った責任感の権化《ごんげ》であった。

その頃、雨季に入った満洲の道路は文字通り泥濘膝を没し、兵も馬も車も、篠つく雨の中に立往生した。馬の手綱を曳く者、尻を叩く者、車の両側に一人ずつ車輪にとりつく兵士、後押しをする三、四人、悉くずぶ濡れの泥まみれであった。全軍この有様であるが、糧食弾薬の重量車は泥濘に没して動かなかった。このために全線にわたって動きが鈍って来た。参謀長と兵站監《へいたんかん》は、この窮境打開に日夜随分と苦労していたので、奥司令官もこの二人を信頼してじっと我慢して発言を控えていたが、ついにある日のこと、兵站監と大論争になった。奥大将のこのような姿に初めて接した並居る人々は、はっと緊張した。

奥司令官は「最有力の敵主力部隊を追っているのだから、敵に立直りの余裕を与えないように、追いまくっていなければならない、多少の無理があっても、この基本方針は遂行しなければならない」と言って、兵站監に輸送の促進を厳令したのである。ところが当時の兵站監は大谷喜久蔵少将（後の大将）で、気骨を以て鳴る人であった。出来ないことは出来ないと、はっきり断った。双方しばらくの間は激しく論争したが、奥司令官がまず沈黙した。司令官が沈黙したので大谷兵站監も沈黙した。そして両者沈黙のまま別れたのである。

その夜半、私は叩き起されて奥司令官の部屋に入った。司令官はただ一人、暗いランプをともした机に寄って、ウイスキーのびんを傾けていた。相対して腰かけろとのことだったので、私は遠慮なく、小コップを手にした。戸外は相変らず激しい雨音であった。

「石光君、わしが師団長だったら大谷などに断じて負けんぞ」

そう言ってコップをあおった。

「軍司令官というものは、つらい。つらいものじゃ。皆の意見を聞いて、従わねばならんでのう」

私は「お察しいたします」と言うほかなかった。その後はとりとめのない雑談を交わして、部屋を辞したのは夜明けも近い頃であった。降り続く鉛色の低い空を仰いで、私の気持も暗かった。司令部はまだ深い眠りの中にあって雨の音のみ激しかった。

親友の死

一

豪雨と泥濘に立往生の第二軍の兵站線を補強のため、私が大連の兵站本部に派遣された頃は、もう雨季も終ろうとする気配が雲の切れ目に感じられた。馬も私も泥んこのズブ濡れ姿で久しぶりに大連の石畳の街並に入ると、あの惨憺たる泥濘の戦場が嘘のようであった。兵站営舎で要務を済ませてから割当てられた宿舎に行きかかると、建物の廻り角でバッタリ見憶えのある顔に出会《でくわ》した。はて誰だったかナ……と考える余裕もなく、ギクリと激しいものを胸に感じて動悸《どうき》が高鳴った。

すでに過ぎて十余年前、二十六年十月二十五日のことである。私が私の末妹への求婚を内諾しながら、その後になって易断に従って断ったために、私を絶交した同郷同期の秀才、本郷源三郎であった。東京の靖国神社裏手の母の家で、本郷が軍服の肘を張って最後に「おい、石光、君子は交《まじわ》りを絶つも悪声を放たず、ということがある。お互いに謹慎しよう」と言って帯剣の音をひびかせて玄関を去って行った姿が、脳裡をかすめて消えた。それから二年後の二十八年七月、台湾遠征の時には、城壁爆破の決死隊を見殺しにした彼の戦いぶりを見、胸中で畜生！　と怒鳴り、唇を嚙んだことを覚えている。その時本郷は赤黒く腫れあがった顔でじっと私を睨んでいたことも忘れない。それ以来、彼の姿を一度も見なかったのである。

こんな経緯があったから見憶えのあるこの顔に、かつての親友であったこの顔に出会した瞬間、私の胸はドキンとしたのである。彼もまたハッとして立ちすくんだ。平時ならば、このまま知らん顔をして行き過ぎるのだが……彼は左手で私の肩を抱き、右手を延べて握手したまま、ぽろぽろと涙を流したのである。私は咄嗟《とっさ》に決意がつき兼ねた。

「石光、許してくれ……駄目か？」

「………」

十年ぶりに彼の声を身近に聞いて、私の唇は強張《こわば》り、言葉を忘れた。

「よいところで逢えた。石光、俺の話を聞いてくれるか？」

私は頷いて、彼の腕をとって私に割当てられた部屋に導いた。粗末な机と椅子数脚があるだけの土煉《つちれん》瓦《が》の部屋であった。

「石光、十年ぶりだったな、元気か」

「ありがとう。お互いに無事で何よりだ。こうして会ってみると……やっぱり俺も貴様に会いたがっていたことがわかったよ」

「そうか、ありがとう。考えて見れば……十六歳の少年だったなあ……一緒に幼年学校に入ったのは。あれからずっと一緒に士官学校を卒業して任官してからも、無二の親友だった。そうだ、母上にも大変お世話になった。俺が貧乏百姓の伜で学費が納められず、幼年学校を退校処分になるところを、君の叔父上、野田閣下から学費を戴いて、どうやら俺も憧れの軍人になった。しかるにだ……しかるに俺は、君の妹君に求婚して断られ、こともあろうに君を絶交した。済まん。考えて見ればお互いに若かったなあ……懐しい」

　彼は微笑さえ浮べて私の顔を見入った。

「本郷、お互いに若気の至りで義絶したが、ここは戦場だ。もう二人とも分別のある年輩だ。十年の義絶を解《と》こうじゃないか」

「よし！　解いてくれるか？　ありがとう」

　彼は立ち上って私と大袈裟に握手し、またも大粒の涙を流した。

「俺はどうも、この戦いで死ぬ予感がある。それも近々数日のうちだ。笑うな。死ぬ予感というものは確かにある。恐らく、そうなるだろう。死ぬ前に貴様に理解してもらわねばならんことがある。この十年、俺は重荷を背負って暮して来た」

「何を言い出すんだ？　久しぶりに会ったんだ。そんな話はやめよう。まあ坐れ、今夜はゆっくり思い出話でもして、失った十年を取戻そうじゃないか」

私は酒を用意し、薄暗くなった部屋にランプを点《とも》した。コップが見当らなかったので、部屋にあった飯盒《はんごう》の蓋《ふた》に冷酒を汲んだ。二人は飯盒の蓋を差し上げて、お互いの健康を祝った。私はまだ泥んこの長靴を履き、汚れた合羽《かっぱ》を着たままでいるのに気がついた。それを脱ぐ私を眺めながら本郷が言った。

「貴様は随分苦労したそうだな。貴様がロシアに出かけた後は、色々と手を尽して消息を得ようとしたが駄目だった。最近になってある人から詳しく聞いた。軍籍を去ったというが本当か」

「本当だ……」

「辞めなければ、ならんかったのか」

「うん。後悔はしとらん」

「貴様は名誉を棄てた……俺は生命《いのち》を棄てる」

「………」

「貴様の境遇も随分と変ったろうが、この十年、俺の生活にも変化が多かった。だが、そんなことはどうでもいい。俺は生涯の終りに当って、願いが一つある。覚えているだろう。今から十年前、台湾の安平鎮で……」

その時、この言葉を聞いた私の顔に不快の色が浮んだのであろうか、本郷は敏感に覚《さと》って口を噤《つぐ》んだ。またも豪雨が降り始めて戸口に雨垂《あまだ》れの音が激しかった。本郷はだまって飯盒の酒をあおった。

「石光、聞きたくなかろうが聞いてくれ。このままでは俺は死ねん。死んでも成仏出来ん」

本郷はまたも酒をあおった。

「俺は何も考えてはおらんよ。聞こうじゃないか」

私は大して好きでもない酒を汲んで身構えた。

激しい雨垂《あまだ》れの音に聴き入るように、本郷源三郎大尉は机に頬杖をついて、薄暗いランプを凝視した。

「…………」

私は十数年ぶりに彼と言葉を交え、絶交を解いたことがうれしかった。けれども幼年学校入学当時、十六歳の頃から際立って才気走っていた秀才本郷源三郎についての記憶と、今私の眼の前に飯盒の酒をあおって、じっと死を見つめている本郷源三郎大尉の姿が一つにならなかった。

「嫌《いや》だろうが聴いてもらいたい」

「…………」

「十年間、背負っていた重荷を降ろさないでは死ねないよ……こうして思いがけず会えたのも、何かの引合せかも知れないな。俺は会えてよかったと思う。貴様も忘れてはおるまい。十年前の、明治二十八年七月のことだ。台湾の安平鎮で決死隊十名が城壁を爆破して躍りこんだが、続いて躍り込むことになっていた俺の中隊は、とうとう俺が指揮刀を振らなかったために動かなかった。十名の決死隊は俺たちの眼の前で嬲《なぶ》り殺しにされた。俺は忘れてはおらん。忘れようたって忘れられるものか。貴様も覚えているだろう」

「…………」

「あの時、貴様は連絡将校として俺の近くまで来て立っておった。俺は突入しなかった。貴様の顔を見た。貴様は蒼い顔をこわばらせて、俺をぐっと睨んだ。喰いつきそうな顔だったぞ。俺の魂は凍った……決死隊の勇士を敵の青竜刀が斬り裂いたように、貴様は俺を寸断したかったろう。一寸刻みに斬っても斬っても飽き足らなかったろうと思う」

「…………」

「あの時の貴様の顔が、あれから十年の間、俺を苦しめた。卑怯者、卑怯者……とね」

「…………」

「……だが、石光、俺は自分の生命《いのち》が惜しくて突入しなかったのじゃないぞ。貴様も見ただろう、爆破口があまりにも狭かった。決死隊も一名ずつしか入れなかった。あの時に俺が中隊を突入させたら、おそらく全滅は免れなかったと思う。俺はそう判断して踏みとどまったのだ、然るに貴様は、俺を軽蔑して去った……よく判っとる……まあ、聞いてくれ」

「待て……本郷。俺は卑怯だとも、軽蔑するとも言っておらん。この十年の間、俺を恨んでおったとはひどい。あの場合、……中隊を突入させないのが正当だったと思う。だが、十名の決死隊が嬲り殺しにされるのを見て、怒らん奴がどこにあるか。敵と一緒に貴様まで恨んだぞ。これは人情だ。だが戦《いくさ》というものは人情では割り切れんものだ。俺にも判っとる。やはり、あの場合は貴様の措置が正しかったと思う」

「……本当に、そう思うか？」

「思っとる、本当だ」

本郷は酔っていたが乱れてはいなかった。私の肩を叩いたり手を握って振ったり、眼に涙をたたえて感謝した。十年前の安平鎮の怒りが、これほど彼を苦しめていたとは知らなかった。

「これで俺は安らかに死ねる」

本郷は涙を流したり笑ったり酒をあおったりした。

「俺が貴様を絶交したのは、貴様の妹君に求婚して断られたからだ――考えてみれば俺たちは若かったなあ、いい時代だった。妹君はお元気か？」

「真津子か？　元気だ。エビスビール（後の日本麦酒株式会社）の技師をやっとる橋本卯太郎（後の同社取締役）に嫁いで幸福に暮しとるよ」

「よかった、その方がよかったんだ。俺はうっかり陸軍大尉の若い未亡人にしてしまうところだったよ」

と本郷は初めて朗かに笑った。私は彼の飯盒に酒を満たした。

「いい時代だった、俺は明日死んでも悔いることはない、恨むこともない。考えてみろ、御維新前だったら、俺は熊本の片田舎の貧乏百姓で一生暮さねばならんかったろう。貴様は武士の子だ、俺は百姓の子だ。貴様などと言ったらお手打ちになる……」

と言って本郷は再び大声で笑い、私の肩を叩いた。

「いい時代だった。この時代のためなら俺はよろこんで死ぬ。親爺もお袋も悦んでくれるだろう。貴様も祝ってくれ、わかったな」

「………」

本郷は立ち上って椅子にもたれた。

「おい石光、これで俺はさっぱりした。有りがたいことだ。俺は卑怯者ではないぞ、わかったな」

そう言いながら彼は雨合羽を小脇に抱えて、戸口に歩み出した。私は彼の片腕をとって不安定な身体を支えた。

「本郷、今夜はうれしかった。ありがとう」

「俺はな、石光、近く必ず死ぬ、それもここ数日のうちだ。死んだら、本郷はよろこんで死んで行ったと伝えてくれ……いいか、頼むぞ」

本郷は私の手を振りほどいて、雨合羽も着けずに豪雨の中へ歩み去った。私は雨垂れの激しい戸口に立って雨の中の後姿を見送ったが、これが彼との永遠の別れになった。彼自身の予言の通り、その日から間もなくの東鶏冠山《とうけいかんざん》の激しい戦闘で、胸に貫通銃創を受けて戦死したのである。

二

八月十日、私の敬愛する陸軍歩兵少佐橘周太は、願いがかなって、管理部長から歩兵第三十四連隊大隊長に転じた。

橘周太は士官学校卒業以来、軍教育家として多くの業績を残し、かつては東宮《とうぐう》（大正天皇の皇太子時代）武官として、あるいは名古屋地方幼年学校長として、新しい武士道の確立に砕心の努力を傾けて来たが、第一線の指揮をとる機会がなかった。彼は第一線の経験なくして道を説くことに疑問を持っていたので、出征後間もなくから司令官奥大将にたびたび転出を願っていた。奥大将は橘周太が東宮武官のとき武官長であった関係から、彼の人柄をよく知っていて、すぐにでも彼の希望を容れたかったが、私情を差しはさんではならないからと発令を延ばしていたのであった。

彼がこうして第一線に転じて十日目の八月二十日、馬丁が橘周太からの便りを私に持って来た。管理部長時代の大きな名刺の表裏一ぱいに、几帳面《きちょうめん》な細字がギッシリと詰っていた。

隊附ハ楽ナリト想像罷在候処偖テ当局者トナリ見レバ中々楽ナモノニアラズ、殊ニ目下ノ雨ニハ部下ノ困難見ニ忍ビズ、患者ノ増発ニハ予防ニ心ヲ苦シメ夜モ雨音ヲ耳ニスレバ平気ニ夢ヲ結ブ能ハザル始末ナリ。隊中ノ景光苦楽、自ラ隊外ト異ナリ恐ク貴兄ノ想像セラレザル所ノモノ多々可有之存候。小生不肖ナルモ人後ニ落チザル覚悟ハ常ニ抱キ居申候。着々改良ノ点発見致着任当日ヨリ種々要求スル次第ナリ。平時ナレバ漸ヲ追フテ改良スベキモ戦時ハ一刻ヲ許サズ、其非ハ直ニ之ヲ改ルヲ要スル次第ナレバ小生ノ急進手段ハ御寛容相祈候。
本朝ハ白井兵站司令官ヲ訪問シ種々懇願ノ後、防雨材料ヲ貰受ケタル次第ニ御座候。第一線ニ在リテハ固ヨリ美味佳肴ヲ貪ルノ念ハ無之候へ共、兵卒ハ隊長ヲ思フ念種々苦心シテ調理ノ状ハ一目人ヲシテ涙ヲ流サシム。小生ハ此ノ事ヲ記スルニ当リ覚ヘズ一滴ヲ催シ申候。一千名ノ健児ヲ預カル小生ノ任御推察被下度候。
司令部在職中ハ不一方御厚情ニ預リ感泣ノ外無御座候。幾重ニモ忍耐健康、戦局迄テ御自重相祈候。先ハ御礼迄早々。

石　光　君

いつもながら兵の困苦を思い遣って涙を流す彼である。私も彼の胸中を察して降りしきる雨空を仰いだ。

「兵休まざれば休むべからず、兵食わざれば食うべからず、兵と艱苦を同じうし労逸を等しうするときは、兵も死を致すものなり。信用は求むるものに非ず得るものなり……」

ここ十余年の間、私の胸底に沈潜して時折り水面に浮び上って咲く蓮の花にも似た橘周太のこの言葉が、またも私を捉えて雨の音に耳を澄まさせるのであった。私はこの書状を持ち奥大将を訪ねて披露した。大将はうなずきながら読んでいた。

「よかったな、橘も満足のようだ」

と言った。これを聞くと私はむしょうに彼に会いたくなった。司令官の許しを得て馬を走らせ、第一線の橘大隊長を訪い、奥大将の喜びを伝えた。橘大隊長は、はにかむように眼を伏せて微笑し「ありがとう」と言った。

その翌日、第二軍は遼陽《りょうよう》攻撃を開始したので、司令部は海城城外の宿営地を発して北に向った。その途中のことである。橘少佐の第三十四連隊が予備隊となって道路の右側に集合しているのに出会った。私は列から離れて馬を降り、橘少佐を探すとすぐ判った。少佐は昔の武士のように軍刀を腰に差しはさみ、肩掛袋には携帯糧食を充たして掛け、そのうえ水筒までさげて、一般の兵士と全く同じ装備であった。愛馬は馬丁が口を取って傍らに控えていた。私は走り寄って橘少佐の手を握って言った。

「君にとっては初陣だ。御成功は祈るが、くれぐれも自重してもらいたい。敵の情況は確かなところは判っておらんのだ。高地に拠って反撃の準備を整えていることだけは確かだ。なかなかの苦戦だと思う。くどいようだが、くれぐれも慎重にお願いする」

　橘少佐は微笑して私の手を握り返した。

「大隊を預る身だからね、慎重に行動するよ。だが生死は保証出来ない。それは別だ」

　それだけ聞いて私は無量の思いを目礼に籠めてから、あわただしく馬に飛び乗り、司令部一行の後を追った。ああ、これが橘少佐との最後の別れになってしまった。

　首山堡《しゅざんぽ》の堅塁も南山の守りと同様に、わが肉弾の昼夜を分たぬ攻撃によって、ようやく崩れ、敵が本防禦線に退却したのは九月一日であった。この戦いは司令部の想定よりもはるかに激しいものであった。八月三十一日、第三十四連隊は関谷連隊長を初め橘大隊長以下、いずれも軍の先頭に立って敵の堅塁に飛びこみ、白刃を揮って壕内の敵兵を斬りまくって自らも仆れたのである。南山の戦い以来、わが肉弾戦は徒らに勇士の生命を無駄に費していたわけではない。遥かにわれに優るロシアの装備と巨費を投じた堅塁は、建設途上の、貧弱なわが軍の機械力では、四つに組んだら到底勝味はなかった。これだけ機械力に距たりがあると、机上の戦術は活用出来なかった。従来戦術の大家として軍界に重きをなしていた東条英教《ひでのり》（東条英機の父）、山口圭蔵、須永武義の三少将が、戦役中にもかかわらず、いずれも左遷されたのは、このような事情があったからである。世界最強の大軍国であったロシア帝国の脅威から、わが国の独立を辛くも守り得たのは、累々《るいるい》として屍体を戦場に折重ねたこれらの貴い犠牲のお蔭である。

関谷連隊長、橘大隊長等の戦死の報が司令部に到着した時、私はガンと頭を撲られたように目まいを感じ、両脚の力が抜けて、傍の椅子の背に両手をついた。

奥司令官はこの報告の途中から両眼を閉じ、膝の上に両手を組み合せて静かに聞き入った。私もいつか司令官の静かな表情に魂を奪われて聞き入った。

「御苦労でした……」

奥司令官は低い声で頷いた。侍立していた副官たちは何か言おうとして、ためらって口を噤《つぐ》んだ。

「全員、下ってよろしい」

奥司令官の言葉に、私たちは心残りをそのままにして、各自の部屋に引揚げた。その夜、司令官の部屋は灯火のついたまま静まり返って、誰一人呼ばれなかった。われわれの部屋でも交わす言葉は低く少なく、前線の空から響いて来る砲声と雨の音ばかりが昨夜よりも激しかった。この夜もまた、多くの若い勇士たちが泥土を浴びて異境に息絶えるのであろう。

私の生涯のうちで忘れられないこの日、八月三十一日は東宮の誕生日であったが、私の誕生日でもあった。私は寝台に横たわって胸に手を組み合せ、静かに目を閉じた。

三

幼年学校に入った十六歳の頃から二十余年の間、兄と慕い師と仰いだ橘周太少佐を喪って、私は放心状態に陥り、暫くは本心に立ち戻れなかった。橘少佐を敬愛していた奥司令官の顔も、思いなしかその日以来沈んで見えた。

悲報は相ついだ。

内地の留守第三師団から補充隊三百名が到着したのは、遼陽を目指して死闘を繰返していた八月三十日であった。引率者は東京帝国大学を卒業したばかりの一年志願兵歩兵少尉市川紀元二《きげんじ》少尉であった。到着すると直ちに第一線にある第三師団に合流するよう命じられた。この頃の戦闘の激しさは、日清戦争の古強者《ふるつわもの》さえ驚いたほどであるから、初めて戦場を踏む市川少尉等の一隊を、どんなに驚かしたことであろう。雨季明けの戦場は炎天に焼けて、炸裂する砲弾に掘り返され、累々たる屍体の血肉を吸っていた。死傷者の収容も手が廻らず、歩ける者は軍刀に縋《すが》り、銃を杖にして後方の仮繃帯所に辿りついた。動けない者は屍体と共に炎天に横たわって死に絶えた。仮繃帯所までの道にも、途中で気力絶えて仆れた血塗《ちまみ》れの勇士たちが、点々と横たわっていたが、彼等を助けるに手間取ってはならないと訓示されていた。

「今日は別である。戦友が倒れても留まるな。彼を踏み越えて進め。少尉が倒れたら曹長が指揮をとれ、曹長が倒れたら軍曹が指揮をとれ、軍曹が倒れたら上等兵が指揮をとれ。一歩も譲ってはならぬ。踏みとどまってはならぬ」

市川少尉の一隊は歯を食いしばって、倒れている戦友の苦しみに眼を閉じ、絶え間なく炸裂する砲弾に耳を聾しつつ、ただひた向きに原隊の第三師団に合流すべく前進して行った。

……ところが、どうしたことであろう。どこかで道をとり違えたものと見える。突如として遼陽の敵陣の一角に飛びこんでしまったのである。あまりにも突然のことであり、予想出来ないことだったので市川少尉は驚いたが、咄嗟に刀を抜き放って敵の壕内に飛びこみ、思いがけない激しい肉弾戦を演じた。この肉弾戦で、市川少尉を始めとして補充兵三百名は殆んど全滅したが、これが動機となって敵の全線に動揺が起った。この動揺を機会にどっと押し出したわが総攻撃によって、鉄壁を謳われた遼陽の守りはあえなく崩れ去ったのである。

この報告を受けた奥司令官は、即日全軍に布告して功を表彰した。母校の東京帝国大学（東京大学）の構内には後に記念像が建立された。

市川紀元二少尉表彰の布告文にも、大学構内の記念像の銘にも、道をとり違えたことは書かれていない。私は彼が道を間違えて敵陣に迷いこみ、咄嗟に斬り死んだことを思うと、限りない同情の念に襲われるのである。原隊に合流する命令を受けた時に、すでに激戦の第一線で仆れることは覚悟の前であったろうが、まさかこの突入が、このような功を挙げるとは露ほども知らずに、敵兵の銃剣に突き伏せられたことであろう。失敗《しま》った！　と気付く間もなく、三百名の健児の血潮は、無念にも黄土《おうど》に流れ吸われたのであろう。

私がこの戦争に召集されて、御用船で大陸に上陸する直前に、旅順港口閉鎖の決死隊、広瀬中佐等の一行が、見送りのわれわれに白い歯を見せてニコニコ笑いながら壮途に就くのを見たが、彼等は自分たちの任務が勝敗を決する大事業であり、自分の生涯を犠牲にしても悔いないことを知って旅順港口に散ったのである。市川紀元二少尉の死に較べれば、較べることの出来ないほど幸福な死であったと思う。

この遼陽の戦いが終って間もない頃であった。われわれの副官部に一人の従卒が配属された。この戦いで全滅した歩兵第十八連隊の生き残りで、太田惣次郎という青年であった。ある夜のこと、われわれ将校の靴を磨き終って、ぼんやりと物思いにふけっているところに私が通り合わせた。彼はびっくりして直立不動の姿勢をとった。手には汚れた布切れとブラシを持ったままであった。

「…………」

「…………」

彼の頬が濡れているのに気がついた。

「太田惣次郎といったな」

「はっ、そうであります」

「……何を泣いとる」

「はっ……」

私は彼の傍らに腰をかけ、彼にも腰をおろさせて優しく問うた。

「副官殿、申しわけございません。戦死した人たちを思い出しまして……。副官殿、聞いて戴きたいのであります……八月三十一日に突撃の命令が下りますと、中隊長の秋山大尉殿は軍刀を抜いて先頭に立たれました。今日は戦友が仆《たお》れても、かまってはならぬ。よいか。俺について進め、俺が仆れたら、俺を乗越えて進めと大きな声で訓《さと》されました。その声がまだ耳に残っております。敵の壕の直下に達しました時に、大尉殿は双眼鏡も軍刀の鞘も、図嚢《ずのう》も、引きちぎるように棄てて、こんな物はもう要らぬと、抜身の軍刀一つになって飛びこみました。私どもも一斉に飛びこんで無我夢中に突き廻りました。万歳、万歳の声に気がついて辺りを見まわすと、もう大尉殿のお姿はありませんでした。生き残りが集まって見ますと三十六名しかいませんでした。どうしたことか、私は負傷もせずに生き残ったのであります……」

「御苦労だったな……せっかく生き残ったんだ、大切にしろよ」

立ち上った太田惣次郎は体を固くして声を呑み、ハラハラと大粒の涙を流した。

橘周太中佐を喪った日の翌日、明治三十七年九月一日、私は使者として第四師団司令部に出向した。師団長以下幕僚の集合している民家に入って、第二軍司令部からの命令を伝達した。終って、まさに家屋を出ようとした刹那、頭がガンと鳴り眼先が暗くなって、全身に爆風を感じてよろめいた。砲弾三発が司令部の屋上で破裂したのであった。

急いで部屋に引返すと、参謀長は頭から血を流して立っており、その傍らに副官が一名即死、五名が負傷してばらばらに倒れていた。私は気をとり直して自分を調べて見た。どこにも怪我はなかった。馬は?……と考えて屋外に走り出ると、路上に死者三名、負傷者八名が倒れていた。幸い私の馬も無事であった。この司令部は戦線の後方二千メートルほどの所にあったから、安全な場所だと思われていたので、この不測の出来事に混乱した。

第二軍司令部に帰ると、第四軍司令部から通報が廻って来た。そのうちの一項に将校の戦死者、負傷者名簿が載っていたので、眼を通してゆくと、負傷者の中に石光少佐と書いてあったのでハッとした。弟の真臣《まおみ》は当時第四軍第十師団野砲兵第十連隊大隊長だった。第十連隊は山砲隊であったから山地では都合がよいが、遼陽のような大平原に出て来ると射程が短くて敵の優秀な野砲に撃ちまくられ、苦戦に陥っているとの情報がさきに入っていたから、さては……と胸が痛んだ。

このような場合は、じっとして考えれば、考えるほど悲観論になるものである。野砲や山砲が小銃の射程内に砲列を布くことはないから、弟がやられたとすれば砲弾の破片である、そうだとすれば重傷である……こんなことを考えてしまうのである。弟と同期生であった河村、菊池の両少佐を探して、相談の上で問合せの電信を打った。

この騒ぎを演じている最中に、第二軍に従軍していた英軍のニコルソン将軍が、奥司令官に面会を求め「健康を害したから帰国したい」と要請した。傍で聞いていた私ども副官は、

「やったな……」

とお互いに眼で語り合った。説明を聞かないでもすぐ原因がわかったのである。

第二軍には、英軍のほかにアメリカ、イタリア、スペイン、オーストリア、ハンガリア、スウェーデン等の武官が、大陸軍国ロシアの戦略を観るべく従軍していた。外国武官の随員には渡辺和雄工兵中佐が任命されていたが、外国武官の行動については参謀部第二課の山梨半造少佐（後の大将）が当っていた。山梨半造少佐は広く知られた秀才であり、戦術家として重きをなしていたが、生れつき交際が嫌いで、頑固で、ことごとに角が立った。外国武官から観戦上の色々な注文が出るが、知らん顔で聞き流し、これに対して自分で作ったプランを勝手に押し付けるのが例であった。こんなことで前々から外国武官たちに不満がたかまっていたのである。

この事件についてわれわれ副官部の意見はこうなった。今さら山梨半造少佐に注意したって、間に合いもしないし直りもしない。それかといってニコルソン将軍に謝罪したって、

大国の軍代表が一たん健康上の理由で申し出た以上、引込むわけにもいくまい。この際は何も言わずに、礼を尽して東京に送り還すべきであるという結論になった。奥司令官は、英国が日本に経済援助をしている際であったから、政治的な悪影響を恐れて沈思したが、やはり申し出通りに取計らうべきであると裁定した。サテ……送り還すといっても、汽車があるわけではない。機関車や客車は全部ロシア軍が撤退の際に引揚げてしまって、僅かの貨車が残されているだけだった。仕方ないので、遼陽に置き去られていた貨車を大急ぎで改造して腰掛けを取りつけたり、窓を明けたり、机やベッドまで、どうやら形をつけた。機関車がないから、これに補助輸卒二十名をつけて手押しで昼夜兼行、エッサエッサと遥々《はるばる》営口《えいこう》まで線路の上を押して行った。そこから汽船で東京に送還したのである。

その時の情況からいえば最高級の待遇であった。こんなにまでして東京に送ったのに、ニコルソン将軍の怒りは解けなかった。公使館から本国政府に宛てて日本軍が不利な戦況にあると報告した。このため日本戦時公債は下落して、募集に支障を生じたほどであった。

東京に帰って相当日がたってからのこと、ニコルソン将軍が明治天皇に拝謁した時、天皇はすぐ遼陽においてのいきさつを思い出されて、

「卿の健康も回復されたようにお見受けします。満洲の戦況も、いよいよ終幕に近づいたように思われますので、卿よ、再び戦地に赴《ゆ》き、戦況を診断されるように望みます」

と言われたので、同将軍も拒むことが出来ずに、わが第二軍が十里河《じゅうりが》に布陣中に再び観

戦にやって来た。その頃には戦況も好転していたから、外国武官に対する待遇も改善されていて、その後は難問題も起らなかった。

九月二日、問合せに対して私の弟真臣の戦傷は石井少佐の誤りであったという返信が来た。この電信を受けとって、私はガックリと椅子にくずおれた。本当に安心した時には、躍り上って喜ぶどころではない。腰が抜けたように、ぶっ倒れるものである。やっと起き上った私は、じっとしていられないで奥司令官の部屋に飛び込み、司令官の許しを得て馬を馳せ、砲煙の下を潜り壕を飛び越え野を走って、野砲兵第十連隊の砲列に行き着いた。第一線の指揮をとっていた弟真臣はすぐ見つかった。私は飛びつき抱きついて涙を流した。自分の戦傷の誤報を知らなかった弟真臣は、私の取乱した姿をあやしみながらも、出征以来、初めて会った喜びに眼を輝かした。

老大尉の自殺

一

多くの将兵を犠牲にした遼陽の戦いを終えて十里河に司令部を移した頃は、もう秋草も枯れて虫の音も絶えた十月二十日であった。副官部の机の上には、野戦郵便局から配達された内地の新聞が束のまま積みあげられていた。来る日も来る日も、激しく生命のやりとりをして来た私たちにとっては、新聞や雑誌は縁のないものであった。戦地の将兵が内地の新聞雑誌を懐しむのは、戦いの見通しがついて、生きて帰れるのではないかと、将来への淡い希望を持ってからのことである。

けれども、郷里からの手紙は別である。家族、親戚、友人からの手紙は、将校も兵卒も区別なく、弾雨のもとにあっても薄暗い壕の中でも、くり返しくり返し読んでは丁寧にたたんでポケットに納める。それであるから戦死体を点検すると、肉親からの手紙が必ず出て来る。累々と横たわった戦死体の傍を過ぎると、爆風や弾片にひきちぎられた軍服から、手紙の白い紙がひらひらと風に吹かれていることがある。ちぎれた手紙が秋草の間を、戦死体の間を吹きはらわれてゆくこともある。このような場面に行きあって、私は馬をとめて吹き去られそうな手紙を、飛ばないように死体のポケットの奥に押入れたことが幾たびかあった。これを見て兵卒たちも見習った。これらの手紙を書いた肉親は、自分の主人が兄が弟が子が、このように無惨な死体となって草原に腐爛《ふらん》し、真黒に虫にたかられているとは知らずに、今日も無事を祈り凱旋の日を夢みていることであろう。激しい戦場にあっては、肉親からの手紙だけが内地と自分とを結ぶただ一本の糸である。死に果てて草原のどこかに白骨となっても、この見えない糸はいつまでも切れることがないであろう。

　これに較べると、戦場に届けられた新聞というものは、なんと冷たく無情なものであろう。かつて戦前に満洲を放浪していた頃、奥地で思いがけず日本の新聞を見つけた時は、あれほど懐しく嬉しく涙を流して音読したものであるのに、戦場における新聞はこのように読まれずに、幾束にも結ばれたまま机の上に積まれるだけであった。

　静かな司令部のひと時、退屈のままあくびをしながら、何気なくその束の中から引き抜いた「時事新報」を開いて見ると、私の従兄で法学博士の浮田《うきた》和民《かずたみ》教授の遼陽の会戦に関する批評が載っていた。

「遼陽の戦いは犠牲が多過ぎる。徒らに前途有為の将卒を喪《うしな》ってはいないか」という書き出しで、「日本の軍人は責任観念を誤解してはいないか。官吏なら辞職、軍人なら戦死によって最高の責任が果されるように思っているのは誤りである。自分の職分、地位によって、責任の限度があることを知るべきである。その限度において、全力を尽したら、それでよいのである。負傷者、病者は、直ちに後方に送るべし、而して健全なる戦友に職務を譲るべきである。こうして初めて国家としての戦闘能力が発揮されるのであって、無理に死ぬまで戦わせるようなことは、名誉でもなければ、国家として奨励すべきことでもない」という趣旨のものであった。

私は筆者が従兄であり、しかも当時有識者として学界でも論壇でも一流の人物であったから、グッと胸に応えたのである。

「誰が死にたくって死んでるものか！　馬鹿野郎っ！」

私は手にした新聞紙を引き裂き引きちぎって踏みつけたい衝動を押えた。副官連にこれが従兄であるとは言わずに読んで見ろと渡した。この一枚の新聞は、副官部から参謀部までぐるぐると回読されサインされた。

この論文には賛成者が意外に多かった。

「書物だけ読んで飯を食うとる大馬鹿者め、こんな奴は戦線で血を浴びんと目が覚めん」

こんなことを吐き棄てるように言って机を叩いた反対者もある。賛否両論がなかなか派手に戦わされて賑やかであった。

私は反対論者の一人であった。早速、浮田和民博士に手紙を書いた。

「兵力においても兵器においても、格段に優勢なロシア軍に対して、今日まで漸くのことで勝ち進んでいるのは、上は軍司令官から下は一兵卒に至るまで、死を怖れず最善を尽しているからであります。戦場にあっては、死を慮り、死を怖れては、最善を尽すことが出来ません。貴殿の言われるように、職分、地位によって、尽すべき責任の限度はありましょう。しかし砲煙弾雨のうちにあって、戦友の血を浴び死屍を越えて、露兵と生命の取り合いをしている最中に——もう自分は、自分の責任上この程度でよかろう——などと考える余裕などありませぬ。戦さは事務ではありませぬ。役人が机の上で判を捺すような仕事ではありませぬ。将兵を大切に致すは、ただ人道上からばかりでなく、一人でも傷つけず病ませずに戦力を保持せねばならぬからであります。——しかるに、気の毒な多くの戦死者に対して、お前は権限以上の余計なことをやって死んだんだと批評されるのは、いかなる御所存であるか。誰が死にたくて勝手に権限を侵して死んでいるのでありますか。もっと銃砲があり、砲弾があり、露軍が使っているような機関銃があったならば、私どもは戦友や部下を異境に死なして、涙を流すようなことはずっと少くて済んだでしょう。軽卒な非人道的言動は慎んで戴きたい」

　このような手紙に対して、浮田和民博士から折返し次のような簡単な返信が来た。

「戦地で戦っておられる皆様に読んで戴くために書いたものではありません。自分等をして、このような、のん気な議論をなさしめる余裕を与えられたのは、全く責任感念の強い、誠忠なる軍人の賜《たまもの》であって、われわれ銃後の者は忘れてはおりませぬ。貴下は銃後の国民に、これだけの余裕のあることを知って満足して下さい」

私はこの返書を貰って、怒ってよいのか、笑ってよいのか迷った。このいきさつを知っている朝日新聞の従軍記者上野岩太郎（靺鞨《まっかつ》）にその返書を見せたら、ワッハッハ……と笑い出して、

「君の負けだよ……」

と言った。私は苦笑して返書を細かくひき裂き、手の平に丸めて屑籠にぶちこんだ。

二

明治三十七年十月二十三日、私は少佐に進級して遼東守備軍付になった。それからまもなくのこと、「得利寺《とくりじ》兵站司令官自殺せり、後任者来着まで司令官の事務を取扱い、なお自殺の理由を取調ぶべし」との命令を受けた。

得利寺の兵站司令部に着いたのは、その日の夜の十時過ぎであった。副官以下部員に出迎えられ、すぐに司令官臼杵《うすき》大尉自殺の現場に行った。臼杵司令官は六十歳に近い老大尉で、同郷熊本の出身であった。部屋の手廻り品は整頓されており、老大尉は軍服を着用して、毛布の上で軍刀を咽喉部に差し貫き、切尖《きっさき》が四寸ばかり後頸部に突き出ていた。覚悟

の自殺である。毛布の上には血が流れて黒く凝固しており、暗い蠟燭《ろうそく》の光で眺めると、戦場の凄惨さに馴れている私たちでさえゾッとした。翌日、憲兵も来て詳細に調査したが、公務上の不正も過失もなかった。八月の降雨続きで輸送困難に悩み、その後は米穀貯蔵庫に湿気が入って、約二百石ばかり腐らせたのを気に病んでいて「申しわけない、申しわけない」と口癖のように言っていたそうだから、これが原因であろうとのことになった。老大尉の死体はその夜のうちに取りかたづけられて、翌日火葬して後送することにした。幾百、幾千、幾万と、将兵が生命を喪いつつある戦場では、このような一老大尉の淋しい自殺などは、すぐ忘れられてしまうであろう。

「お気持が悪ければ、お部屋を変えましょうか、如何いたしましょう」

　副官にこう言われると、変えてくれとは言えないので、老大尉の自殺した部屋を、そのまま使うことにした。

　蠟燭をともして、独り寝台に横になったが、どうもいけない。なんとなく薄気味悪いのである。自殺した老大尉の半白の頭髪や口髭が眼にちらついてくる。この戦争が起らずに、召集されなかったら、熊本のどこかの静かな家の縁側で、孫を抱いて陽に当っていようものを……と、余計な想像が次から次に浮んできてどうにもならない。なんだか寝台の下に老大尉が坐っているような気がするのである。ハッとして起き出て、蠟燭の灯で新聞を読んで見たが、戦争の記事ばかりでちっとも面白くない。戸を排して屋外に出ると、冬の夜の寒気が身にしみた。冷たい白い月が路を照らしていたので、ポケットに手を突っこんでぶらぶら歩き始めると、後から声をかけたものがあった。

「司令官殿」

振り向くと従卒荒木増太郎（輸卒）であった。

「………」

「司令官殿、お気持が悪いでしょう。戦場では死体を枕にしても平気ですが、自殺した部屋は気持の悪いものです」

「………」

ついて来いとも言わないのに、従卒も私について歩き出した。彼も寝られなかったのであろう。

「刀の先が首の後ろから突き出ていました。あれを御覧になったのでは寝られません。あれはいけません」

「お前もそうか、不思議なものだな、どんなにひどい戦死体を、どんなに沢山見ても平気だったのに、自殺というものは怖ろしいものだな……」

「司令官殿、自分には学問がありませんが、先ほどから色々のことを考えました。戦死というものは、あれは死にたくて死ぬのではありません。何が何だか判らぬうちに、やられてしまうのです。それも……必ずやられるとは限りません。自分だけは、そう簡単に死ぬとは思っていません。ところが、自殺というものは、あの臼杵大尉殿のように、刀が首の後ろまで通るほど、はっきりと死と向き合って死ぬものです。死神に誘われたと言いますか——何か人間以上の得体の知れないものが、自分たちを見据えているように感じられるのです。それで怖ろしいのじゃないでしょうか」

従卒荒木増太郎は、そう言って身ぶるいした。私もなるほどと思った。

「……それになあ荒木、六十に近い年輩で自殺するなんて、よほど思い詰めたんだな。死ぬほどのことでもなかったろうにね。考えてみると、死というものは誰にでも一様のもの、誰にでも必ず一度は来るものだと簡単に考えていたが、実はその死が、それぞれ人によってみな違うものだね。生れた時から生き方が思い思いに違うのだから、死に方が違うのも当り前の話だ。死ぬことが生涯の最後の部分だということを今まで気がつかなかったよ。昔の武士は皆知っていたことだがね」

こんな話をしながら営舎に戻った。

「司令官殿、自分も司令官殿のお部屋に一緒に寝ます。二人一緒に寝れば、二人とも助かりますが、よろしいですか」

「よかろう。なんだか意気地《いくじ》ないが、淋しいからな」

従卒荒木は、私の寝台の傍の板の間に毛布を敷き、両手をついてお寝《やす》みなさいと言ってから、毛布二枚を頭からスッポリかぶって静かになった。

正式に得利寺兵站司令官を命ぜられたのは十一月八日であった。それから十日後の十九日には、かつて橘周太中佐が勤めていた第二軍管理部長の後任を命ぜられて、二十二日に第二軍司令部に舞い戻った。この間僅かに二週間、臼杵老大尉の自殺死体の始末と、臆病神にとりつかれて不眠の幾夜かを明かしただけで、なに一つ仕事らしい仕事もしないで引揚げた。

黄塵の下に

一

満洲の河川が氷結する頃、戦線もまた膠着《こうちゃく》した。

戦争の初めから息もつかさぬ矢継早の白兵戦は、ロシア側の予想しなかったことで、彼に大きな誤算をさせたが、また一方日本側にとっても、ロシアの防備が予想以上に堅固であって、わが軍の兵員兵器の消耗が予想以上に多く、すでに限度を超えていた。追撃に追撃をつづけて昼夜を分たない激戦を重ねたのも、ロシア軍に立直りの暇を与えないためであった。ロシア軍に立直りの時間を与えれば、その力は日本軍の数倍であり、これに本国からの救援によって増強されたら、日本軍に致命的打撃を与えることができたであろう。大勝利、大勝利の報道が祖国に伝えられたばかりでなく、戦場にあっても、そのように伝えられていた。しかるに開戦以来九カ月になっても、旅順の要塞は依然として健在で火を吹いており、わが第二軍は奉天に到る前に、すでに弾薬も尽きて、凍りついた満洲の曠野に動けなくなった。

これが戦線膠着の実情であった。

戦況の公示は私の管理部の仕事である。公示板の前は、いつも人だかりがしていた。将校ばかりでなく、兵も輸卒も補助輸卒も集まって戦況を読んでいた。彼等がひとしく願って、願いをかなえられないでいることは、旅順が落ちないことであった。旅順さえ落ちてくれれば、第三軍の兵員と兵器を北方に向けて、われわれを救援してくれるに違いない。そう考えて日夜願っていたのである。

ヨーロッパ・ロシアからバルチック艦隊が東洋へ進発したという情報が入っていた。シベリア鉄道と黒竜江《アムール》による北満への兵力増強も、緩慢ながら続けられていた。もし日本艦隊がバルチック艦隊の廻航を許したら、われわれ満洲にある全軍は補給路を断たれて孤立してしまうであろう。今でさえ、すでに撃つべき砲弾も尽き、兵員の補充も出来ないのであるから、海の補給路を断たれたら、その時は、私がかつてブラゴヴェヒチェンスク留学中に、黒竜江一帯において見たあのロシア一流の大虐殺、大殲滅《せんめつ》戦に遭って、日本は滅亡するに違いないのである。

陸軍としてはどうしても一日も早く、旅順を陥して北進しなければと、第三軍は旅順要塞を目がけて日夜白襷《しろだすき》をかけた決死隊が這い迫って行ったが、猛烈な銃砲火を浴びて、死屍の上に死屍を重ねるばかりであった。

こうして不安のうちに三十七年も暮れて、乏しい祝い酒が前線の壕内にも配給された三十八年一月一日。この日は砲声も絶えて将兵の一人一人が、思い思いの感慨に沈んで静かに夜を迎えた。夜の暗幕が辺りを閉ざすと、この夜に限ったことではないが、兵が用を足すために壕から静かに這い出す。だが本当に用便のために這い出す者は三分の一にも足らないであろう。大部分の者は思い思いに付近の物かげに膝を折り両手をついて、遥か東方に頭を垂れるのである。

「おっ母さん、今日も生きています」

父を思い母を慕い、あるいは妻子を偲《しの》ぶひと時なのである。涙が渇くまで寒風に吹かれて壕に帰って来ると、彼等はもう勇敢な兵士になっていた。

第二軍司令部も、この夜は仕事を早じまいして、各自部屋に落着いて早寝した。はっとしてとび起きたのは夜の十一時頃であった。呼び交わす大きな声、駈け出す靴の音が入り交っている。敵襲か？　戦線の急変か？　私は直ぐ軍服を着けてとび出した。出口で出会いがしらに従卒が私にしがみついて叫んだ。

「おめでとうございます！」

「なに？」

私はニコニコしている従卒の顔を見て何を寝呆けて……と腹が立った。だが駈けて来る者が、ぶつかりそうになっては、

「やあ、おめでとう！」

と言い交しているのである。

「部長殿、旅順陥落は確報であります。第二報が只今入りましたからご報告します」

闇の中で誰だか判らなかったが、直立して私に報告した。戦況公示の責任者である私を忘れているほど部下は喜びにあわてていた。

「御苦労」

と言って、私が奥司令官の部屋に駈けつけた時は、もう祝いの者で、ごった返していた。

「おい管理部長！　遅いぞ！　何をぼやついておる。祝盃だ、祝盃だ、今夜はシャンペンを出せ！」

私を見つけた、二、三の幹部が同じことを叫んで歓声をあげた。

「よし来た」

私は管理部秘蔵の敵産シャンペンを運ばせ、部屋に蠟燭を沢山つけさせた。奥司令官は、

「皆さんおめでとう、今夜、この喜びを得たのも、忠誠にして勇敢なる皆さんのお蔭だ。斃れた将兵の死を無駄にせぬよう、われわれも、今後において有終の美を得なければならぬ」

と言葉短く挨拶して祝盃をあげた。酔いが廻って、あちらこちらに大きな声が聞えるようになると、部屋の外にも万歳の声が幾たびも続いた。

その頃、一人の兵卒が奥司令官の部屋に飛びこんで来た。つかつかと司令官の前に進み、まるで出入りの植木屋が旦那に新年の挨拶でもするかのように腰をかがめて、

「閣下、おめでとうございます」

と言った。見れば帯剣も許されていない丸腰の補助輸卒である。酒が廻っているのであろう、赤い顔をしていたが、正気のようであった。奥司令官は思いがけない男の出現に少々驚いた様子であったが、すぐ笑顔になって、

「御苦労、御苦労、よかったな」

と頷いて机の上のグラスを一つ渡した。補助輸卒は、ちょっと手を出しかけて引込め、傍らの副官の顔を見た。

「いただけ、きょうは特別だ」

と傍らにいた副官が促した。補助輸卒は、おぼつかない手付で両手でグラスを受けた。奥司令官はシャンペンをなみなみとついで笑った。補助輸卒はグラスを両手で捧げたまま両眼を閉じた。どうしてよいのか判らない様子であった。副官が再び「いただけ！」と命令した。補助輸卒は決心したように眼をつぶったまま、ひといきに飲み干して空のグラスを副官に捧げるように渡して、低く頭を下げ、握りこぶしで両眼を拭いながら何も言えないで部屋を出て行った。万歳、万歳の声が潮のように司令官の部屋をとりまいて湧き上った。

　その夜は司令部をあげて酔い明かした。笑顔の者も泣いている者も、この戦いの最大の

危機を乗り越えた喜びに浸っていた。司令官から補助輪卒まで同じ思いで夜を明かしたのである。

二

旅順は陥落したが、第二軍の増強は急には捗《はかど》らなかった。

沙河《さが》を挟んで対陣した頃はまだ十月の中旬であったから、水が流れていて、広い所は幅三、四十メートルもあった。たいした障害物ではないのだが、大平原の中ではこれが拠り所になった。日露両軍が河を距てて対峙し、時折は軽い撃ち合いをしていた。弾薬があれば一挙に渡河戦をやって、目指す最大拠点の奉天に殺到するのだが、今はもう一発の小銃もうかつには撃てなかった。ロシア軍も攻勢に出なかった。これも同じように弾薬に乏しいのか、下手に日本軍を誘発して白兵戦になっては不利だと考えているのか、判らなかった。

こうしているうちに、はや結氷期が来た。粉のような雪も幾度か降って、日露両軍の間に流れていた河も消えてしまった。今はただ白い平原だけが涯しもなく拡がっているだけであった。これでは何の防塞もなく不安である。ロシア軍も同じ思いらしく、深い壕を掘り始めた。これを見た日本軍も本格的に越冬用の壕を構築した。両軍の距離は、近いところで五、六十メートル、遠いところは二、三百メートルであったから、相手の顔も見え、静かな夜になると話声も聞えた。

初めのうちはお互いに神経過敏で、数多くの敵影がちらつくと、それ出動！　と疑ってパラパラと小銃を撃ってみる。こんなことを繰返して一と月経ち、二た月経つうちに、次第に度胸も出来て、壕外に出てもこちらが銃器さえ持っていなければ先方からも撃って来なくなった。日本側も弾薬を節約しなければならなかったので、向うから攻撃されない限り撃つなという命令を出した。

このような冬籠りの最中、明治三十八年一月十日のこと、第三師団参謀市瀬敬三郎少佐が管理部に来て、「ロシア軍の将校から明十一日午前十一時に、会談しようという申込みがあった。日本軍の欠乏状態を知られたくないから、高級の酒と缶詰類をみやげに貰いたい」と申入れた。私はすぐ賛成して注文の品物以上のものを渡し、その条件として「僕をその会談に同席させろ」と要求した。市瀬少佐は快く承諾した。

翌十一日早朝、騎兵一名を連れて第三師団司令部に行った。参謀一名、大隊長一名、中隊長一名に私を加えて将校四名、下士二名、兵卒五名が、白旗を先頭に隊伍を組んで、両陣の中央の指定の場所に行くと、ロシア軍からも将校五名、下士以下十名が白旗をかかげて微笑をたたえながらやって来た。彼等も接待品を携えて来た。順々に握手が交わされ紹介が済んでから、まず市瀬少佐が、

「長期間にわたってお互いに全力を尽しました。これは軍人としての名誉です。本日御招待を受けたことを感謝します」

と礼を述べた。これに対してロシア将校は言った。

「戦争は国の権利の擁護と、名誉の保持のために、やむなく起る最後の手段であって、軍人である我々は全力を挙げて戦わねばなりません。しかし、個人としてのお互いの間には何の恨みもありません。今日は僅かな時間しかありませんが、敵味方の考えを棄てて、愉快な時を持ちたい」

と挨拶した。それから双方の携行品を出し合って乾盃した。日露両軍の兵卒たちは互いにめずらしそうに、先方から出された缶詰や腸詰《ちょうづめ》や酒瓶を手にとって、ささやき交していた。

私は得利寺の戦いの時の勇敢な若いロシア将校の話をした。

「六月十四日のことでした。得利寺の戦いにウォロノフ大佐の偵察隊に属する二十歳台の若い将校が、軍刀を抜いて部下の先頭に立って日本軍に突貫して来ました。ところが、部下は一名もその若い将校について来ないのです。それにもかかわらず、その若い将校は軍刀を振り振り、ただ一人で向って来るのです。日本の将校も下士卒も、この有様に見とれて、誰一人として、彼に発砲する者がありませんでした。彼はとうとう真正面の日本将校に打ちかかって来たので、やむなく斬り合いとなり、ついに仆れました。この勇敢さ、華々しさ、これこそスラブ魂の発露であると思い、戦いの後に、その場所に埋葬して、十字の墓標を建て、敬意を表しました」

この話をしている間に、将校のある者は胸に十字を切って、祈りを捧げた。

「日本の将校よ。わが勇士に捧げられた武士道の情けに深く感謝します。一日も早く平和が来て、お互いに打解けて思い出話がしたいものです」

それから暫く杯を重ね合って、土産物の交換を行い、「今後も時々はこのような会談をしようではないか」と互いに約して別れた。

両使節が別れて、それぞれの陣営に戻った頃、双方から射撃が二十分ほど続いた。お互いに戦意を失っているのではない、という意味で行われたのであろう。だが……そんな芝居がかった見栄などは、やがてやらなくなって、両軍の交歓は、その後も度々雪の上で行われた。日本軍は弾薬が欠乏して攻撃出来なかったから、このような交歓によって時を稼ぎたかったし、恐らくロシア軍も、ヨーロッパ・ロシアからの救援があるまで、同じように時を稼ぎたかったのであろう。私は管理部長として接待を引受けていたから、出来るだけ、この方は見栄を張って、一級品を土産物に持たせてやった。

このような冬籠りに入ると、ロシア側との交歓よりも、日本軍側の内々の慰安が盛んになったし、また必要でもあった。これも管理部の仕事であって、副官の工兵中尉梅戸綽と衛兵長の騎兵大尉口羽《くちは》良雄の両氏が、この方にかかりっ切りであった。ところが補助輸卒の中に伊勢馬五郎という田舎廻りの旅役者がいて、芸のことになると梅戸中尉も口羽大尉も、この馬五郎にうかがいを立てなければならなかった。この馬五郎のお蔭で連日芝居が演じられた。この珍風景を見て私は秘かに苦笑していたが、驚いたことに、この馬五郎が、いつの間にか帯剣して輜重兵《しちょう》になっているのを見かけた。これはおかしいぞ……と思ったので調べて見ると、最初から補助輸卒ではなく、兵站監部の輜重兵であったのを、兵站監部の有田恕《まこと》参謀長が、

「馬五郎は輜重に使うより、演芸係りに使ったほうが軍にとって有効だ。管理部長に知れると、うるさいから、判らんように、補助輸卒に仕立てて、そっと管理部へまぎれこましておけ」

と命令したことが判った。こうやって管理部内に演芸熱を煽らしたのである。私はまんまとこの謀略にひっかかっていたわけであるが、よろこんで欺《だま》されることにした。

三

氷結した沙河を挟んで、日露両軍は対峙したまま動かなかった。双方ともに弾薬、兵器の補給が杜絶えて久しい。互いに相手方の戦力を推量し合って、見栄を張って意味のない射撃を加えてみたり、双方から白旗を掲げて、両陣の中央地点に相会して交歓会を開いたり、あれこれと手を使ってお互いに牽制し合っていた。その間、両軍の補給戦は鎬《しのぎ》を削っ

ていたのである。旅順の陥落が日本軍にとって決定的に有利な条件になったといっても、旅順における日本軍の犠牲はあまりにも大きすぎた。世界一の大陸軍国が難攻不落を誇って築いた要塞であってみれば、それもまた已むを得ない結果であろうが、そのために第二軍を中心とする北上軍の補強は不十分なものになった。

一体、日本軍は勝っているのであろうか。肉弾に肉弾を撃ち重ね、死屍に死屍を積み重ね、弾が尽きれば銃を逆手に打ちあい、銃が折れれば血塗《ちまみ》れの手で頸を締め合って戦って来たのである。今や厳寒を迎えて奉天を前に、見渡す限りの大氷原に釘付けになってしまった。両軍の将校が白旗の下で交歓した時にも、両軍の戦績が話題になったことがある。ロシア将校は日本軍の武勇を賞讃して勝利を祝福したが、日本将校は自信のない笑顔で頷くほかなかった。

冬籠りの三カ月、ついに最後の日が来た。明治三十八年三月八日である。この日が、わが第二軍の最後の死闘の日となり、また日露戦争における陸戦の幕が閉じられる日ともなった。

三カ月の間、氷原の友となっていた日露両軍は、突如として凄惨な死闘の鬼となって、広大な野戦を展開したのである。戦線は入り乱れ、随所に白兵戦が起り、伝令は杜絶え補給は断たれ、司令部の命令は、辛うじて師団に達しても、師団命令は第一線の諸部隊には伝わらなかった。連隊命令でさえが徹底せずに、随所に分散した小部隊は、敵兵と見れば出会い頭《がしら》に射ち合い、弾が尽きれば銃を構えて飛びこんでいった。誰が命令するわけでもないし、誰が督戦するわけでもない。敵か味方か、この二つしかなかった。そこには作戦もなければ戦略もなかった。

全軍悪戦苦闘の二昼夜、いずれの部隊にも勲功の差はなかったが、わが第二軍にあっては第三師団の正面が最も激しく、そのうちでも、李官堡《りかんほ》の前の畑中の三軒家の奪取戦は凄惨なものであった。歩兵第三十三連隊は連隊長吉岡友愛《ともよし》中佐が陣頭に立ち、弾尽きて白兵戦となり、斬って斬って斬りまくり、ついに軍刀も折れ、力尽きて、日露両軍兵士の重なり倒れた死屍の上に戦死を遂げたのである。この報告を傍らで聞いた私は、その翌日の三月九日午後三時、騎兵一騎を伴って苦闘の第三師団を訪うた。

この日は未明から南風が強く、文字通りの黄塵《こうじん》万丈、太陽の光も被われて漏れず、天地暗澹《あんたん》として三、四間先の物さえ見えないほどであった。すでに第一線の激闘は峠を越し、銃砲声は遠く奉天に近づいていた。傷ついて力尽きた将兵たちは黄塵を浴びて随所に群り横たわっており、死屍もまた黄塵に半ば埋もれて識別困難であった。

第一線に近づくに従って、黄塵に被われた沙漠のような畑地には、戦死者や重傷者が遺棄した銃器、弾薬、雑嚢、水筒などが死屍とともに散乱して、半ば黄塵に埋まっていた。兵士の一人一人が、機関銃の猛射を避けるために円匙で自分の頭を入れる穴を掘った跡が、黄塵に埋もれながらも点々と残っていた。この日露大会戦の最後の戦場に、若い生命を散らした兵士たちの哀れな営みが、馬上の私の胸を締めつけた。

「教官殿ではありませんか。川上素一《もといち》であります」

声をかけられて振り向くと、傍らに馬を近づけた若い将校があった。黄塵にまみれた顔が、私の記憶を喚《よ》びさまさなかった。

「………？」

「大山総司令官の副官川上大尉であります。元帥閣下から命を受けて戦線を視察いたしております」

こう言われて思い当った。川上操六《そうろく》大将の子息で、私が近衛歩兵第二連隊付の時に士官候補生として入隊し、私が教育したのであった。吹きすさぶ黄塵の中で懐しい面影を見ようと顔を近づけて握手した。

「元帥閣下は常に申されております。皆さまのお蔭で各方面とも連戦連勝、とうとうわしの出る幕がない。しかし、これが国家の慶事だ。わしの出る時は全軍総崩れになった時だ。その時はわしは陣頭に立って死ぬと申されております」

「………」

「いつも戦線を巡って感じますことは、このような戦闘は、命令や督戦では出来ないということです。命令されなくても、教えられなくても、兵士の一人一人が、勝たなければ国が亡びるということを、はっきり知って、自分で死地に赴いております。この勝利は天佑でもなく、陛下の御稜威《みいず》でもございません。兵士一人一人の力によるものであります……さように考えることは、教官殿、けしからぬことでしょうか」

「いやいや……その通り、僕もそう思っているよ。天佑とか御稜威とかいうのは、あれは君、陛下に報告するときの文章だよ。しかし川上君、兵士の一人一人が、このように戦ったのは、小隊長も中隊長も大隊長も、いや連隊長までが抜刀して、いつも先頭に立って進んだからだよ。だが……つくづく思うねえ、両軍の間にこんなに兵器の優劣の差があって、よくもまあ、ここまで来つるものかなとね……」

「総司令部におりましても、全く勝利の確信が持てませんでした」

「第一線もそうだったよ。今日こうして倒れている多くの兵士たちも、勝敗を超越して戦った。超越しなければ戦えるものじゃなかったろうよ……」

私は川上大尉と別れ、戦死体を踏まないように用心しながら、馬に鞭《むち》をくれて黄塵のなかを激戦地の三軒家に急いだ。

四

国家民族存立のためとはいえ、この惨状はなんたることであろう！　眼のあたり見た激戦地三軒家の惨状を、神々はただ空高く眺め給うのみであろうか。眺め給うてただ憐れみを垂れ給うのみであろうか。

　露軍の主力部隊の前哨であった僅か三軒の支那家屋が争奪戦の的となった。歩兵第三十三連隊長吉岡中佐は砲煙の幕をくぐって先頭に立ち、この前哨の掃滅戦に突っこんで戦死したのである。狭い家屋の中で、庭先で、路地で、射ち合い斬り合いつかみ合い、両軍入り交って死体の山を築いた。いずこも同じように両軍兵士の死体が重なり合って倒れていた。中には真黒に焼けただれて敵とも味方とも判らないものがある。投げあった手榴弾の火を浴びたものであろう。手足がばらばらになって散っている死体が沢山あって、足の踏み場もないほどである。私は馬を降りて呆然と立ち竦んだ。

　まだ収まらぬ黄塵の嵐の中で、生き残りの兵士たちが、激戦の疲れを押して戦友の死体を収容しているのが影絵のように見える。ロシア兵の死体も、蓆《むしろ》を敷いて丁重に並べており、戦友の死体には氏名の標識をつけて順次後方に送っていた。

　一人の兵士が一軒の家屋の窓ぎわに立って、誰か手伝いに来てくれと叫んだ。私は馬を傍らの木に繋いで、急いでゆくと、すでに二、三の兵士が集まって話しあっていた。

「誰だろう？」

「さあ、判らんなあ……」

　兵士たちは私を認めて身を固くして敬礼した。「ご苦労さん」と言って窓下に近づくとロシア兵二名が倒れており、それを踏み台にして一人の日本兵が真黒に焦げたまま、片足を窓から室内に入れている。しかも焦げた両手には、しっかりと銃が逆手に握られて、ふりあげられたままである。しかもその銃は二つに折れていた。この兵士は銃丸尽きて銃を逆手に握ってロシア兵を叩き伏せ、家屋内に飛び込もうとして、手榴弾の火焔に焼かれたものと推定された。

　私は畏敬の念に打たれ挙手の礼をしてから、兵士を手伝って、黒《くろ》焦《こ》げの死体の手から銃を離そうとしたが、焼け焦げた指は銃の部品のように、しっかりくっついて離れなかった。

「よしよし、取るな、このまま収容しろ、この銃には魂が通っとる」

　兵士たちは私に敬礼して、銃を逆手に握って振り上げたままの黒焦げの死体を、黄塵の彼方へ運び去っていった。私は敬礼して見送った。おそらく、この勇士の氏名は判らないであろう。所属部隊にもその功を知られず、まして家族にも同胞にも、なんの消息も伝えられずに、「行方不明」のまま「戦死したものと認定」されるのであろう。考えて見れば、このような勇士がこの戦いに幾万いたことであろう。

　この三軒家の激戦地に足を踏みこむまでに、私は黄塵の嵐の中を馬を走らせながら、遺棄された武器の間に、点々と戦死体が、半ば黄塵に埋もれているのを眺めた。黄塵に埋もれて誰とも判らぬまま、戦史の蔭に埋もれ、やがて秋草の下に白骨となり、歴史の流れに消え果ててゆく同胞がいかに多いことであろう。

「菊地正三さまではありませんか」

魂を奪われていた私は、諜報任務時代の仮名を呼ばれてハッとして振り返った。黄塵の風の中に、黒詰襟服に袈裟を掛けた僧侶が馬の轡《くつわ》をとって合掌していた。

「おお、道瞑さん！」

咄嗟に彼の名が私の口をついて出た。かつては戦前の満洲で、お互いに身を明かさずに、しかも同じ困難な諜報任務に就いていた間柄であり、思いがけずも再び広島で軍用船に乗った日に、船上で相会したまま、同じ第二軍にありながら、今日まで会うことがなかった。彼は第二軍司令部付の通訳であったが、おそらく通訳の仕事よりも、今日この頃は、戦死者の慰霊、埋葬に日を過していたのであろう。

「道瞑さん、なんというひどいことだ」

道瞑師の頭も長く伸びた顎鬚《あごひげ》も眉毛も、黄塵にまみれて赤く、詰襟の黒服にかけた袈裟は、悪戦苦闘を続けた軍旗のように破れ千切《ちぎ》れていた。

道瞑師は、しばらく念仏を唱えてから言った。

「ひどいことです。まことにひどいことです。ですが菊地さん、ひどいのは戦場に限りませぬ。平和な時代にあっても、お互いに欺しあい傷つけあうことが多い、しかも同胞の間で……」

「判った、道瞑さん。あなたの言われる通りだ。その通りだが、この多くの人たちの恩を忘れてしまうことが、それこそ一番深い罪のように思われる」

道眠師は念仏を唱え丁寧に礼をしてから、馬に跨って黄塵の霧の中へ去っていった。

その日、私は奥司令官に戦場視察の報告をした時、三軒家で見た兵士の黒焦《くろこ》げ死体が、銃を逆手にふり上げたままであったことを特に告げた。奥司令官は「ありがたいことじゃなあ……」と言って合掌した。

その夜も、遠雷のように地平の空に閃光がひらめき、砲声が大地に響いた。私は寝台の上に坐って合掌した。

文豪と軍神

一

砲声絶えて思うことは、喪った人々の多いことである。先輩を、同僚を、部下を、そして私の知らない多くの同胞を。

沙河の戦いを終えて奉天に入城した頃は、ロシア軍は遠く北に去って動かなかった。第二軍の一部は北に派遣されて警戒に当ったが、総司令部の命令によって敵に接触することを避けた。田中義一参謀等の強い自重論が通って、戦線の情況は講和への国際的動きに照応して終幕近きを思わせた。

司令部の机に寄って周囲を見渡すと、一年前に満洲大陸に軍刀を握って上陸した当時にくらべて、顔ぶれが随分と変っていた。私が部長をしている管理部の将校だけでも、前任部長の橘周太中佐を筆頭に五氏を喪っている。

明治三十八年四月十日、奉天城内の黄寺で慰霊の法要を営んだ。導師はたまたま滞在中の西本願寺の大谷尊重師にお願いし、司祭者は私であった。従って私が祭文を読むことになるので、木版刷りの赤い罫線《けいせん》の入った軍用箋《ぐんようせん》を机の上に重ねて筆をとったが……どうも書けない。橘周太中佐の事績を書こうと思うと、幼年学校時代からの彼の顔が次々に浮んで来て、思いはいつしか東京のお濠端《ほりばた》に遊び、靖国神社裏手のその頃のわが家、青山北町六丁目の黒板塀《くろいたべい》の母の家にと……とりとめない思いが混ってきて、どうにもならないのである。翌日も、その翌日も、硯《すずり》に向い墨をすり、筆を噛んで眼を閉じると、橘周太の面影が、私の生き永らえている姿をじっと眺めるのである。橘周太はすでに軍神として近寄り難い遠いものになっているのに、瞼に浮んでくる橘周太は、温かい体温を持った手で、筆を持つ私の手を押えてしまうのである。

いよいよ翌日は慰霊祭という日になっても祭文は出来なかった。懊悩《おうのう》失望の果てに、私はふと思いついて、恥をしのんで第二軍軍医部長、森林太郎（鷗外）博士を訪ねて苦衷を訴え、祭文の執筆を依頼した。

鷗外博士は私の話を聞いて、笑いながら「そのように親しい間柄では無理ですよ。祭文などというものは、冷やかな傍観者でなければ、書けるものではありません。よろしい、私が間に合せてあげます」と言った。

約束の午後八時になった。もし出来ていなかったら、徹夜で居催促するつもりで訪ねると、祭文は立派に出来上っていた。文学者というものは、催促に催促を重ねなければ原稿はもらえぬものと決めていたから、私は拍子ぬけして、ただただ感謝するばかりであった。

祭場には第二軍司令官奥大将、梨本宮を初め司令部員一同、各師団からは五名から十名の代表が派遣されていた。中でも人目をひいたのは、歩兵第三十四連隊橘大隊の生残り約百二十名が参列したことであった。

「第二軍管理部長陸軍歩兵少佐石光真清、謹んで故陸軍歩兵中佐橘周太君等五位の在天の霊に告ぐ……」

と私は声高らかに名調子の祭文を読みあげた。（原文は片仮名がき）

「恭《うやうや》しく惟《おもんみ》れば、現下の戦役に当つて、将卒の職責を尊重し、身命を惜まず、或《あるい》は進んで銃砲火を冒《おか》し、或は白兵相逼《あいせま》り、斃《たお》れて後已《や》む者、何《なん》ぞ限《かぎ》らん。唯《た》だ属する所、其《その》部隊を同じうし、旦暮《たんぼ》、相視相語《あいみあいかた》り、行くに轡《くつわ》を並べ、留《とど》まるに席を分《わか》つ者にして、一朝陣亡《じんぼう》し、忽《たちま》ちにして幽明を隔つるに至つては、縦《たと》ひ石心鉄腸を以てするも、安《いずく》んぞ能《よ》く情を為《な》さん。

我陸軍歩兵中佐橘周太君は、真清に先だつて、管理部長の職に居れり。当時真清、乏《とぼしき》を副官に承け、属する所其部を殊にすと雖《いえ》ども、均《ひと》しく是れ軍司令部の管内たり。故に真清は先輩として君を視、教を受け、益を得たること其れ幾何《いくばく》ぞや。君、忠誠天性に出で、夙《つと》に篤行を以て顕《あら》はる。其の少尉たりし時、擢《ぬき》んでられて東宮《とうぐう》武官たりしは、固《もと》より偶然に非ず。大尉に進んで戸山学校教官となり、少佐に進んで名古屋地方幼年学校長となる。此間言動必ず後進の儀表たらんことを期し、学生生徒の君を視ること慈父も啻《ただ》ならざりしは陸軍軍人の偏《あまね》く知る所なり。其の管理部長たるや、事務或は猥瑣《わいさ》に亘ることありと雖ども、細心商量し、毫《ごう》も苟《いやし》くもすることなかりき。転じて歩兵第三十四聯隊大隊長と為《な》り、鞍山站の戦闘より始て指揮を親《みずか》らし、我軍遼陽に迫るに逮《およ》んで、首山堡を夜襲し、勇往邁進、壮烈の死を遂げ、臨終猶《なお》其死するの日の東宮の誕辰《たんしん》に中《あた》れるを喜ぶ。其事蹟実に儒夫《だふ》をして起たしむるに足る。宜《むべ》なるかな全国の新聞紙既に之を伝《でん》播《ぱ》し、後の史家は将《まさ》に之《これ》を不朽にせんとす。何ぞ真清が一語を賛するを待たんや。

陸軍歩兵少佐大越兼吉君も亦《また》勤倹の士にして平生の行ふ所大いに人を感発するに足るものあり、明治二十七八年の役、君中尉として第二師団に在り、勲功に依つて金鵄勲章を賜はる。然るに勲章年金は挙げて同郷の青年を養成する資に充《あ》て、居常《きょじょう》自《おのずか》ら奉ずること極めて薄く、家に寄食する者恒《つね》に四五人を減ぜず。君の庇蔭《ひいん》に因《よ》つて身を立てし者既に二十有余人の多きに至る。其の管理部副官たるや謹厳事を視、終日惰容《だよう》なし、出でて歩兵第六聯隊第二大隊長となり、沙河の会戦に功あり、感状を受く。奉天の会戦、君李官堡に在り、敵の大縦隊の逆襲するに会し、身に数創を被りながら、収容せらるることを肯《がえん》ぜず、駐《とど》まつて戦況を詳報し、残兵を指揮して戦歿す。壮なりと謂ふ可《べ》し。

陸軍歩兵大尉浜田秀治君は、初め中尉として管理部副官たり、大尉に進み出でて歩兵第六聯隊中隊長となる。奉天の会戦、李官堡に在り、敵の逆襲に会し、奮闘、丸《たま》に中《あた》つて殪《たお》る。又陸軍歩兵中尉中根正吉君は、初め衛兵長として、管理部に属す。既にして歩兵第二聯隊に復《かえ》り、旅順を攻撃し、右股を傷け、後送せらるることを肯ぜず、二週間目にして隊に反《かえ》り、大隊副官となり、標高二百零三の高地を攻撃し、奉天の会戦に至つて戦歿す。並に皆我管理部の同僚にして其終を同じうせり。其他陸軍歩兵特務曹長梶原儀三郎君は初め参謀部書記たり、出でて歩兵第四十八聯隊に属し、奉天の会戦亦奮闘して死す、管理部員に非《あら》ずと雖《いえど》も亦《また》真清が日常語を交へし所の者なり。

抑《そもそ》も生れて其死処を得るは人臣の栄とする所にして、軍人の最も然りとす。真清同僚の友を喪《うしな》ひ、哀慕禁じ難しと雖も、顧みて之を念《おも》へば、小にして我管理部、大にしては我司令部の、死して余栄あるの士を出すこと、此《かく》の如く其れ多かりしは、聊《いささ》か以て自ら慰むるに足る。真清此《この》追悼会に莅《のぞ》んで感慨殊に深し、直ちに胸臆《きょうおく》を攄《の》べて文字を修飾するの遑《いとま》あらず、切に願ふ六位在天の霊、真清が狂愚を咎《とが》むることなく、寛宥して之を聴かれん事を。

明治三十八年四月十日

第二軍管理部長　石　光　真　清」

一同焼香の後、境内にある奉天劇場で将校下士卒一堂に集まって昼食をとり、解散したのは午後四時を過ぎた頃であった。第三十四連隊橘大隊の生き残り百二十名は、よほど嬉しかったと見えて、私の前で泣いて感謝した。

会場からの帰り路、奥大将が独言のように言った。

「石光君が名文家だとは知らなんだ。よう出来《でけ》ておった。なあ税所君《さいしょ》」

税所少将も「簡にして要を得ている」と賞めた。褒《ほ》められっ放しになっては困るので、私は筆がとれず幾晩か苦しんだこと、その揚句に勇を鼓して軍医部長の森鷗外博士に作っていただいたいきさつを正直に話した。すると奥大将も税所少将も同時に「ほう……」と言って私の顔を見直した。この「ほう……」が、「意外だ」という意味なのか「なるほどね」という意味なのか、私はとっさに判じかねたが、おそらく、その両方であったろう。

二

奉天に駐屯一カ月余、五月九日には行軍四泊の距離にある小村落、慶運堡《けいうんほう》に進駐した。ロシア軍は遥か北方に去り、砲声絶えてすでに久しい。だが……偵察によると、兵員はわが軍の倍であり、火器もわが軍ほど消耗していないように思われた。わが方はもう国力の限度に来て、大会戦に遭うごとに、「大勝利」を報ずるごとに、目立って戦力を失っていった。

この情況にあって、もし制海権をロシアに奪われたら、満洲の曠野に陸軍は殲滅され、内地は軍靴に踏み荒され、亡国は決定的になる……とひとしく第一線も中央も憂えていた矢先に、素晴しい吉報が嵐のように戦線を駆け巡った……五月二十八日、わが連合艦隊がバルチック艦隊に全滅的打撃を与えたというのであった。旅順陥落の時と同じように、司令部は総立ちになって祝盃を挙げ、万歳の声にまきこまれた。この悦びを抱いて、わが第二軍司令部はさらに北方に約一里を進めて、古城堡に進駐した。けれども敵は動かず、砲声も絶えたままであった。

この頃から司令部部内では、ひそひそと耳を近づけて語ることが多くなった。講和への微妙な動きが、眼から眼に、耳から耳に、敏感に伝わっていった。総参謀長児玉大将が帰国して戦線の実情を中央に伝え、講和の機会到来を進言した……大本営も同意見らしい……米英両国も斡旋に乗り出した……こんな噂とも情報ともつかぬ話が、秘かに伝わったのである。

このような首脳部の空気は下士卒の間にすぐ拡がった。土塀の裏で、営舎の隅で、あるいは崩れた民家の蔭で、三人五人と下士卒が集まって、ひそひそと語り合っているのである。われわれ将校が通りかかると、号令の声高く直立して敬礼するが、上官にその疑問を問い正すようなことはなかった。われわれ将校もまた公けの話題にすることを避けていたし、奥司令官もこれについては一言も触れなかった。

平和への希望が、雲間からもれる光のように戦線に射《さ》し初めて、生きて帰れる望みが湧いてくると、将卒の胸の隙間に予期しなかった新しい不安が滲み入って来た。

「講和はうまくゆくだろうか」

「失敗したら、どうなるんだろう……」

今日まで砲煙弾雨の中で血塗《ちまみ》れの激闘を繰り返しているうちは、ただがむしゃらに射ちまくり斬りこみ突進して、どうやらこうやら、ここまで辿り着いた。勝たねばならぬと考えることがあっても、講和などという言葉は脳裡に浮ばなかった。講和の幻影がわれわれの前に現われてからは、楽しいような心配のような妙な気分が立ち籠めたのである。

私は各部の希望に応えて演芸会の準備にかかった。誰もが同じことを考えていたのである。このような時には演芸会を開いて気分をひき立てるほかない。時には、乏しい酒肴も思い切って配給することにした。

沙河対陣の時のように、わが管理部は、旅役者出身の輜重兵伊勢馬五郎を中心に演芸班を再組織して、太鼓の音も懐しく田舎芝居が始まった。この頃には避難していた市民たちの群が、待ちかねていたように戻って来た。車に山のように荷物を積み重ね、その上に幼ない子供を乗せている者、足腰の立たない老婆を背負った貧しい男、驢馬《ろば》に曳かせた車に家族全部と雲雀《ひばり》の籠や小犬まで乗せている者、歩き疲れた子供を叱り叱り大荷物を背負って来る女、さまざまな階級の市民たちが、さまざまな苦労を身に負って戻って来た。戻ってみると家屋は無惨に壊され、あるいは軍用に徴発されて、住む所なく土煉瓦の山にたたずんでいる群、なんとも気の毒な情景であった。かつては義和団事件の騒動に荒された直後、怒濤のようなロシア軍の軍靴に踏まれ、協力を強制され、そしてまた日露両軍の死闘の犠牲になったのである。このほか両軍の苦力《クーリー》に強制徴発されて行方不明になった若者も沢山あったに違いない。清国当局にも日本軍にも、彼等を救済する能力がなかった。にもかかわらず彼等は、根強い生活力で日ごとに生気を取戻していった。

六月十三日のことである。野外演芸場で箱に腰かけて芝居見物に退屈をまぎらしていると、副官がとんで来て「休戦交渉が開始された」という公電が入った旨を告げた。周囲にいた者が一斉に顔を集めて聴き耳を立てた。「休戦交渉の開始」が、「休戦になった」に変って耳から耳に伝わり、芝居見物の将卒は動揺して舞台に背を向けた。舞台の上の塩原多助が、うどん粉を塗った顔でポカンと口を開けたまま動かなくなり、馬の足が縫いぐるみを脱いで顔を出した。だが万歳も歓声も起らなかった。

「どっちが勝ったんだ?」

「そりゃあ日本だろうさ」

「さあ、判らんぞ、それは……」

「日本だよ、間違いないよ」

「そうだろうか……」

こんな囁《ささや》きが兵卒の間に交わされて芝居は中断された。私も奥司令官の部屋に駈けつけた。司令部の首脳が続々と詰めかけて満員になった。奥司令官は「情勢は極めて微妙で予断を許さないから、一層警備を厳にして士気の沈滞を防がねばならない、従来と変りなく御苦労を願いたい」と言った。祝盃をあげようと言い出す者は一人もいなかった。間もなく伝騎が各師団へとんで、この情報と命令が伝えられた。

その後は戦線に変化なく、日露両軍は遠く離れて対峙したまま動かなかった。七月中旬になると、従軍していた外国武官がぼつぼつ引揚げ始めた。うるさ型の米国のマッカーサー陸軍少将が引揚げた時は、お祝いをしたいほど、さっぱりとして嬉しかった。

八月十四日、梨本宮殿下が赤痢《せきり》に罹られたので、芳賀栄次郎軍医正が主治医になり、私が看護係を担当した。これも九月中旬には全快、その月の二十日にひと足先に帰京された。

九月七日、日露間に休戦条約が締結されたという公電が入った。これで初めて天下晴れて万歳を叫んだ。

「それみろ、やっぱりそうじゃないか」

「勝ったんだよ、今度は間違いないよ」

「いや、いや……まだ判らん」

「とにかくさ、戦争は終ったんだ」

「そうだ、そうだ」

「万歳！」

「万歳！」

この日初めて将校も兵士も遠慮のない笑顔をした。万歳が繰返された。祝盃があげられた。


「天皇陛下万歳」

「大日本帝国万歳」

「第二軍万歳」

「万歳！」

「万歳！」


悪戦苦闘の二年間、貴い血の犠牲によって母国は危機を脱した。わが家族も安泰であり、わが子孫の未来も確保された。忘れていた感情が蘇ってきて、胸の中で「わが家族万歳」「わが命《いのち》万歳」を誰もが叫んでいたことと思う。

戦友の血を吸い、戦友の骨を埋めた満洲、戦前には多数の志士たちが秘かに生涯を捧げた満洲、多くの女たちが不幸な運命を背負って放浪した満洲、この思い出多い満洲を後にして凱旋の途についたのは、再び広漠たる氷雪の曠野に変った十二月三十日であった。

失意の道

一

生きていることの幸福を知る機会は、生涯のうちで案外稀《ま》れなものである。凱旋列車の中の将兵たちは、沿線いたるところ万歳の嵐と小旗の波に迎えられ、静岡を過ぎ大船を過ぎ横浜を後にして新橋が近づく頃になると、胸の鼓動は早くなり、眼の色が変って、居ても立ってもいられない風情である。つい先頃まで、彼等は毎日、戦死体と共に暮していた。激戦の果てに生き残っても、死んだ友を悼《いた》むだけで、大して喜びもしなかった彼等である。戦地では、かえって生死の境が明らかでなくなる。草むらに並べられた戦死体と、それを整理している兵士たちと、その間には静かなものと動いているものとの区別があるだけのようにさえ見えた。彼等は死を怖れなかった、常に死と共に暮していた。それが幸運にも生き永らえて、こうして凱旋列車が故郷に近づき、肉親に会えるのだと知ってからは、がらっと心情が変ってしまったように見える。

列車の網棚の上に並んでいる白布の箱は、終戦間際の戦いで死んだ戦友たちの遺骨である。その下の座席では、遠足の小学生が目的地に近づいた時のように、早手廻しの身支度に大騒ぎを演じているのである。

私もまた数十分の後に、あるいは数時間の後に会うに違いない老母や妻子の笑顔と涙を瞼に描いて瞑目《めいもく》した。そして召集解除となった後の新しい仕事を漠然と思いめぐらして、淡い幸福感に揺られていた。このような環境におかれると、生と死が較べることの出来ない異質のものであることを沁々《しみじみ》と悟るのである。生死と言い、幽明と言い、言葉の便宜から並べて語ることが空しいことに思われる。戦場にあって死は友であった。死を友として三年。今はそれが遠々しく離れ薄れ、記憶から現実味が消え去ろうとしている。私が二十数年の間、師と仰ぎ兄と慕い、先輩として敬して来た橘周太中佐の死も、私が斎主となって森鷗外作の追悼文を読んだ頃は、名文調の追悼文が空々《そらぞら》しいものに思われたが、今は軍神として私の手の届かない遠い高い所に離れてしまって、気取った森鷗外の名文が、少しも不自然でなくなっていた。私をとりまいている環境は、もう黄塵の渦巻く戦場ではない。黒い湿った沃土であり、緑に被われた山々である。乞食のような避難民に代って、晴着姿の男女の笑顔が列車の窓に犇《ひし》めいている。住みなれたはずの祖国が、まるで新しい世界のように私たちを迎えているのである。

この感慨は、東京の赤坂青山北町六丁目のわが家に戻って、母や妻子に囲まれた時に一層深く心をゆさぶった。出征して間もなくの留守宅に生れた長男真人が、すでに満一年六カ月を過ぎてよちよち歩いていた。二人の女の子の次に生れた男児である。坊主頭が無性に可愛かった。戦地生活の間に思い出さなかったわけでもなく、想像してみなかったわけでもないが、この子供たち——自分の生命《いのち》に直接つながっているものが、私の生命《いのち》とは無関係に、定められた順序で伸び育っていたのである。母は母の生活を、妻は妻の生活を、そして子供たちは子供たちの生活を、この三年間過して来たのである。こんな当り前のことが、なぜか不思議で堪らなく、また重大なことのように思われるのであった。

三年前に死を覚悟して去ったわが家は、何一つ変っていなかった。家の中の調度も畳も襖《ふすま》も色あせていた。万一のことを考えて慎《つつま》しく暮していたのであろう。長火鉢の鉄瓶も、差し出された茶碗もお盆も、皆使いなれたものばかりであった。

妻子五人、枕を並べて寝床につくと、この家族を養ってゆく責任が私にかかっていることを、当り前のことながら、ひしと胸に感じた。日露の開戦とともにハルビンの写真館を引揚げた頃は、まだ三十歳台であったから、前途に多くの夢を持っていた。今私は四十歳である。召集を解かれて一人の市民になって放り出されると、淡い楽しさの底に一抹の不安がないわけではなかった。

凱旋祝いや挨拶廻りに数日を過した後のこと、老母が遠慮がちに私の考えを質《ただ》した。

「どうお考えかい」

「まだ、頭がまとまらないのです。もう暫《しばら》く保養してからにします」

「そうだね、それがいい、もう当分は戦争もないだろうからね」

「はい……」

これだけの問答で終ったが、私の胸には覚悟を促す強い言葉として響いた。その頃すでに軍を退いて貴族院議員になっていた叔父の野田豁通《ひろみち》を訪うと、

「あせるなよ、いいか、ゆっくりやるんだよ」

と言い、参謀本部の田中義一大佐は、

「僕に考えとることがあるから待っとれ」

と言った。

凱旋後の一カ月余は、御陪食とか歓迎会とか送別会が続いて気がまぎれた。弟の真臣を始めとして出征した親族も幸い無事に帰って来た。だが落着いて周囲を見廻すと、遊んでいるのは私だけであった。自分が職を持っていないと、ひがみではないが、とかく職場の人々を訪ねづらくなる。遠慮がちになるのである。すると自然に家を出づらくなって、家族を相手に平和を楽しんでいるうちに、いつの間にか世間から孤立してゆくような淋しさを感じた。戦前にハルビンの写真館で生死を共にした人々には、満洲に残して来た写真館を始め支店の類一切を無償で提供するほかに、何一つ与えるものがなかった。それ以上には頼りにならない境遇の私を諦めて、ちりぢりに去って消息を断ってしまった。

こうして三カ月余り、なすこともなく過しているうちに、花の季節がめぐって来た。その頃の私には、家からほど近い青山墓地の静かな桜並木の散歩が楽しみになっていた。香煙のただよっている新しい墓に立寄ると、きまったように陸軍歩兵上等兵何々の墓というように、ほとんどが戦死者の墓であって、例外なしに新しいお花が供えられていた。勝ったとはいっても、この大戦争の傷痕は深く広くえぐられていて容易に消えることはないであろう。ある時は幼い長女の手を引いて赤坂見附、三宅坂、九段、上野と……永年の間楽しめなかった桜の下を、たんのうするまで歩き廻った。明け暮れ家族と遊び暮しているうちに、いつの間にか心の中に大きな穴があいているのに気がついた。埋めようとしても埋めきれないほど空虚な深い穴が、ポッカリと口をあけているように感じたのである。これはいけないぞ……と気がついた頃、三月二十八日のことであった、参謀本部の田中義一大佐から招かれた。

「君の苦労に酬いるためにな、実は接収した満洲鉄道の会社が出来たら、長春に勤めてもらおうと思ってね、関係方面とも協議の上で名簿の中に加えてあるんだが、どうも会社の設立が思うように進まん」

と、南満洲鉄道株式会社設立が、戦後の資金難と米国の鉄道王ハリマンの協同経営申入れなどの国際問題がからんで、本格的に発足できないでいる事情を説明した。

「いつまでもぶらぶらしとるのは苦しかろう。どんなもんだろうな、もう一度満洲に行ってみる気はないかね」

「………」

満洲と聞いて私はぐっと言葉が詰った。田中義一大佐も敏感に私の心の動きを感じたらしい。声を落して言った。

「家庭の方はどうかな、そう永いことは要らん、まあ二年か三年かな……」

「どこですか」

「蒙古だ」

「仕事はなんでしょう」

「ゆっくり調査でもしとればいいさ。そのうち鉄道の方も片付くだろうからね」

私はこの話が田中義一大佐の非常な好意によるものであることを覚った。

「やりましょう、どうせぶらぶらするんなら蒙古の方が遠慮がなくていいです。内地ではどうも遊んでいるわけにはいきませんし……」

と私が答えると、今度は田中義一大佐が心配の色を眼に湛えた。

「いいかな、そんなに簡単に承諾して」

「いいです。ほかにやることはありませんし……そろそろ、やり切れなくなってきましたから」

田中義一大佐は笑い出した。

「先方に落着いたら、どうだね、今度は奥さんたちを呼びよせたら。もう危険はないしな」

「いつからですか」

「正式に参謀本部の所管になるのは遅れると思う。気の毒だが、とりあえず陸軍通訳の名義で関東都督府陸軍部付になって待機してもらえんかな」

「名義はなんでも結構です」

私はこう言って田中義一大佐の好意を受けたのである。誰にも先々の鉄道のことは話さなかった。老母は「御奉公ならいいさ」と言い、妻は「お気の毒ですね……」と言葉を濁した。母や妻が喜ぶはずはなかった。それが判らないほど鈍感ではなかったが、私は当時何かしら追いつめられた気持でいたし、また一方では、これを機会に未来が開かれるような気もしていたのである。

叔父の野田豁通に話すと「ほう、また行くかい、お前は馴れとるからな」と言って、これもあまり多くを語らなかった。

このような次第で、またも私は家族と別れて、ただ一人船中の人となり、船橋《デッキ》から新緑の山々を眺めて、過去幾たびかの船出を偲んだのである。明治三十九年五月十日であった。

二

旅順には当時弟の真臣《まおみ》（砲兵少佐）がいて要塞参謀をしていたので、一人暮しの彼の官舎に泊めてもらうことにした。その夜、弟に今回の渡航の次第を語ると、弟は首を傾げて危ぶんだ。

「さあ、兄さん少し早すぎはしませんか？　田中義一大佐のお話なら成算あってのこととは思いますが、どうでしょう、うまく運ぶでしょうか……」

と半信半疑の表情であった。

翌日、関東都督府陸軍部（後の関東軍司令部）に出頭した。当時の都督は陸軍大将男爵大嶋義昌、参謀長陸軍少将落合豊三郎《とよさぶろう》、高級参謀陸軍砲兵中佐木下宇三郎《うさぶろう》、同陸軍歩兵中佐西川虎次郎等がいた。高級参謀の木下宇三郎中佐に会って、陸軍省から貰った辞令を差出して挨拶した。その辞令には、関東都督府陸軍部付通訳、待遇は少佐相当となっていた。

木下参謀は辞令を手にとって見て、すぐ私に戻した。

「君は一体どういう目的で来たのかね」

「………」

私はハッとして参謀の顔を眺めた。まったく予想しなかったことだが、言葉の調子が冷たかったのである。

「わしの方からは、なにも君を要求したおぼえはないが……」

と不機嫌な面持である。私は参謀本部の田中義一大佐からの話のいきさつを、遠慮深くであったが正直に説明して、しばらくお世話になりたいと述べた。

「それは聞いたよ、本部の要請だから厭とは言わんさ。だが君、考えてみたまえ、剰員をかかえて、しばらく遊ばしとけなんていう命令は前代未聞だよ。常識の問題だねこれは……」

と吐き出すように言って顔をそむけた。

「いや別に遊ばしていただこうと思って、やって来たのではありません」

「……では、こうして貰おうか、遊ぶつもりでなかったら、参謀部の書類の整理でもやってもらおうか」

この時、私の顔色はさっと変ったにちがいない。書類の整理は元来下士官のやる仕事である。それを知らないで私に命ずるはずがなかったからである。

「失礼ですが……書類の整理は下士官の仕事であります。私は致しかねます」

「ほう、そうかね、困ったね」

「実は申しあげる必要のないことと考えて、さきほどはご説明しませんでしたが、田中義一大佐殿から、蒙古に入って特別任務をやれと言われました。本部の所管になるまでの間、しばらく通訳名義で待機しとれということでありました」

「ちょっと待ちたまえよ、君、言葉が過ぎてはおらんか？　本部の命令あるまで……と言ったが、君はなにか？……本部の命令には服するが、都督府の命令には服さんと言うのかね。辞令をよく読んでみたまえ、都督府の通訳と書いてある」

「……辞めさせていただきましょう」

「ほう、着任したばかりでかい。僕はなにも辞めろとは言っておらん」

「ご迷惑はおかけしたくありません。辞めさせていただきます」

「めんどうなことを言うね、君は……」

最後の言葉を聞き終らないうちに私は席を立って、次室の副官室で筆墨を借りて辞表を書き、すぐ引返して木下宇三郎中佐に提出した。同中佐は不快きわまる顔をして黙っていた。私は丁寧に失礼を詫びてから踵《きびす》を返してさっさと都督府の玄関を出た。あてもなく街に迷いこんだ。

言いようのない怒りが沸き立ち、心臓が締めつけられていた。おそらく眼も血走っていたと思う。やがて、冷汗が全身に伝わり、耳が鳴り眼が曇って街並がよく見えなくなった。これほど心を打ちのめされたことはかつてなかった。どの街をどのように歩き廻ったかよく憶えていない。誰を怨むというわけではない、こんなざままで歩き廻っている自分が無性に情けなく、腹立たしかったのである。私自身が軍出身であったから、つい気易さから田中義一大佐の好意に甘え、うかうかと大陸へ来てしまった。けれども現実の厳しさは私を容れる余地がなかった。私が軍服を着ていた頃の軍とは較べものにならないほど組織化され規律化されていたのである。

明治三十四年に特別任務のため軍籍を去った時に「軍は将来も決して君を棄てはせん、安心して行くがいい」と激励した参謀本部次長田中怡与造中将（当時大佐）は、日露開戦の前年に病没した。同じ参謀本部の総務部長であった井口省吾少将は私の行動に反対であった。

「なんで君は現役を辞めたんじゃ。俺には理解出来ん……君が現役を退いた以上は、誰が一体君に命令するんだ。戦時職務は勿論あるが、平時はなんの責任もない商人一疋だからな。一体どんな成算あって、こんな乱暴なことをやったんじゃ。……君考えてみたまえ、軍人と雖も国家に対する責務を持てば、その反面権利を与えられるのが当然じゃ。その点は軍人も文官も商人も皆同じことじゃ。君が現役を退けば、軍としては君に与うべき何ものもない。報酬もなく、地位もなく、ただ国家に対して、軍に対して、片務的に義務を負うという理由がわしにはわからん」

と言った。私は覚悟の上で喜んで片務的に義務を負って現役を退くのだと答えると、「無鉄砲な男じゃのう」と笑った。井口少将のこの意見は正しかったと思う。けれども私は喜んで死地に赴き、喜んで名誉も地位も棄てた。そして生涯後悔することはないと誓ったのである。

「今となって後悔はしないぞ、断じて後悔しないぞ」

私は自意識を失いかけ、足のよろめきを感じ、幾たびか自分を叱りとばし、怒鳴りつけながら歩いた。歩いた。駈けるように歩き続けた。

「断じて後悔しないぞ、断じて帰国しないぞ、生業の見込みが立つまでは……もう軍に迷惑をかけることはよそう」

歩き疲れて弟の官舎に帰りついたのは、夕暮も近い時刻であった。弟はまだ帰っていなかった。広い部屋に一人転がって、気を静めることに努力した。過ぎて来たことが、またも私の意識を捉えてしまう。軍を退く少し前に、参謀本部の町田経宇少佐（後の大将）から受けとった秘密文書が断片的に思い出された。

「……石光君ハ将来ハ現役ヲ離レラルルコト万全ノ策ト思フ。然シテ御家族ヲモ二年ノ後ニハ同地ニ御招《おめしよ》寄セ相成ルコト露国人其他ニ対シテモ信用ヲ得ルノ一手段、又家族ニ対スルノ義務ナルベシ。兎角《とにかく》大丈夫ノ士苟《いやしく》モ一大抱負ヲ以テ国家ニ尽サントスルモノハ現役士官トシテ数本ノ線ヲフヤシ佐官トナリ将官トナルモ又民間ニ一大事業ヲ成功シテ国家ノ常設機関トナリ大ニ献呈スル処アルモ帰スル処ハ一ナリ。小生ハ寧ロ後者ヲ石光君ニススムル者ナリ」

ハルビンに建設する菊地写真館に資金を本部から支出するという秘密文書の末尾には、

右のような一文があった。私はこれを名誉と考え、喜んで潔《いさぎ》よく軍界を去った。ここで兵古垂《こた》れてどうする。決して負けないぞ、妻子よ、しばらく辛抱してくれと心の中で祈って眼を閉じた。

旅順要塞司令部から弟真臣が帰宅して、私のただならぬ様子を怪しんだ。私から一件を聞くと、弟は砲兵少佐の軍服のまま私の傍らに寄添って自重を懇請した。

「もう辞表を出して来たからね……」

「でも兄さん、都督府陸軍部としても本部に対して具合が悪いでしょう。第一、田中義一大佐に対して失礼なことだし、まだ考慮の余地があると思います。私も側面から出来るだけ工作してみますから、今一度思いかえして、いただけませんか」

「いや、いいんだよ、僕はもう軍界がいやになった、一人の方がいい……」

「………」

「わがままを言ってすまないね」

「………」

弟真臣は軍服の腕を組んでうなだれた。

「心配しないでいいよ、一人でなんとかやってみるからね。困ったらお前のところに転げこんで来る。その時はまた厄介になるさ」

こう言って、この事件の結末をつけた。私はその翌日、弟が引留めるのを断って官舎を引払い、粗末な支那宿に移り住んだ。私の路銀は、妻が私の留守中にためた僅かな貯金と母から貰った餞別《せんべつ》だけで心細かったが、陸軍部と気まずい立場になったので弟に迷惑をかけたくない配慮から、当分の間、離れるのがよいと考えたのである。

三

支那宿に移ってからも放心状態が続いた。何をするにも、これといって手懸りがなかった。ハルビンや大連の写真館はもとより、各地に設けた支店の家財は総て館員たちの処分に委せたから、満洲においては私に全く足掛りがなくなっていた。

乏しい路銀が日ごとに軽くなっていくと、私の気持は日ごとに重くなっていった。その頃のことである。弟の真臣から呼ばれて官舎にいった。

「兄さんはお怒りになるかもしれないが、いかがでしょう」

と遠慮がちに持ちだした話は、戦利品の処分であった。当時弟は要塞参謀として戦利品整理委員会の首席で、その下に、大和田、蜷川（新、後の法学博士）の二人がいた。戦利品のうちで業者に処分が出来ないものが一つあった。それはロシアの郵便切手一万五千ルーブルである。満洲では紙屑同様でも、ロシア側に処分出来れば二割の手数料を支払うというのである。私はそんなことが出来るかどうか見当もつかなかったが、溺れるものは藁をも摑むとはこのことであろう、やってみる気になった。弟は私が怒らないで喜んで引受けたので安心した。

この仕事を私自身がやればよかったが、ちょうどこの時に私に救いを求めて来た男があった。私自身が救いのほしい境遇だったが、戦前の私を知っているこの男に救いを乞われると、救う能力もないのに断れなかった。明治三十二年、留学生としてブラゴヴェヒチェンスクに下宿をしていた時に訪ねて来た山崎という男で、その後同郷の阿部野利恭《あべのりきょう》の経営する雑貨店で使ってもらい、戦争で引揚げるまで真面目に働いていた男である。私はこの男をウラジオストックに派遣して、同地で処分するように委任した。

ところがウラジオストックに上陸した時、ロシアの税関で切手入りの鞄が問題になり、身柄とともに日本領事館に引渡された。日本側に引渡されれば、かえって好都合であり領事館の援助で処分も楽になるのに、山崎は何を勘違いしたのかひどく狼狽した。

「この切手は旅順の石光兄弟から秘密裡に売却を依頼されたもので、出所は判らない」と申立てた。当時の領事は戦前からの旧知である川上俊彦氏であったから、一応私に問合せてくれたらよかった。山崎が私の名を騙《かた》ったとでも思ったのだろうか、取調書を作って関東都督府陸軍部に送った。この取調書を陸軍部では、私が通訳問題で辞表を出した当の相手である木下宇三郎中佐と西川虎次郎中佐が協議した末、憲兵隊に移牒《いちょう》したのである。責任者の弟真臣も私もお膝元にいたのであるから、呼び出して事情を聴いてもらいたかった。それをせずに冷たく憲兵隊に引渡したのは、一体どうしたことであろう。

　私と真臣は憲兵隊に呼出され、取調べを受けた。戦利品の処分には規則があって、この切手も他の物資と同様の正当な手続を経ていることが証明されたので、即日問題は解決した。ところが陸軍部から弟真臣は、事務の取扱いに慎重を欠いたという理由で軽謹慎を命じられ、私は速かに満洲から立ち去るよう勧告された。

　戦利品処分は満洲各地の駐屯部隊に整理委員会があって、それを経て行われており、売却を民間業者が請負っていたのである。従って違法でもなく手落ちもなかったし、しかもこの切手は一般業者に引受け手がなく持て余していたものであった。取調べの結果、憲兵隊も合法的であると証明したのに、なぜこのような処分になったのであろうか。腑に落ちないことである。私の例の辞表提出が陸軍部の感情を害したからであろうか。好ましからぬ人物として退去を命ずれば、参謀本部の田中義一大佐に対して申し開きが出来ると考えたのであろうか。「石光はこんな人物である、陸軍部が通訳として引受けるのを警戒したのは当然である」ということになるのであろうか。邪推かもしれないが、そう思い至ったので沈黙することにした。弟の名誉のためにも一切の責任を負って姿を消すべきだと決心し、弟にもどこにも挨拶をしないで汽車に乗った。

　戦火に荒された満洲鉄道沿線の都市には、市民が続々と帰来していたが、二年余にわたる災害から立直るにはまだ年月を要すると思われた。日本の鉄道付属地統治の方針もまだ決らず、軍政が続けられていた。一市民として旅行して意外に思ったことは、戦時中にあれほど満洲市民に対して協調的であった日本軍が、まるで満洲占領軍であるかのように満洲市民を戦敗国民扱いしていることであった。軍から身を退き、軍から追われた今の境遇が、このように感じさせるのであろうか。駐屯部隊の傍若無人ぶりを各地に見て心が痛んだ。

さまよい歩いて鉄嶺《てつれい》に来た時、同期生の某少佐（特に名を秘す）が大隊長として駐屯していると聞いて、久しぶりに会い、すすめられるまま宿舎に数日を過した。これがその頃の楽しかったただ一つの思い出である。ところが、それから間もなくのことである。同少佐が帰国したところ思いがけない不幸が待っていた。出征中に夫人が付近の小学校の教師と関係が出来ていて、帰国後にその現場を発見し、咄嗟にピストルで教師を射殺したのである。同少佐は軍法会議にかけられて官位を失い、われわれの視界から姿を消してしまった。死に至るまで不幸な生涯を送ったことであろう。

私もまた職を失い信用を失い名誉を失い、懐中にしていた乏しい妻の貯金も使い果してしまった。人生の常道からいつしか間道にそれて、展望のきかない道を歩いているうちに、世の中は変っていた。日本は全世界の予想を裏切って大ロシア帝国に勝ったのである。日本の国際的地位も飛躍的に向上したし、官界も軍界も自信を得て近代国家への組織化に急であった。私が体験した軍生活などは、もう遠い過去の影でしかない。消えて惜しいものもあろう、去って懐しいものもあろうが、激しかった過去数年の歴史の流れは、そんな感傷を許さなかった。まして私自身のたどたどしい歩みなどは、風浪に消え去る砂浜の足跡のように儚《はかな》いものである。

「帰ろう！」

と私は決心した。

母にはなんとでも説明出来る、田中義一大佐にも要領よく弁解出来る。だが、妻に対しては言うべき言葉が浮ばなかった。空虚な胸を抱いて東京に帰って来た頃は、じめじめと長雨の降りつづいている六月の半ばであった。

母は「もう行かないでいいのだろう？」と複雑な表情で問うた。妻は「しばらく東京で世間の様子をご覧になった方が……」と言った。参謀本部に田中義一大佐を訪ねると、すでに都督府から報告があったとみえて、万事諒解ずみのようであった。

「近頃は軍人までが官僚の真似をしよる、うるさいことを言うてな」

と笑った。私はホッと心の温まる思いであった。そして帰りかけた私を戸口まで送って来て、

「機会を待つんだな、無理はいかん、僕も考えとるから」

と慰め顔であった。私はせっかくの好意を無にした詫びを繰返して辞去した。

その日から再び家庭の人になって、長女と次女の手をひいて、長雨の晴れ間をみては青

山通りの散歩に気をまぎらした。青山五丁目の善光寺の縁日は欠かしたことがなかった。ほおずきと笛の音と下駄の音が賑やかな中を、時には妻も長男を胸に抱いてついて来た。小さい金魚を買って来て手洗鉢に放してもみた。ほおずきを買って来て長女と一緒に実《たね》を揉みぬくコツも覚え、千代紙細工も出来るようになった。母の家も近かったし、妹の嫁ぎ先詫摩家も数分の距離にあったので、散歩のついでに訪ねることが多かった。もし私が失業者でなかったら、生涯のうちで一番幸福なひと時であったかと思う。だがこの静けさも二カ月続かなかった。

四

梅雨も明けて初夏の緑風が吹き始めた頃である。親戚や友人を訪ねまわって暇つぶしをしているうち、後備の陸軍中将内藤正明の紹介で、軍需成金の岡村鋭介という人に会った。満洲で事業をやろうと計画中の人物だそうで、私から満洲の事情が聞きたいとのことであった。数回招かれて助言しているうちに、事業に半ば参画したような立場になった。けれども事業実現の可能性は薄かったので、この計画に与っていた元大倉組の大阪支店長をやっていた松尾平次郎という人が、自分で満蒙産牛皮の輸入を計画し、私に調査を依頼したのである。うかつに渡航して、また零落して帰るのはいやだから、各方面の意見も一応聞いてみた。軍の拡充につれて皮革の需要は増加しており、国産化が望まれていたが、加工業はまだ中小企業の程度であった。幾回か会っているうちに、またも性懲《しょうこ》りなく大陸へ心を奪われた。そして渡航を引受けたのである。

酷暑にはいった八月、私は母から一千円借りて旅順に渡った。前の時の事情があるので、都督府関係者には会わなかった。

鉄嶺には同郷の緒方二三《にぞう》氏が陸軍通訳として軍政委員署に勤務していると聞いたので、まず彼を訪ねて相談した。彼は私と同様に牛皮のことなど何も知らなかった。そこで鉄嶺に駐在している道台《どうだい》（支那の地方官、知事）程道元が満洲の産業開発に非常に熱心であり、日支提携を熱望しているから、会って相談してみようじゃないかと、私と一緒に道台衙門《がもん》を訪ねた。

私は程道元に紹介されて、唖然としてその風体を眺めた。歳の頃はまだ四十台だが、顔色が青く阿片の常習者らしく老人じみていた。鼻の下には長い八字髭《はちのじひげ》を垂らしていて、長さ一間ばかりの煙管《きせる》で煙草を吸っていた。こんな長い煙管であるから、自分で詰めかえるわけにいかないのであろう、椅子の下には小僧が坐っていて、煙管の煙草が尽きると、そのたびに詰め替えて火を点けていた。こんな男に道台が勤まるだろうかと驚いたわけである。緒方二三氏は顔見知りらしかったが、丁寧な態度で接していた。

「御承知かも知れないが」と程道元が説明を始めた。「満洲から蒙古にかけては牛馬羊豚

協力し、是非成功したいものであります。私は道台としてばかりでなく、程道元個人としても国の利益はまことに莫大であります。貴国がこれを消費して下さるならば、弊の放牧が盛んで、まあ無尽蔵といってよろしい。貴国がこれを消費して下さるならば、弊

これに対して緒方二三氏は、私のことを日本の代表的実業家であり、軍当局の背景を持つ有力者であると言ったので、私はびっくりしたが否定も出来なかった。ロシアに代る新しい支配者の日本に結びつきたいのが、当時の支那役人の願いであったに違いない。翌日、私と緒方氏とを主賓にして道台主催の昼食会が開かれ、とうとう私を大実業家に祭りあげてしまった。国際的な山師とか詐欺師とかいうものは、こんな具合に作られていくのであろう。そう考えてこの男には深入りを避けた。

この一幕があってから、とりあえず見本を仕入れて大阪の松尾平次郎宛に送り、その後私自身も大阪に行って、松尾の紹介で安治川《あじがわ》口にある井上製革場に取引を交渉した。ところが製革場の主人は見本をひろげて、そのまん中へんを示して、これをご覧なさいと言った。素人の悲しさである。蒙古の牛皮は放牧中管理が悪いために背中に虫が寄生し、加工すると背中のまん中に大きな穴が沢山出来てしまうから、日本では昔から使わないとのことであった。取引の望みがないので、見本だけを仕入値を割って引取ってもらい、懐中僅か二百円を抱いて旅順に戻った。こんなざまで東京には帰れなかったのである。

旅順に帰ってから、ウラジオストック以来の同郷の親友阿部野利恭が、都督府陸軍部と

旅順鎮守府（海軍）の後援を得て水産組合の経営に成功していたので、彼に救いを求めた。

「よう、いつかは来なさると思うとった」

と再会を喜び、早速私の再起のため奔走してくれた。

その第一は旅順魚菜市場の創立である。これはどうやら成功して、毎月幾らかの配当を得て独り暮しの用には足りた。次の仕事は家財競売所の設置である。ことの起りはこうである。旅順や大連には戦前多数のロシア官民が住んでいたが、敗戦後は本国に引揚げなければならないので、家具その他をおそらく二束三文で満人ブローカーに売払っているであろうから、競売所を設ければ彼等も助かるし、私たちの商売にもなると考えたのである。ところが開設してみると全く駄目で、毎日ガランとした建物にぼんやりしていなければならなかった。ロシア官民の家財の目ぼしいものは、戦後に殆んど盗み出された後だったのである。これは一カ月も経たずに閉鎖してしまった。

第三回目は石灰製造所であった。老鉄山の麓に、馬賊上りの政商紀鳳台《チイフォンタイ》経営の建築用石灰の製造所が閉鎖されたままになっていた。私が明治三十三年八月、命を帯びてハルビンに潜入する時、彼の妻女お房さんの世話で軍付洗濯夫としての旅券を得たことがあった。民政署では日本側に無償貸与してもよいとのことだったので、日本が満鉄沿線都市の再興をはかる時に役立つだろうから、今から手をつけておこうと、早速火入れをした。ところが、製品は山積みのままでさっぱり売れない。調査してみると売れないはずである。大連にはロシア築港部が建設した近代的な石灰竈《いしばいがま》が四基もあって、差当り建築物の修理には事足りるし、民家の修復工事には支那人の手工業による石灰の方が、はるかに安かったのである。製品の山と竈の煙を眺めながら失望落胆、ついに投入資本の半額で満人に譲ってしまった。

これらの失敗は、第三者から見れば軽卒の結果と見られても仕方ない。時は戦後の混乱期であって、日本の対満方針も定まらぬうちに、十分な資本もなく専門的知識もない者がたどる道は、大体こんなものであったろう。私も一人の市民として帯剣を外して算盤を持ってみたが、やること為《な》すこと世間の商売常識に乗らず、わが身一つの置きどころにも窮していた。戦前には手広く満洲に手足を伸ばし、ハルビンの写真館などは商売としても成功した方だが、これは最初に参謀本部が莫大な資金を支出してくれたし、開業後はロシア軍と東清《とうしん》鉄道の格別の援助があったからである。

私はこのままの姿で再び家族のもとに帰ることも出来ず、遣瀬《やるせ》ない思いに悩むばかりであった。

五

その頃のことであった。煙の絶えた石灰製造所の傍を通っていると、この寒空にぼろぼろの木綿の支那服を着て、頭髪も髭も延び放題の男が二人、細長い木の箱を担いで、杖をついて近づいて来た。一人は三十七、八歳、他の一人は二十四、五歳であった。満洲はどこに行っても乞食が多いので、気にも留めず行き過ぎようとすると、年上の男が私に声をかけた。

「日本のかたではありませんか」

私が立ちどまって、この男の風体を眺めていると、他の一人が頭を掻きながら笑って言った。

「旦那、恥かしかこつですが、乞食になりました。お助け下さい」

「君たちは九州者らしいな……」

「はい、熊本の者で……」

と年上の男が答えた。

「熊本の大工で吉永留吉と申します。この若いのは弟子の栄太郎です、よろしくお願いします」

と頭を下げた。

「僕は乞食に知合いはないが、同郷人だとあれば通り過ぎも出来んな」

と笑うと、二人も笑い出して言った。

「いや、どうも相済みません。なるつもりじゃなかったんですが、まごまごしているうちに、乞食になってしまったんです、ところで旦那、昨日から何も食っとらんのですが、お願いします」

と頭を抱えた。私はとりあえず二人の男を宿に連れてゆき、乏しい金を割いて新しい支那服に着替えさせ、肉饅頭を鱈腹《たらふく》食わせ、散髪させてから寝かせた。温突《オンドル》の上で死んだように寝て、目を覚したのは夜中であった。

年上の吉永留吉は熊本でこぢんまりと大工稼業をして、女房と子供二人があり、これといって不自由もなかったが、戦争後に新聞が毎日のように、若者よ満蒙の天地が待っているとか、志ある日東男子よ大陸に理想の天地を拓け、などと書きたてていたので、ついその気になって、女房と子供を里に預け、家を売払って旅費をつくり、大きな夢を胸に大陸へ渡って来た。

聞くと見るとは大違いというが、吉永が見た満蒙の天地は、貧乏人と失業者と兵隊と疫病の天地であった。うろうろしているうちに懐中が心細くなってきた。このまま郷《くに》に帰るわけにもゆかないので、弟子の栄太郎と相談した結果、こんな所にまごついていては破滅だ、広い満蒙の天地だ、どこかによい所があるに違いないから奥地へ行ってみようと歩き出して、とうとう鄭家屯《ていかとん》まで来た。鄭家屯には日本人が二十人ばかりいた。

「大工だと？」

「はい、出稼ぎに来ました。お願いします」

在留の日本人は、これを聞いてふき出した。

「ばかをいい給え。来る道々見なかったかい、この辺の家屋は土を練って四角に固めて煉瓦を造り、これを積重《つみかさ》ねて造るんだよ。大工なんて代者《しろもの》は要らねえんだよ。大工のほかに何か出来るのか」

「何も出来ません」

「帰れ帰れ、金のあるうちに急いで帰るんだな。内地で食い詰めて来たんなら考えようもあるが、内地で食える奴が、なにもこんな所に来て、うろうろすることあねえや」

と相手にしてくれない。新聞があのように毎日書いているのだから、根も葉もないことではあるまい、もっと奥に行ってみようじゃないかと、無人の曠野を歩き、無人の原野に寝て、とうとう乞食同様の姿で赤峰《せきほう》に辿りついた。この頃から弟子の栄太郎が心細くなって泣く日が多くなった。

「お前たちは一体、砂漠に何を建てようってんだ、冗談じゃねえ」

と、ここでも邦人から笑われた。栄太郎は帰りを急ぐが吉永留吉はまだ諦め切れずに、もっと先に進みたかった。けれども懐中に金はなく、衣服は破れ、遥かに望む彼方は、赤茶けた黄土の丘陵がはてしもなく続いているだけであった。

「満蒙の天地なんて、つまらない所じゃないか、帰ろう、帰ろう」

吉永留吉もようやく諦めて、泣いてばかりいる栄太郎を励ましながら、ここまで辿り着いたという次第である。

「そうだよ、つまらない所だよ」

と私も合槌を打って笑った。

働き盛りの男二人、なんとか食う道をつけてやらなければならない。私自身も困っていたが、きょうの飯《めし》に困る程度ではなかった。そこで思い出したのは旅順の阿部野利恭から聞いた話である。南満の沼沢にはスッポンが沢山いるが、清国人は忘八《ワンパ》と呼び不吉なものとして食べない。日本では上等な料理で中々高価であるから、これをうまく長崎まで運べればしめたものである。ところが今日まで成功した者がない。大きなタンクを使えばよいかも知れないが、それでは算盤《そろばん》に乗らない。箱に詰めて送ると、糞と小便にまみれて発酵して死んでしまうのである。冬眠期なら安全だが、その時期には穴の奥に潜んでしまって捕まらない。こんなわけで成功した者がなかった。

「どうだね、箱を工夫してみては」

と提案した。翌日から吉永は干からびた墨壺に水をくれて、板の上に図を引き始めた。スッポンの性質を知らないで、いくら苦心しても無駄だが、誰も知っている者がなかった。こんなことをしているうちに、私自身の懐中が心細くなって来たので、二人に旅費として五十円ずつ与えて郷に帰るようにすすめた。二人は、

「へえ……」

と言って、うつ向いたまま腰を上げようとしない。

「五十円では旅費として一ぱい一ぱいだ。ぐずぐずしないでまっすぐ帰るんだよ」

「へえ……」

　こんな調子でらちが明かないので、私は彼等二人を置いたまま旅順に引揚げた。彼等が素直に帰国したかどうか知る由もなかったが、それから二年後に朝陽を訪ねたところ、驚いたことに吉永留吉がただ一人の日本人として暮していた。

「あれから暫くの間スッポンにとりつかれましてね、色々と工夫しているうち在留邦人の方々とも知りあいになり、皆さんの意見も聞きました」

「スッポンについてかい？」

「へえ、ですが皆さんの意見によると、スッポンよりもモルヒネの方がいいというのです。スッポンは失敗する危険がある。モルヒネは官憲に捕まる危険がある。どっちも危険に違いないが、モルヒネは満人にとって必需品だし利益が多いから、私のような境遇の者はモルヒネに限るというのです」

「それで密売をやったのかい」

「へえ……これも全く旦那のお蔭です。あの時下さった五十円ずつ、合せて百円が資本《もとで》でした。ご恩は生涯忘れません。お蔭さまで暮しがたつようになりました」

「冗談言うな、僕は密売屋になれとは言わなかった筈だ。若い者はどうした、栄太郎とか

は帰らんのか」
「ほう、それはよかった。将来のある体だと言ったな、お前だって同じじゃないか。お前
「郷へ帰しました。将来のある体ですから、儲けた二千円ほど持たせてやりました」
いったな」

「へえ、まだ四十歳になったばかりですが、郷へは帰れなくなりました」

話を聞いてみると、密売をやって暮すうちに神経痛に悩んだのが原因でモルヒネを飲むようになり、今では立派な常習者で、日本に帰れないというのである。妻子も里に預けっ放しであるが、時折は送金もしており、ちょっとした調子で矢も楯《たて》も堪らなく会いたくなることがあるという。そのような時はモルヒネに溺れ酒に酔い痴《し》れるほか方法がないと言って涙を落した。

「若者よ、自由なる満蒙に理想の天地を拓け」

という新聞の論説に感激して、海を渡って来た純真な青年の末路としては、まことに気の毒千万な有様であったが、同じような運命に弄ばれた若者も沢山いたことであろう。けれどもこれらの人々の悲運も、次代の開拓者たちの、ささやかな足掛りにはなったのである。

悲運の人ばかり並べるようであるが、やはりこの頃に会った人で某軍曹（特に名を秘す）がある。彼は私がロシアに留学する直前、滋賀県大津市の歩兵第九連隊で部下だった男である。私の記憶には強い印象のない実直な下士官であった。長春《ちょうしゅん》の街角でばったり出会《でくわ》

したのである。支那服を着ていたし、何故かちらっと私を認めて通り過ぎようとしたので、私はうっかり見逃すところだった。足をとめた私に引かれるように彼も足をとめて振返った。背のずんぐりとした、丸い頭と丸い背が彼であることを証明していた。そして小さい眼でちらっと私を仰いだ時に、私はハッとして立竦んだ。彼は既に戦死していて、私の戦死者名簿にも名を連ねていたし、遺族に弔文を送ったことも思い出したのである。

「石光大尉殿……」

と力のない声をもらして形ばかりの礼をした。彼と別れた頃は私は大尉であった。そのまま会うこともなく戦死の報を受けたのである。

「どうしたんだ、生きとったのか」

「はい……私は、死んだことになっておりますか」

　彼は囁くように尋ねた。事情があるなと感じたので、私は彼を飯店に誘って食事をとりながら話を聞いたが、多くを語らなかった。重傷を負って気絶したまま露軍の赤十字隊に救われ、気がついた時はベッドの上で丁寧に介抱されていたのだそうである。捕虜になることは軍人として最大の恥辱であると教えられたが、重傷の身をベッドに横たえて自決の機会を失うと、その後は容易に死ねるものではない。戦後、仮名《かめい》のまま日本側に引渡されると同時に脱走して蒙古に入り、雑貨商になって今日に至ったのだと言った。

「少しも恥辱じゃないよ、堂々と凱旋したらいいじゃないか。僕が証明してもよい」

と激励したが、彼は頭をふって「駄目です」と小声で言って沈黙した。彼の留守宅には位牌が祀られ、遺影が飾られていることであろう。白木の箱に入った遺骨も還って来て村葬が行われ、新しい墓標が立っているに違いない。

「私は一度死んだ身体です。生れ替ったつもりで暮します。日本の戸籍も消えていますし、墓も出来ているでしょう。もう私は日本人ではありません。夫でもありませんし、父でもありません」

私はこれ以上彼を苦しめたくなかったので雑談をして別れた。捕虜となり、その上脱走したとなると、正式に帰国することは先ず絶望であろう。その後、久しい間彼に会う機会がなかったが、大正の半ばに東京に現われて、郊外の世田谷村の私の家を訪ねて来た。短くかり上げた髪は半ば白く、丸い肩が前に曲っていた。粗末な黒い洋服のチョッキに太い金鎖を垂らしていて、それをまさぐりながら相変らず低い声で身の上を語った。

郷里を訪ねて暮夜秘かにわが家を遠望して泣いたとか、自分の墓に詣でて自分の青春に別れを告げたとか、聞いているだけで気の滅入る話をしたかと思うと、蒙古の純金製の仏像を沢山持っているが、買手はないだろうかと言ったりする。そうかと思うと、昨夜は泊るところがなく新橋駅の待合室で寝た、当分はそこを寝場所にするつもりだとも言った。とりとめない話を一時間以上もした揚句に、帰りの旅費がないので借用したいと言った。これが彼との生別れになった。その後どんな暮しをしたか知る由もなかったが、彼の遺族に生存していることを告げる気にはどうしてもなれなかった。告げない方が遺族にとって幸福ではないかと考えたからである。

海賊会社創立記

一

満洲に渡ってからの失敗を数えて見ると、まず関東都督府陸軍部通訳を一時間も勤めずに辞職したのを始めとして、牛皮商、魚菜市場、競売所、石灰製造所、石材採掘所、鯛の生簀など……一つとして生業にならず、やがて懐中は無一文となり、迷惑を承知の上でまたも弟真臣の官舎に寝泊りし、小遣銭を貰う身分になり下がった。来る日も来る日も無聊と焦慮と失望の入り混った明け暮れを、なすこともなくごろごろしていた。こんな奴を満洲ごろというのであろうか。満洲浪人といい、満洲ごろというものが私は大嫌いで、これらの人々とは今日まで深い交際を避けて来た。自分ではこんな類《たぐ》いの人間とは全然別の、むしろ正反対の人間であると考え、誇りを持っていたのである。私はここに思い至って、愕然として肘枕《ひじまくら》から起き上った。満洲ごろ、満洲浪人……ああ嫌《いや》だ……かつては北満馬賊と起居をともにして、馬賊の女房や女郎などを相手に洗濯屋を開いたり、馬夫になったり写真屋になったりしたが、なにも好んでやっていたわけではない。こんな方法でなければ安全に諜報任務が出来なかったからである。それがいつの間にか、習い性となって私自身の本質になったのではあるまいか。軍籍も失い、関東都督府に通訳としても置いて貰えず、憲兵隊の取調べを受けて満洲退去を命ぜられた。にも拘らず、またも舞い戻って来て、失敗に失敗を重ねながら、性懲りもなくこうしてごろついているのである。こんな思いに打たれていた時、玄関に人の気配を感じた。

「菊地正三さんはおられますか、私は本間という者ですが、誰の紹介状も持たずに突然上りまして……」

と低い声で呼びかけていた。玄関の方をうかがうと、黒い詰襟服を着た、三十歳位の八字髭の大男が一人、防寒衣に包まれて立っていた。明治四十年を迎えようとする、暮も迫った寒い日であった。

「御不審はごもっともと存じますが、急を要しましたので……御高名を慕ってお訪ねしました」

と何かしら、さし迫った気配であった。私にはこの男の記憶がなかった。

「…………」

「私は本間徳次と申しまして、戦争前には守田利遠《としとお》少将に属して芝罘《チーフー》の公館に勤めておりました者で……」

と言った。見たところ危険な感じはなかったので、彼の挨拶を遮《さえぎ》って部屋に迎えると、経歴の話をそのまま続けた。

「……これといって技能も持たず、永い間特別任務の下働きを続けておりました。そんな関係から妙な方面に知己が多く、戦争後もこういう人たちの友情で、何をするともなく暮しております」

「……さて、私にどういう御用向きでしょう？」

「実はあなたが……戦争前に北満馬賊に身を投じてご活躍になった方であると聞きましたので、渤海湾《ぼっかい》の現状について、少しお耳に入れたいことがありまして、お伺いしました」

これを聞いて私は笑い出した。

「いや、いや、私はなにもそんな方面に知己があるわけでなし、何か金儲けの口はないものかと、探し廻ってる失業者ですよ」

本間徳次と称するこの男は、ボオイの出したお茶にも煙草にも手を触れない。追われている者のように、体を固くしてヒソヒソと語るのであった。

彼の話は大略次のようなものであった。

渤海湾は支那本土と満洲各地との貿易が帆船で行われるところで、中でも芝罘―竜口、営口―西海口の間が最も繁く、輸入品は絹布、綿布、陶磁器、紙、砂糖、煙草その他の雑貨類であり、輸出品は主として農産物、獣皮毛類で、輸出入合計年額二千万円を超えている。これらの多数の荷主は、陸軍と同じように、秘密裡に滬局《ルーチー》(いわゆる馬賊海賊の連絡事務所)に保証金を支払って海上輸送の安全を計っている。保証金さえ積荷の高《たか》に応じて払っておけば、まず心配はない。まずというより、絶対にと言った方が真相に近い。ところが戦争後は、日清露三国の利害が複雑になったので、支那官憲はちょっとした事件から、国際間の問題に発展することを恐れて、海賊どもの活躍を嫌い、次々と逮捕して斬罪に処している。そこで彼等は日本の勢力地帯である大連と旅順に隠れているが、最近では奉天総督府からの通牒によって、関東都督府の憲兵隊が取調べに乗出して来た。これでは安全な場所がなくなる。彼等が完全に亡びたら、一体だれが海上の安全を保証するのか、無秩序になった小海賊の蠢動《しゅんどう》こそ貿易の障害である。ことに日露戦争後は日満支間の貿易が盛んになると思われるから、彼等の善導が必要でこそあれ、亡ぼすことは百害あって一利なしというのである。

「……ところでお願いがございます。勃海湾海賊の首領、海竜丁殿中がただいま憲兵隊から追跡されております。海竜の称号を与えられているだけに中々の人物であり、将来、日本のためになる男ですから救助すべきだと考えます。折り入って私お願いに参上いたしました」

と両手をついて頭を下げた。

「さあて、私には手に負えないことのように思われますが、まあ二、三日考えさせて貰いましょうか」

「いや、そんな悠長なことではないのです。今日にも危険が迫っているので、本人を同伴してお願いに上った次第です」

「本人とは？」

「はい……丁殿中でございます」

「どこにおるのか」

「はい、無断でやりまして恐縮でございますが、お宅の馬小屋のうしろにある馬糧庫の中に潜んでおります」

「………」

　この本間徳次なる人物を私は知らない。また馬糧小屋の中に潜伏している丁殿中なる海賊が、果して本物かどうかも知らない。得体の知れない本間徳次などを頼って命乞いをするようでは、碌な海賊ではあるまい……と考えて本間の様子を見ていると、本間は板の間に膝を折り両手をついて、再三再四、頭を床に叩きつけながら嘆願した。

「助けて戴きとうございます」

「君の気持は判ったが、一体、君と丁殿中の関係は……」

「命の恩人でございます。日露の危機が迫った明治三十七年一月十日のことでした。私が守田利遠少将から特別任務を与えられて、牛家屯（営口停車場附近）から馬車に乗って牛《ニュー》荘城《チャン》に向う途中、海賊の一隊に襲われて、まさに射殺されようとした時、首領の丁殿中が現われて助けてくれたのです。それ以来、何かと世話になりました。今日の丁殿中の窮状を見て、放置するわけには参りません」

「よし判った。面会してみましょう、連れて来給え」

本間は床から起き上り、私の注意通りに居間から炊事場を通って馬小屋に行き、やがて薄汚い三十歳位の小柄な支那人を連れて応接間に現われた。色が白く、にこにこと愛敬がよく、どうも海賊の首領とは見えない。この男は私のすすめるまま臆することもなく腰をかけ、鷹のような眼玉で、ぎろりと私を見てから微笑を浮べて挨拶した。

「本間氏からお聞きの通り追われております。幸い貴殿の力によって生命を全うすることが出来て、この危地を脱し得たならば、私は必ず貴殿の満洲における御事業に対しては、正邪曲直を問わず、全力を注いで報いる決心でございます」

丁殿中の挨拶を聞いているうちに、私はふと、知遇を得た北満馬賊の首領増世策の真白い細い顔を思い出して、淡い懐旧の情が霧のように胸を横切った。

「よろしい。努力してみましょう」

私は丁殿中を地下室にかくした。本間徳次は海賊上りの高景賢が経営する宿屋に引揚げてもらった。

私は弟真臣にこの話を告げなかった。

その夜、私は寝ないで考えた。地下室に潜ませた海賊丁殿中を、どうやって関東州から安全地帯に脱出させようかと。あれこれ考えるうち、結局敵の懐《ふところ》に飛びこむのが近道だと覚った。私は敵産処理問題から思わぬ濡れ衣を着せられて憲兵隊の取調べを受けたが、憲兵隊は私たち兄弟の潔白であることを証明してくれた。しかも憲兵隊長は岡本清作大佐といって、私が士官学校を卒業して近衛歩兵第二連隊付を命ぜられた時、先輩として同連隊付をしていた間柄である。

翌朝早く、私は岡本憲兵隊長の出勤前をねらって秘かに官舎を訪ねた。

「よう……」

岡本大佐は複雑な表情で私を迎えた。

「君が旅順に舞い戻っとることは聞いた。今日はどうしたんだ、こんなに早くから……」

「すみません……」

「遠慮はいらんさ、直接法でいこう」

「実は無理を承知でお願いに上りました。人間一匹の生命《いのち》を貰いに来ました」

「なに人間一匹? 何者だ」

「海賊です。海賊の首領丁殿中です」

岡本大佐はギロリと私を見直した。

「丁殿中がお尋ね者であることを知ってのことか」

「そうです。そうでなければ来ません」

「旅順におるのか」

「…………」

「どこにおる」

「お約束が出来てからにしましょう」

「…………」

岡本大佐は沈黙した。私は席を立って、壁にかけてある書幅の字を、一字一字口の中で読み出したが、意味は判らなかった。

「海賊の一匹や二匹、逃がしてやってもいいがね、一体、君は丁殿中という奴と、どんな因縁があるんだ」

岡本憲兵大佐は、壁の書幅を見ている私の背後から声をかけた。

「昔、使っとった男ですよ、戦争前に僕が特別任務についておった頃です」

と私はふり向かずに嘘を言った。

「…………」

私は今日まで、戦争前に特別任務についていた頃の詳しい事情は誰にも話したことがないが、岡本憲兵大佐は、後輩の私がロシア留学から特別任務に転じて苦労を重ねたことだけは知っていた。勿論詳しい事情は知るはずもなかった。まことに申しわけないことだが、この際、先輩を欺《だま》さなければならなかった。私は席に戻って岡本憲兵大佐と向き合った。

「あの頃、僕が片腕として使った男が二人います。一人は北満馬賊の首領増世策、もう一人がこの海竜丁殿中です。増世策は、気の毒にロシア軍に捕われて処刑されました。今日になって丁殿中が、奉天総督の願いによって日本憲兵に捕われようとしている。これは一体どういうことでしょう。日本のために働いた奴が、日本軍の手で殺される……まあ、日本軍の信用の問題でしょうかな」

「君は丁殿中の居所を知っとるのだな」

「知っています。知っているというより、かくまっていると言った方が正直でしょう」

「旅順か」

私は、うなずいた。

「判った。君を信用しよう。実はな、君のいう通りさ。奉天総督府の連絡で、憲兵隊で捜査しとるし、奉天から支那側の探偵も相当数入っとるようだ。僕の手許に集まっとる報告では、旅順のどこかにおるらしいということだけだ。旅順や大連で騒動を起されては困るからな、それをやらんという保証があれば見逃してもいい」

私は頭を下げて謝意を表した。「速かに関東州から退去すること」を条件に、岡本大佐は手配の解除を約束してくれた。

「僕の方はいいとしても、奉天総督府の探偵どもに注意しろよ。彼等にまで干渉することは出来んからな」

　岡本大佐はこう言って私を見送った。私は弟の官舎に帰り、本間徳次を呼んでから地下室の丁殿中を応接室に迎えて、憲兵隊長との約束を語った。本間徳次も丁殿中も席を離れ、床に膝をついて感謝した。

「さて、これで私が頼まれたことは一つ済んだが、私も丁殿中さんを、いつまでもこの官舎に置くわけにいきません。この官舎は旅順要塞司令部のもので、私の弟が住んでいます。弟は何も知りません。彼に迷惑をかけるわけにはいきません」

　こう言って関東州からの脱出の時期と方法の相談に移ろうとした。すると丁殿中は「もう一つお願いがございます」と言った。

「御承知の通り奉天総督府から沢山の探偵が派遣されております。この眼をかすめることは出来るかもしれません。ですが……元来私が、この土地に隠れたのは、この土地が一番安全だからです。今暫く匿《かく》まっていただけないでしょうか」

　そう言って彼は懐中から小さい包をとり出した。

「ここに五千円ございます。当座の役には立つと思います。なお必要があれば調達の道がついております」

　私は本間徳次の表情を読もうとした。本間徳次は神妙に両手を膝に置いて目礼した。丁殿中の希望通りにしてくれというのであろう。私は考えた末、戦前からの知りあいである橋本組（橋本忠次郎経営の土木建築請負業者で大連に本店、旅順と安東に支店があった）の支店長に話して、彼の事務所の炊事部屋に当分匿まってもらうことにした。

それから三日後のことであった。本間徳次がまた別の清国人を連れて来た。年齢は四十四、五歳、身の丈は六尺は豊かにある。筋肉を固めて骨格に叩きつけたような、仁王さんのような偉丈夫である。潮焼けの肌が第一線で鍛えられた海賊であることを語っていた。本間徳次の紹介で挨拶をはじめたこの偉丈夫の声は、見かけによらず優しく、物腰も柔かであった。この男は本間徳次が泊っている宿の経営者高景賢と言い、丁殿中の兄貴株であるが、十五年前に海賊を引退したのだそうである。

彼の説明によると、丁殿中の配下は六百、牛荘城を本拠として渤海湾の海上権を握っている。海竜丁殿中に対する弟分の海虎張海宝は大孤山に割拠して他の海域を掌握しており、この二者の保護がなければ満支間の航海は出来ないのが原則であったという。戦前は軍官ともに彼等の権益を侵さなかったし、また利得も受けていたという。

「先生のお力によって海竜は救われました。幾重にもお礼を申上げます。先生のお考えを聞き、私の考えも申し述べて、再び私どもが働ける地を与えられんことを、お願いに参ったのであります」

簡単に言えば「一緒に海賊をやりましょう、顧問になって下さい」ということである。

私は彼が机の上に差し出した大きな名刺をとりあげて、じっと見てから瞑目した。

二

海賊の先輩高景賢と本間徳次は、瞑目している私を不思議に思ったろう。私は、ちょっと芝居をうつ気になったのである。もったいぶって目を開いてから言った。

「この名刺を見た時から、どうも覚えのある名前だったが、やっと思い出した」

「…………」

高景賢は本間徳次の顔を見た。本間徳次は相変らずかしこまって、私の顔を見つめていた。

「日清戦争の前だ、日本流に言えば明治二十五年の暮の迫った頃だった。北洋艦隊の動静を調査している頃だ。僕はまだ任官したばかりの青年将校でね。芝罘《チーフー》の大徳店の貨物を積み込んだ帆船に乗って四日目だったか。午前三時頃だ、二艘の小舟に乗った暴漢が八名ずつ乗りこんで来た。旧式の小銃と青竜刀を持っていた。船員も荷主も十名全部縛られてしまった。その中の一人が少し抵抗したので、これは別にして、他の者は小舟に乗せられて陸地へ運ばれて行った……この別にされた一人の男は宋紀といってね、私が使っていた有望な青年だった」

「……ちょっとお待ち下さい。先生は……先生はその時、御同船でしたか……」

高景賢はサッと顔色を変えた。

「乗っていなくて、こんな話が出来るかね」

「して……先生は如何なされました」

「君たちに殺されるような間抜けではない」

「はて……不思議なことがあるもの……」

高景賢は偉大な体軀をこわばらして額の汗を拭いた。

「宋紀は幸い君に救われて、身も立てることが出来た。ありがとう」

高景賢は席を立って床に跪《ひざまず》いた。偉大な体軀が、ふるえているように見えた。

「若気の誤りとはいいながら、先生と知る由もなく乱暴を加えましたのは、この私でございます、申しわけございません。まことに不思議なことがあるもの……先生から罰せらるべき身が、先生に救われる……さあ、如何様なりと御処置を願います」

私は大声で笑った。本間徳次は意外な成行きに魂を奪われたように両眼を開いていた。

「若い頃の夢さ、もう過ぎたことだ、心配せんでよい。さあ席に着き給え、まだ続きの話がある。宋紀は暫く君の配下となって働いたそうだな」

「はい、見どころがあったので、そのまま私の手許に置きましたが、日清戦争の時に行方不明になりました」

「宋紀は、日清戦争の時は宋慶の軍に傭われていたが、戦争後に瑷琿《あいぐん》に移って勢力を張り、長須瀧局《ルーチー》を開いて、配下も八百はいたろう。十年前にブラゴヴェヒチェンスクから瑷琿に行った時に久しぶりに無事を祝い合い、盟を結んだが、惜しいことに義和団事件の時に、ロシア側を砲撃してあの大事件を起してしまった。とうとう、あの戦いで戦死したよ。惜しい人物だったが……」

高景賢は再び席を立って床に跪いてしまった。

「高景賢さん。貴方と会うのも十五年ぶりだ。あの当時を思い出すと、ひどく元気がないではないか。本間君、君も意気地がないな」

「はあ、お恥かしいことです。守田利遠少将の配下にいた頃は、満洲を狭いほどに思っていましたのに……私たちがあれほど望んでいた勝利と平和というものが、こんなに情けないものとは思いませんでした。戦争に勝つと同時に私は何もかも失ってしまったのです……」

「戦争に備えて準備するものと、戦争するものと、戦争後の建設事業をするものと、もう一つ、平和を楽しむものと、どうも考えてみると、それぞれ専門があるようだね」

と私は笑ったが、彼等二人は神妙な顔をしていて笑わなかった。本間徳次の態度は初対面の時より一層丁寧になり、控え目になった。

「先生、如何でしょうか。私どもを指導して下さらないでしょうか。高景賢も丁殿中も不肖私も、ひとしく先生のお力にすがって、地盤の回復を願っております。幸い配下もまだ散っておりません。戦争後、芝罘《チーフー》、竜口と満洲との取引が急に増加して、帆船の往復が倍になっています。日本の満洲経営方針が決まらないために、支那側も臨機の便法ばかりで、どこもかしこも隙だらけです。そのため渤海湾や黄海沿岸の治安が乱れて、船主も荷主も難儀しております。これは、私どもの組織が乱れて統制がとれなくなっているためです。治安のために私どもを逮捕するなどは本末転倒で、私どもが戦前のように漉局《ルーチー》を開いて保険の仕事を始めれば、船主も荷主も安心して貿易が出来ますし、やがて盛んになる日満支間の貿易にも好結果をもたらすと思います。どうか先生の御賛成を得て、再起いたしたいと思います」

こんな話を聞いているうちに、前途行詰りを来していた私は、ずるずると引きこまれていく強い誘惑を、もう押し返す勇気がなくなっていた。私は戦前の馬賊との交わりで彼等が信義に厚いことを知っていたし、戦後、不遇であった私にとっては、旧知の先輩、同僚や友人たちよりも、彼等に親近感を持てるのであった。どうせこのようにぶらぶらして弟に迷惑をかけるのなら、思い切って彼等とともに暮す方が気楽だし、弟に対する義理でもあろうかと考えた。私が彼等に話した日清戦争前の海賊遭難事件は創作である。だが、その中に出て来る宋紀の顚末は事実であって、宋紀の女房お花が、義和団事件で宋紀が戦死した後に私をハルビンに訪ねて来て、一郎と名乗って男装し、私の洗濯屋の店頭に働くようになってから、宋紀の前身を聞いたのであった。高景賢が渤海湾の海賊上りだとすれば、

中して、高景賢と本間徳次を圧倒してしまったわけである。
年輩からいっても時代が一致するので咄嗟の思いつきだった。これが不思議にぴたりと的

「よろしい。相談に乗りましょう」

私は彼等二人と丁殿中を交えて、旗上げの一幕に参加する約束をした。

この謀議に参画するに当って、私は妙な想念に捉われていた。……海賊といい馬賊というが本体は賊ではない。そのことは戦前に北満馬賊と起居を共にし、その組織を利用した私にはよく判っていた。軍官の治安維持力が都市とその周辺に限られていて、長途旅行には、どうしても馬賊、海賊の漉局に保険料を払って安全を計らなければならなかった。満洲がロシアに占領されて治安が確保されると、馬賊の稼ぐ余地はほとんどなくなったが、支那本土の沿岸から渤海湾に至る海上の治安は確保されていなかった。この広大な海域の治安を日清両国の海軍が確保するまでには、まだまだ相当の年月を必要とするであろう。してみれば……差当りこの海賊組織を近代化して、保安団体にする。その経営は、従来通り従価保険料を徴収して財源とし、将来は一種の公企業にまで発展させる……例えば「海上保険公司」こんな企業は出来ないであろうか。簡単にいえば海賊の近代的企業化である。

こんな考えをこと新しく起すまでもなく、満支にあっては古くから半ば公認されて来た組織である。漉局には積荷の従価をする局員がいて、荷主と数回にわたって交渉するのが慣わしであった。このような中途半端な形態と性格が問題であって、一朝治安が破れると

群盗に早変りして騒動を各地に起すし、小軍閥として国際的な紛争を起す恐れさえあった。してみれば、彼等を改組し再訓練して「海上保険公司」に専念させれば、海上の治安確保に莫大な国費をついやす必要もなく、日満支の貿易促進にも貢献できる……これが私の思いつきであった。

「先生、この事業が成るか成らぬかは、満洲の実権を握る関東都督府の承認が得られるかどうかにあります。日本側がよろしいと言えば、奉天総督府もこれに従うでしょう。先生のお力で承認を得ていただけますまいか」

その時の境遇と話のはずみがからみ合って、海上保険公司設立の認可申請を引受ける羽目になった。

設立計画の要綱は、私が筆をとってその場ですぐ出来上った。

一、名称は渤海湾海上保険公司と称す。

二、渤海湾を往復する支那貨物船に対し、航海の安全を保証するを目的とす。

三、大連に本店を置き、関東都督府の命ずる法令のもとに営業する。

四、芝罘、竜口、営口、西海口、東海口、復州に支店を置く。

五、鳩湾から営口までの沿岸、山海関より東海口までの沿岸に監視所を設く。

六、支那貨物船にて荷物を輸送する者にして、その荷物に対し保険を付さんとする時は、その品目、数量、価格、着港地名を明記し、出帆せんとする地に在る支店に申込むこと。支店員はその申込を受け、明記表と実際を比較し保険料金を決定す。保険料金は千元に対し十元以内とす。その差は積荷の種類による。材木、農産物は千分の二乃至三、絹布、綿布、毛皮類は千分の十を徴収す。

七、保険料を徴収したる貨物船に対しては保護の責任をとり危害を加えず。暴風雨等のため不時に港湾または島嶼に避難せる場合にも保護と便宜を供与す。

但し天災地変による損害に対しては責任を負わず。

右のような要綱を、日本文と支那文と用意した。関東都督府の承認を得る任務は私に負わされた。しかしこれを要路の人々に納得させることは難かしい。一人でかかえこんでいても、いい知恵も浮ばないので、まず弟真臣に丁殿中などとの交渉を話さずに、事業内容だけを説明して意見を求めた。弟は要綱を読みながらニヤニヤ笑い出した。

「兄さん、失礼ですが……これは難かしいですよ。損害を補償しない保険事業など、日本側の常識では理解出来ませんし、軍としても治安団体として認めるわけにゆきますまい……」

「……そうかねえ、そう思うかい……」

私は弟の批評にさからわなかった。次には私を追放した関東都督府陸軍部にいる同期生西川虎次郎少佐に要綱を見せた。西川少佐は当時のことをけろりと忘れたような顔をして私を迎えた。私もあの一件には触れたくもなかった。要綱を半分ほど読んだ西川少佐は、八字髭の大口をあけて笑い出した。

「なんじゃこれは……保険料を徴収した貨物船に対しては危害を加えず？　ワッハッハッ……但し天災地変による損害に対しては責任を負わずか、ワッハッハッ……えらい保険業があったもんじゃ……誰だい、こんなものを作ったのは……ワッハッハッ」

「………」

私もニヤニヤ笑って話題を転じ、要綱をたたんでポケットに納めた。

海賊や馬賊の本体を知らない人は冗談と思うであろう。だが私が体験した限りにおいては、彼等は支那軍閥や官吏などより、はるかに信用出来る人々であった。軍閥に武器や資金を注ぎこんで治安を計るよりも、彼等の組織を近代化して指導した方が、はるかに安あがりであり信用出来ると思った。こんなことを体験のない人々に相談しても無理であろう。戦前にあの困難の中で特別任務に服した時、私に最も関係の深かった武藤信義大尉（後の元帥）さえ、馬賊には深入りするなと私を戒《いまし》めた。しかし、花田仲之助《はなだなかのすけ》少佐は、参謀本部の方針に反して予備役に編入されても、所信をまげずに馬賊を指導し、日露開戦の時には、これを母体に満洲義軍を編成して総指揮官となり、ロシア軍の後方を衝いて輝かしい戦績をあげたのである。

とにかく進めるだけは進めてみようと、私は大連のロシア街にあった関東都督府民政部に出頭した。当時の民政長官は石塚英蔵（後の枢密顧問官）、庶務課長は関谷貞次郎（後の宮内次官）であった。とりあえず関谷庶務課長に面会して、沿岸治安の悪いこと、これを手軽に有効に改善する妙法は、海賊の掃討よりも彼等の善導にあることを説いて、とりあえず渤海湾内に制限して海上保険事業を許可してもらいたいと申出た。

関谷氏は意外な面持で私の前身を問うたり、参画者が私一人であると聞いて呆れながらも、熱心に説明を聞いてくれた。

「いかがなものでしょう」

「そうですなあ、御着想は奇抜というか、奇想天外というか、私どもの考え及ばないところですが、お話をうかがっていると、どうやら夢ではなく、極めて実際的な手っ取り早い政策のようにも思われて来ましたが、さて、公式にこれを……」

「………」

「まあ、いわば暫定案といいますかな、過渡的措置といいますか、とにかく、そんな形で、四、五日考えて見ようじゃありませんか」

「ありがとうございます。私は真面目に計画しておりますので、よろしくお願いします」

初対面はこんな程度で終り、これから約一週間ほどして再び関谷氏を訪ねた。関谷氏はいやな顔は見せなかった。

「先日あなたの許可申請書を石塚長官に説明しました。長官も首をひねっておられましたが、いかがでしょう、一遍お会いになって直接御説明になっては……」

私はすぐ同意し、関谷氏の紹介で石塚長官に会った。

「なるほど、便法としては面白い考え方だが、関東州沿岸の貿易について言うと、長山列島附近のほかはあまり関係がない。問題はむしろ満洲側に重点が置かれているのだから、関東都督府が一方的によいの悪いのと、決めてかかるのは穏かでない。まず奉天政庁の意向を確かめるのが先決だ。先方がよいとなってから当方の詮議をするのが順序だと思う」

「……では奉天総督が許可すればお認め願えるでしょうか」

「さあ、そこだて。更《あらた》めて詮議することになるが……一般の商業や工業なら議論の余地もないが、警察権を犯すような事業内容があったり、まあ、簡単に言えば……海賊を公認するようなことは……君、妙なことだからねえ」

こんな程度で長官との話も終った。旅順に帰って、丁殿中、高景賢、本間徳次の三人を相手に対策を練ったが名案がない。ああでもない、こうでもないと、とりとめない相談をしたあげく、高景賢がふと思いついたように言った。

「黄家傑氏に相談してみたらどうでしょう」

これを聞いて、丁殿中が坐り直してキラッと眼を光らせた。私には未知の名前であった。

「その黄家傑という人は、どういう人ですか」

「蓋平漁業公司の総弁で、営口から復州を経て旅順口に至る沿岸漁業権を独占している勢力家で、渤海湾に関しては有力な発言権を持っています。奉天政庁を動かすには、もって来いの人物だと思います。戦争中は仕事が出来ずにいましたから、きっと困っているに違いありません。こういう時に持ちこめば、うまく抱きこめるかも知れません」

「さあ、それは慎重に考えなければ、われわれの破滅を招くかもしれない……」と丁殿中が高景賢をたしなめた。「黄家傑は智謀の人物であり、残虐の鬼である。気に入らぬ人物は犯罪を負せて死刑にした事例が幾百あったか知れない。表裏多く、順逆常なく、私は信用出来ない」

「ですが、われわれは、今日までただの一回でも彼の仕事を妨害したことがありません。怨まれる筋はないはずです」

「それはそうだ、我々はただの一回も彼の権益を犯したことはない。だが、彼が私等を蛇《だ》蠍《かつ》の如く嫌っていることは君も知っていよう」

二人の議論は果てしなかった。私と本間徳次は沈黙のほかなかった。

三

海賊会社の設立認可は、とうてい関東都督府から下りそうもなかった。関東都督府が駄目なら、遮二無二、奉天総督府の認可を得るほかない。奉天総督府の認可を得るためには、渤海湾漁業権の掌握者である黄家傑を動かさなければならない。然るに黄家傑は表裏多く、順逆常なき、残忍な男である。もし彼に謀られたら、われわれは一網打尽となって、捕えられたその場所で青竜刀の錆になるだけである。こうなれば、官憲と結託した彼の勢力は、対抗勢力を掃討し尽して渤海湾に覇を称えることになろう。そうなっては馬鹿な話だ。

「さて……」

首領丁殿中、高景賢、本間徳次と私の四人は、首をかしげたり議論したりして四、五日を過した。これといって名案もないので、結局、黄家傑の出馬を私が懇請することになった。

「日本国を背景にする先生の弁舌を以て彼を説得し、彼に公司代表者の地位を約すれば応ずるに違いない。ただ、われわれ二人の在ることは絶対に秘匿されたい。背後にわれわれありと知れば、必ず奉天総督府に売るであろう。われ等二人は生命を先生に託して、この地に吉報を待つことにしましょう」

「どうも先だってから話を聞いていると、黄家傑という男は危険人物のようだ。平常ならば近寄らぬが得策だが、ほかに良策もない今日、いたし方あるまい。私が本間君を連れて、とにかく黄家傑に会ってみよう」

こう話が決まって、本間徳次を連れて蓋平に行き、支那客桟《きやくさん》に宿をとった。まず宿の番頭を呼んで五円を与えた。

「漁業公司総弁黄家傑に面謁したい用件があって特に奉天から出向いた者だ。突然訪問するのも礼にそわぬと思うから、先方の都合を聞いてもらいたい」

番頭はこう言われて、私ども二人を相当の人物であると見た。直ちに連絡に出かけた。

「本日午後二時、御来駕《らいが》を待つ」

という返事を持って帰って来た。

約束通り午後二時を少し廻った頃を見計らって訪ねると、八字髭を垂らした眼の細い肥大漢、黄家傑は、入口近くまで出迎えて礼を尽した。番頭に与えた五円の効目《ききめ》は確かにあったらしい。

「戦後日浅く御多忙のところをお邪魔いたしますが、少時われわれのために時間を割愛されたい」

「僻遠の地の一小吏、全く世間を知らず過しているにもかかわらず、先生の御来駕を得、御高説を拝聴出来ますことは、私の望外の栄誉でございます。時間にかかわらず御歓談こそ願わしゅう存じます」

このような儀礼的な挨拶を交わした。黄家傑が一小吏と言ったのは、奉天総督府が勢力家の彼に権限の一部を委譲しているのであろう。まず私は、日満支間の貿易が今後急激に増大するので、海上の治安確保が急を要する。この急に応ずるために日満合弁の海上保険公司を設立したいが、渤海湾に関する限り貴下の卓越した意見を尊重し、その協力を得なければ不可能であるとの大方の世論に従って突然お伺いした次第だと、詳細に経過と内容を説明した。勿論《もちろん》、丁殿中等のことは一言半句も触れなかった。

「御来駕の御趣旨はよく判りました。思いもかけぬ重大な御提案であります。必要な仕事であるとは存じますが、一歩を誤れば大事を惹起《ひきおこ》す心配があります。暫く考えさせて下さい。ついては、このままお帰り願うことは、まことに残念でありますから、拙宅に御宿泊になり、御休息下さるようお願い致します」

と言って、さっさとボオイに命じて私ども二人を客室に案内させた。あれよ、あれよという間の出来事であった。私と本間徳次は眼を見かわして警戒した。

「本間君」と私は声を秘めて囁いた。「これは、ちょっとした芝居だぞ。油断するなよ。礼を尽したような態度をしながら、これは拘禁したようなものだよ。ちゃんと僕等の背後を見抜いているんじゃないかな。缶詰にして身許を洗ってから処理しようというんだろう。そうとあればだ……どうだ本間君、先手を打とうじゃないか。とにかく、僕がここにいることを停車場にいる日本守備隊に知らしてくれ給え、隊長に会って僕のこの名刺を渡してくれ給え。誰か、知っとる者がいるかも知れんから……」

本間徳次は私どもを監視しているボオイに、停車場に荷物をとりに行くから馬車を雇えと命じた。すると黄家傑の命令であろう、黄家傑自家用の馬車を仕立てて乗れと言った。本間徳次はこれに乗って停車場に行き守備隊長に会うと、守備隊長は私の名刺を見て声をあげて驚いたそうである。彼の説明によると、守備隊長は私が近衛に勤務中、近衛歩兵第二連隊第三中隊の下士官だったそうで、まことに幸運なめぐり合わせであった。守備隊長は監視を約し、黄家傑邸を確認しておく必要があるからと言って、帰路には下士官一名を同行させた。下士官は邸内に入り、私に挨拶をして引揚げた。

守備隊長のこの好意は、私どもにとって非常に効果があった。ボオイの態度は一層丁寧になり、下にも置かぬもてなしであった。滞在一週間、缶詰になったまま無気味な日々を過した。

無断で帰るわけにもゆかず、同行の本間徳次と話の種も尽きた頃、ようやく黄家傑が現われた。

「永い間お待たせして申しわけありませんでした。お話の趣を奉天総督に伝えて意向を聴きましたところ、不同意ではないように思われました。至急私に出頭せよとのことですから、明日奉天に参ります。いかがでしょうか……ここでお待ちになりますか、それとも奉天に御同行下さって、あちらで御相談申しましょうか」

私はこの言葉を聞いて、ちらっと疑いを抱いた。厄介者と見て奉天へ追い帰す気か、奉天総督府へ突き出す気か、それとも本当に相談に乗ろうというのであろうか。最悪の場合でも、この家に軟禁されているより、日本軍の軍政下にある奉天の方が安全だと考えたので、同行することにした。

奉天では、黄家傑の宿は城内四平街の客桟、私と本間徳次は小西辺門内の金城旅館にした。どうせ支那の役所仕事だから、すぐに進捗するはずもないので、一週間後に本間徳次と一緒に黄家傑を宿に訪問してみた。

「御趣旨は更めて奉天総督にも陶交渉署長にも説明しました。お二人とも賛成でして、現状においては、この方法以外に速かに海上の治安を図る方法はない。だが日満の合併事業となると奉天総督としても責任が重いので、詳細な調査を私に命ぜられました。それで私は、ひとまず蓋平に帰って調査の段取りをつけたいので、一カ月か二カ月はお待ち願いたく思います」

こう説明された私は、そんなこともあろうかなと考えて「では奉天で吉報をお待ちします」と言って黄家傑と別れた。

金城旅館の一室に本間徳次と二人きりで当てにならない吉報を待っているのは、退屈極まることであった。金に余裕があるわけではなし、毎日部屋に閉じこもってあくびを噛み殺していた。

二つの遺骨と女の意地

一

蓋平に帰った黄家傑からは挨拶一つなかった。一カ月か二カ月は待ってもらいたいと言われて承知した手前もあるから、旅順に戻るわけにもいかない。それかといって催促がましく蓋平を訪ねれば、馬鹿にされるだけである。

じっと我慢して一カ月過ぎた頃、本間徳次が身を持て余し、友人の家で遊んでくると言って出かけた。私ひとり肘枕《ひじまくら》して寝転んでいると、ごめん下さいと遠慮ぶかい女の声がして、廊下に面した襖が開いた。三十歳ぐらいの見馴れない婦人である。服装は上等ではないが銘仙《めいせん》の着物をキチンと着こなしている。大きな黒い瞳を動かしてぐるりと部屋の中を見廻し、誰もいないと見てから静かに入って来た。動作から察するに女郎上りではない。内地から来て間もない者だと見当をつけた。

私は肘枕から起き上って、うろたえながら身繕いして座をすすめた。

「突然おうかがいして申しわけございません。よろしゅうございましょうか」

「どうぞ、どうぞ……」

「私は十日ほど前からお隣りの部屋に泊っております。初めのうちは大して気にも留めませんでしたが、日が経つにつれて目障りになってきましたので申しあげに参ったのです」

「はて、私どもが何か不都合なことでも。なにしろ武骨者が二人、毎日ごろごろしているものですから、失礼があったかも知れません。お許し下さい」

「いえ、いえ、そんなことではございません。差出がましいことかも知れませんが、あなた様お二人には支那人の探偵が三人も見張っているのをご存じでしょうか」

「………」

「お出かけの時には必ず尾行して、お互いに連絡をとっております」

「いや、それは……本当ですか。少しも知りません」

「余計なことかも知れませんが、気になりましたので」

「おかしいですなあ。気がつかなかったが、尾行されるわけもないし、人違いではありませんか。それは御親切にありがとうございました」

こう答えたが婦人は立ち去ろうとしなかった。宿が不潔で高いこと、日本の役人が不親切であること、兵隊が威張り始めたことなど、黙って聞いていると次から次に話が尽きない。聞くともなしに聞きながら、尾行されている理由を頭の片隅で検討してみた。黄家傑の態度が最初から疑わしい。丁殿中が言ったように、表裏多く順逆常なき残忍者で、平気で人を斬り、人を売る男かも知れない。うっかりしている間に、われわれは奉天総督に売られているのではあるまいか。そんな思いに捉われながら婦人の話相手をしているうちに、本間徳次が帰って来た。婦人を見て不思議がる本間徳次に事情を話すと、本間も変だ変だと思っていたが、確認出来なかったのだと言った。

この日から本間徳次は、探偵どもの背後を洗うため毎日朝から外出した。私は専《もっぱ》ら留守居役であった。

これが縁となって水野福子という婦人と知合いになり、お互いに雑談に日を過すことになった。そのうちにぽつりぽつりと身の上話を語りはじめた。

「私は群馬県高崎市の在に住む農家のもので、水野福子と申します。主人は水野八次郎といって、明治二十九年の徴兵で高崎連隊に入り、三十二年に除隊しました。除隊後に親から田畑を分けてもらって分家し、私と結婚したのです。愛情も深く野良仕事にも熱心で、これといって不幸はなかったのですが子供が出来ません。これがただ一つの不足でした。

ところが大きな不幸というものは突然来るものですね。明治三十七年の二月に第一師団に動員令が下って村から二人召集されましたが、その年の八月に主人も歩兵第十五連隊に召集されました。前の晩には村の衆が集まって大変な歓送会でした。宴が終ってから主人は私に、こんどの戦争は新聞でも判るように大変な戦争のようだ。下手をすれば日本の国が亡びてしまう。露助の奴が国に暴れこんで来るかも知れないんだ。俺も生きて帰ることは出来ないだろう。戦死と聞いても取りみだしてはならんぞ、いいか。これが二人の持って生れた運命だ。俺は今日までお前に何一つ不平がなかった。ありがとうよ。ただ気の毒でならないのは、子供がないことだ。俺の戦死した後、お前は一人で暮さなければならないねえ……と言って涙ぐみました。私も主人に縋りついて泣き明かしました。

明治三十八年の三月、奉天会戦大勝利の報が村に伝わったのが十日でした。村の衆は鎮守様に集まってお礼参りをし、万歳の声が夜半まで続きました。片輪でもよいから帰って来てもらいたい……神様、それが、かないませんなら腕一本でも……と心を籠めて祈りましたのに、三月の二十五日に戦死の公報が村役場から届きました。

私は幾度か死のうと思いました。父や母や兄弟から慰められて、毎日仏壇の前に坐りこんでおりました。遺骨が白木の箱に納められ、白布に包まれて帰って来たのは五月でした。村長を始め村の代表が大勢集まってお葬式を出してくれました。ところが、どうしたことでしょう、それから一カ月後に、また主人の遺骨が帰って来たのです。

私の欲しいのは生きている主人です。遺骨を幾箱貰ったって何になりましょう。それにしても、何というひどいことをするんでしょうねえ。私はその日から礼拝も焼香も止めました。得体の知れない骨灰など要りません。私は二つの遺骨の箱をまとめて風呂敷包みにして、自分で役場に返しに行きました。役場では村長を始め皆の衆が大変同情してくれましたが、どうしても遺骨を引取ってくれないのです。二つのうちの、どちらかが間違いであろうから、問合せの返事のあるまで、大切に祭っていてもらいたいと言うのです。私はまた遺骨の箱を二つ提《さ》げて帰宅しました。押入れの奥に納めて、もうお祀りをする気にもなれません。

それからまた一カ月後のことです。役場から取調書が届けられました。

──水野八次郎君の遺骨につき取調べ候所、其当時の取扱者判明せず、正確な事は申上兼《か》ね候《そうろう》も、火葬後、灰骨を袋に収めたる際、水野君に付しありし表標を除去せざりしため、未だ採取せざるものと誤認し、他の取扱者が残骨を採取したるものと思われ候。両方共に水野君の遺骨たることは確実と思われ候に付、左様御取扱い下され度《たく》候──。

なんという馬鹿な、情けないことでしょう。私はくやしくて、くやしくて、泣きました。私の主人は一兵卒です。ですがお国のために死んだことは、偉い将校さんたちと同じではありませんか。そうでしょう。将校さんは奥さんにとって大切な御主人でしょうが、一兵卒でも私にとっては大事な夫です。それなのに、私の主人は犬や猫の死体と同じように始末されたのです。くやしくて、くやしくて……ようし、そんなことをするんなら、もう私はお国のお世話にはならない。お父っつぁんやおっ母さんには済まないけど、家と田畑は姑に返して、家財は全部売り払って満洲に飛び出して来たのです。必ず必ず自分の力で主人の遺骨を探し出して見せると、心の中で誓って出て来たのです。探し出せるものでないかも知れませんが、主人の埋っているこの満洲に私の骨を埋めることが出来れば満足です。私はもう郷《くに》には帰りません。

奉天に来てから、すぐ戦死地を探しました。公報に三十八年三月八日李官堡附近の戦闘で戦死と書いてありましたから、支那人の案内人を雇って李官堡という所に行ってみました。行ってみたところが、二、三軒の百姓家と畑があるだけで、戦いの跡など何もないのです。いたって平和な農村で、髪を振り分けて編んだ小さい女の子が、綿入りの綿服を着ぶくれて、不思議そうに私を眺めているだけです。この農村をひと巡りしましたが、墓標らしい一本の記念物も見つけ出せずに帰って来ました。

これでは駄目だと思いましたので、当てにしていませんでしたが、領事館を訪ねて満洲に来た目的を話して援けを請《こ》いました。ところがどうでしょう、役人がにやにや笑って相手にもならないのです。私はかっとなって、机の上にあった茶碗を投げつけて帰りました。辺りにいた男たちの笑い声がまだ耳についています。くやしくて堪りません。私は気違いでしょうか。それとも、あの男たちが気違いなのでしょうか。宿に帰ってからも口惜《くや》しさがこみ上げて来て、泣けて泣けて仕方ありませんでした。

最後の手段として、この地の守備隊長に会って相談してみようと訪ねてゆくと、快く会ってくれました。

『御心中はお察しします。ですが奥さん、戦争というものは、奥さんのお考えになっているようなものではないのですよ。そんなことを遺族の方々にお話しするに忍びないのですが、戦争というものは残酷な、無惨なものです。お互いに恨みも憎みもない者同士が、殺すか殺されるか、そんなことすら考える暇もなく、敵も味方も折り重なって死んでしまうのです。砕け散って肉片になっているもの、黒焦げのもの、腐って発見されるもの、敵中に飛びこんで、敵の手で埋葬される者、発見されずに支那住民の手で始末される者、それはそれは千差万別で、実のところ、氏名が確認された者は幸福者ですよ。それに、御主人の亡くなられた奉天前面の戦いは十日間も各所で続けられたので、戦場の整理に手間取り、確認出来ない者が大変多かったのです。人の霊魂というものは、なにも遺骨につきまとっているものではないでしょう。あなたの心の中に生きておられると思います。そう信じて冥福を祈ってあげて下さい。御主人の霊魂はあなたの行く末を案じていますよ。早く郷へお帰りなさい。奉天には人間に化けた狼どもが、うろうろしています。早くお帰りなさい』

こう諭《さと》されて私は泣きました。戦争というものは、そんなにひどいものでしょうか。そんなにひどいものだと知ると、その中で無惨に死んで行ったあの主人《ひと》が、いたわしくて、いとしくてなりません。この年になって、娘のようなことを言うのは恥かしいと思いますが、私の気持は今でも変りございません。ひょっとしたら……生き残っていて、この辺の街角でばったり会わないでもないと、夢のようなことを考えて、あてもなく歩くこともあります。時々、ふと冷静になって、悪女の深情け、女の執念などという厭な言葉が冷たく背筋を走ることもありますが……本当にそうかも知れません」

水野福子の身の上話を聞いているうちに、私の眼頭も熱くなった。愛情というものは、このように深く、また強くもあり得るものかと、不思議な未知の世界を見せられたように感じた。世間知らずの素朴さ、打算を離れた純粋さ、犠牲を厭わない、ひた向きの強情さに、驚異を感じないではいられなかった。

「あなたの御主人に対する深い愛情を羨《うらや》ましくも思い、また、ご同情もしますが、私も守備隊長と同じ意見です。戦争というものは本当にひどいものですよ。お帰りなさい。帰ってご主人の両親に尽してあげるのが、ご主人の遺志ではないですか」

「皆さんがそうおっしゃるなら、考え直してみましょう。お金も心細くなりましたし……」

「とにかく帰国して、落着いてからゆっくり考えてみることですね」

「……そうしましょう」

こう言って水野福子は自分の部屋に引揚げた。翌日、私の部屋にやって来たが、考えは前と少しも変っていない。

「村を出ます時に、親も兄弟も親戚も不同意でした。母は泣いて思いとどまるようにと縋りついていましたのに、私は振り切って出て来たのです。領事館で笑われ、守備隊で説諭され、何一つ手懸りも摑めずに郷《くに》に帰るわけにいきません。このざまで帰ってごらんなさい。村の人から馬鹿の標本にされ気違い扱いされて、結局はまた村を出なければならないでしょう。私はもう帰りません」

と決意のほどを示した。これを傍らで聞いていた本間徳次が、あわてて防戦に乗り出した。

「水野さん、そりゃあ無理ですよ。僕等も満洲の風来坊でね、計画したことは次々に壊れてしまう。僕等自身が迷っているのに、あなたまで救えませんよ。薄情者だと思うでしょうが、ここは貴女も馬鹿になって、目をつぶってお帰りなさい。村の衆は同情しますよ。馬鹿にしたり笑ったりはしませんよ、帰るのが一番ですなあ」

　水野福子はだまって聞いていたが、ややあってから、

「……帰りましょう」

と言って座を立った。

　その翌日、水野福子は黙って宿から姿を消した。

「本間君、あの女は宿を引払ったが……ありゃあ郷へなんか帰りゃせんぞ、あの様子ではねえ……」

と私が言うと、本間徳次も、

「そうかも知れませんなあ」

と言って、ごろりと横になった。私も座蒲団を折って枕にした。意地を張って満洲に来て、

郷に帰れなくなった女の行く末を頭の中で追っているうちに、いつしかそれが私自身の孤独な姿になっているのを知って起き上った。

傍らの本間徳次は眼を閉じたまま動かなかった。

二

話相手の水野福子が宿から姿を消してからは、私の退屈と不安は堪えられないほどになって来た。

「本間君、どうも黄家傑が本当に奉天総督から許可の内意を得たとは思われんが、君はどう思うね。考えて見りゃあ、おかしくないかね。総督が黄家傑に実地調査まで依頼したのに、われわれ二人を全く無視して、こうして宿に放っておる。うろうろしとる探偵三人は、総督府が命じて僕等の身辺を洗っとるんじゃないかね。丁殿中の言う通り、平気で邪魔者を売ったり斬ったりする黄家傑のことだ。どうも、そんなことじゃないかな」

「わたしも多少疑ってはいたんですがね、どうもはっきり証拠が摑めないんです。色々やってはいるんですが……」

「どうだろう、こういう場合は、直接当ってみたら……」

「総督府にですか？」

「いや、それは駄目だ。探偵にだよ。探偵を買収するんだよ」

本間徳次は出掛けた。例によって探偵が尾行して来たので、呼びとめてまず五円を握らせてから飯店に連れて行って、一体なんのために我々を尾行しているのかと質《ただ》した。

「金城旅館に宿泊する石光、本間二名の行動を厳重に監視し、その行動を詳細に毎日報告せよとの命令です」

「なにか疑わしい行動があったかね、僕等はそんな人物じゃないよ」

「貴台は毎日外出する。けれども日本人ばかり訪ねているし、秘密の要談もやっていない。もう一人は毎日宿に寝転がっていて、なにもしていない。その通り報告していたら、三名の探偵を二名に減らし、近頃はあまり関心を持っていないらしい」

「それは御苦労さまだな。僕等は渤海湾漁業公司総弁の黄家傑と合弁事業をやろうと思って、総督府に運動してもらいに来たのだ。もしかすると、黄家傑が僕等の希望を誤解して総督に報告したかもしれない。どうだ君、探ってくれないか。黄家傑がどんな報告をしたか調べてくれ。今日は十円やる。成功したら五十円やろう」

探偵は明後日の今頃この店で会うと約束して別れた。約束の日に本間徳次が飯店に行くと、探偵も約束通り現われて次のように報告した。

「先月、黄家傑総弁が陶交渉署長を訪問して、日本人が熊岳城《ゆうかくじょう》沖の黄魚漁の権利を強制的に奪いとろうと計画しているらしく、私に合弁を申入れて来ました。この漁区は奉天省の大切な財源で、日本人に渡すべきでありません。総督府が戦後に日本人に我儘を許し、横暴を黙認する傾向があるのは戒《いまし》むべきだと前置きをして、この二名の日本人の背後には必ず不逞《ふてい》の支那人がいるはずだと言ったそうです。海上保険公司という美名にかくれて、漁区を侵略しようという陰謀のように思われるから、身辺と行動を調査してもらいたいと申入れたそうです」

「ほう、そうかね、それは見当違いだ。僕等の仲間は二人だけなんだよ。陶交渉署長に報告しろよ、僕等日本人はそんなけちな欺《だま》し討ちはやらんとね、漁区が欲しい時には軍艦を並べて貰いに行くから待っとれとね……」

本間徳次は約束通り五十円やって引揚げて来た。私と本間徳次はまんまと黄先生に欺され、一カ月余を奉天に過していたわけである。そうと判れば長居は無用である。その翌日、奉天を引揚げて旅順に向った。

「石光先生、どうにもこうにも腹が納まらないんです。お願いですから蓋平で下車して黄家傑に会って、思う存分ぶん撲りたいんですが許してくれますか」

と本間徳次がげんこつを振り廻した。

「よかろう。だが相手は警察権を持った男だぞ。どこか外に引張り出してブン撲るなら、それもよかろうさ」

と答えたら、本間徳次はうれしそうにニッコリ笑った。

蓋平で下車して漁業公司に黄家傑を訪うと、小番頭らしい貧弱な男が出て来た。

「黄総弁は奉天から帰って以来、病を得て床上に呻吟し、まことに残念ながら御面会が出来ません。御用がありますれば私がお聞きして、時期をみて総弁にお伝えしましょう」

と言った。玄関払いである。

「本間君、帰ろう。こんな奴を相手にしたってつまらん。ブン撲る方法は旅順に帰ってから考えようじゃないか」

握りこぶしを固めて睨んでいる本間徳次を促し、腕をとるようにして、丁殿中と高景賢の待っている旅順に急いだ。

旅順の橋本組の隠れ家には、丁殿中が約束通り待っていた。高景賢も呼び寄せて、一カ月余に至る失敗を報告した。本間徳次は、黄家傑を殺さなければ今後も妨害されるだろうと主張した。私も本間徳次も本気で腹を立てていたが、腹を立てなければ、てれくさくて帰れたものではなかった。

するると、最初から黄家傑を悪党だと言って注告していた丁殿中が、私と本間徳次を慰めた。

「欺されたと思うからお怒りになるのでしょう。私の考えでは、これは言葉の不自由から来た誤解ですよ。お二人を欺したって何の得がありましょう。黄家傑を殺すことは易いことです、ですが、彼を殺せば第二の黄家傑がすぐ出来上ります。奉天総督が財源として必要なものはすぐ作ります。そして、われわれに対する敵意はますます強くなるでしょう。このまま放っておけば黄家傑は自分を勝者と考えて、われわれに対する警戒心を弛めます。その間に仕事を進めましょう。さあ一緒に安東県に行きましょう。先生と御一緒なら大丈夫と思いますから……」

これで私の看板も剝げ、評価もぐんと下ってしまった。それでも丁殿中は、

「今度は私が主力になって第二段の方法を試みましょう。それには危険を冒して安東県に脱出しなければなりません。あなたがたお二人で私を連れ出して下さい」

と言った。何のことはない、これでは海賊の黒幕どころか、海賊の用心棒に過ぎないではないか。

「…………」

私が暗然として返事をしないでいると、丁殿中は機敏に私の心中を察して言った。

「誤解なさっては困ります。私が今日まで生命を全うし得ましたのは先生のお蔭です。先生を欺《あざむ》いたり、先生に背《そむ》いたりすることはございません」

「安東県に着いてからどういう目算があるのですか」

「大孤山と申すところに私の義兄弟の張海宝という者がおります。義に強く、智謀もあり、安東県方面では一流の勢力を持っております。この男に謀れば、奉天総督府に対する策も立つことと思います」

「………」

「東辺鎮守使の張氏も安東県におりまして、張海宝とは離るべからざる情実関係にありますので、この男を通じて運動する方法もあろうかと思います」

「僕も旅順のような窮屈なところにいるのが厭になりました。一緒に行くことにしましょう。ところで、高景賢さん、あなたはどうします」

「暫く旅順に留って丁殿中の計画の熟するを待ちましょう。私にとっては旅順は安全の地です。これを守るのが私の任務です」

私はこのまま旅順にいても芽のふく望みはなかったし、いつまでも弟真臣に迷惑をかけたくないし、また丁殿中を橋本組に預かって貰うのも限度があるから、この辺で引揚げるのが潮時であると考えた。丁殿中は、私の留守中に秘かに配下を彼の根拠地の牛荘《ニューチャン》に派遣して調査させたところ、すでに徹底的に破壊されていて、貯蔵していた武器は全部没収され、有力な配下も殆んど捕われ斬られていたから、義兄弟の間柄にある安東県の張海宝と謀って、再建を試みる決意をしたのであった。

明治四十年一月十八日、私と本間徳次と丁殿中は旅順を出発した。海路は危険だという丁殿中の意見に従って、奉天に出てから安奉線に乗り換える道を採った。私と本間徳次にとっては屈託のない旅行だが、丁殿中にとっては危機に満ちた脱出であったから、丁殿中を大商人らしく変装させた。美服を纏《まと》い、長い八字髭を垂らすと、青白い小男だが中々立派になった。この姿で二等車に乗りこみ、そのうしろから番頭姿の私と本間徳次が鞄をぶら下げて続いた。この変装のお蔭かどうか知らないが、翌日の夕方、無事奉天駅に着いた。

「もしもし、旦那、石光の旦那……」

駅頭で呼びとめられてギクリとした。見れば、なんのことはない、先に長逗留した金城旅館の客引きであった。

「旦那、奥さんと御一緒じゃないんですか」

「奥さん？　そんな者はおらん」

「おかしいな、確かに旦那の跡を追って行ったんですがな……旅順でお会いになったでしょう、例の年増美人と……」

「何を言うとる、そんな者は来やせん。今日は大切なお客様をお連れした。失礼のないように案内せい」

客引きは、悠然と胸を張っている商人姿の丁殿中に気がついて、急に低く頭を下げた。

「旦那、確かに旦那の所に行ったんですぜ。変だなあ、夫婦約束は出来ていると言ってましたがなあ、どうして行き違いになったんだろう」

と客引は私たち三人を案内しながら、まだ同じことを言っていた。

「ご親切にありがとう。だが心配せんでいいよ、あれっきり何の縁もないんだから」

この会話を聞いて本間徳次がニヤニヤ笑った。日本語の判らない丁殿中は、胸に腕を組んで悠々と私の前を歩いていた。

無事金城旅館に落着き、丁殿中を一番よい部屋に一人だけ入れて、私と本間徳次が隣室に陣取った。顔馴染みの女中が入って来た。

「おやまあ、奥さまは……」

とまた同じ質問である。

「………」

「お連れじゃないんですか」

「馬鹿なことを、お前までがそんなことを言いおる」

「そうですか、違うんですか。へえ、実はね、あの御婦人はね、国へ帰ると言って出かけたでしょう、そして旦那が出発してからすぐでしたよ、宿に戻って来ましてね、旦那の行先を尋ねて、どうしても会わなければならない約束があるからって旅順に出発したんです。同宿している間によくあることですからね……出来たんだとばかり思ってました」

本間徳次がプウッと吹き出した。私も笑ったが、何か笑い棄ててしまえないようなものが、胸の底に残った。

海賊稼業見習記

一

大商人に化けた海賊の首領丁殿中の番頭になり済まして、奉天の金城旅館に二泊、本間徳次と一緒に三人揃って安奉線に乗って安東県に向った。この安奉線というのは日露戦争の時に急設した軽便鉄道で、車は三輛乃至《ないし》四輛連結である。冬になると福金嶺の急斜面は、レールが凍って車が空転して上れなくなる。すると三輛をばらばらに引離し、機関車が一輛ずつを引上げては戻ってくるのであった。また夜間の運転は危険のため、草河口という駅で上下線とも停車して、ただ一軒ある日本旅館に泊って翌朝乗車する仕組みになっていた。

日本旅館といってもバラック建てで、部屋と部屋のしきりは蓆《むしろ》をぶら下げてあるという代物、まず馬小屋に近いものだが野宿よりましというわけである。列車の客は全部おろされてしまうから、こんな宿でも毎日十組や十二、三組のお客がある。

われわれが奉天で乗りこんだ時に、支那服の堂々たる偉丈夫が鞄をボーイに持たせて乗り合せた。別に気にも留めていなかった。ところが同行の丁殿中は秘かに観察していたらしい。

「石光先生、あの大きな支那服の男は支那人ではありません。日本人に違いない。話しかけてみてはどうですか」

こう言われて見直すと、なるほどそうらしい。話しかける必要もなかったが退屈しのぎに声をかけてみると、やはり日本人であった。成田安輝《あんき》という蒙古浪人だと言った。どうも成田安輝という名前に記憶があるので、話を聞きながら記憶を辿っていると、ついに幼年学校当時に遡《さかのぼ》った。この男は士官学校第六期か七期の生徒で、卒業点が足りないために歩兵軍曹のまま隊付を命ぜられた。こんな不名誉をそのまま受入れる彼ではなかったから、辞令を破り棄て軍服を脱ぎ棄てて、決然と校門を去って帰らなかった。あの時の彼がこんな所に生きていたのである。以来、彼は満洲を放浪し、蒙古、西蔵《チベット》まで潜入して特別任務に就いていたそうである。

「自分では支那人に成り切っとるつもりじゃがワッハッハ……やっぱり駄目ですかな。恐れ入りました。ワッハッハ……」

と哄笑したが、なんとなく淋しそうだった。まあ支那人になったつもりの日本人というものは、大体こんなもので、私自身も過去を顧みて心さむさを覚えた。この日以来、彼の名を聞くこともなかった。彼もまた不遇の人であったろう。

安東県に着いたのはその日の午後六時頃で、石橋屋という日本旅館に泊った。翌朝、丁殿中は改まって私に、これから義兄弟の張海宝に会いに行くが、是非御同行願いたいと言った。宿の前には一台の馬車が待っていた。これは張海宝からの出迎えで、私の来駕を待っているとのことであった。

馬車旅行一日、その日は大東溝にある配下に属する雑貨屋に泊った。この頃から貧相な丁殿中が急に立派に見えて来た。旅順の橋本組の炊事部屋に隠れていた頃の面影は拭ったように消えて、最高の礼を尽す張海宝の配下にかしずかれ、威厳を保っているのを見ていると、やはりひとかどの風格を備えた人物だと思われた。

翌日は午前四時に先発の使者が出発した。一行の到着をあらかじめ知らせるためだそうである。午前六時、われわれに五人の従者が加わって同行八名、三台の馬単に分乗して大東溝を出発した。行程十二里、道路は氷結して平坦であり、馬の足も速く、途中、砂子崗で休憩、食事をとって、目指す大孤山に到着した頃は、灯火が夕闇にゆれる午後四時頃であった。

三台の馬車は街の北端にある大きな問屋の中庭に入って停った。そこには数人の人々が出迎えていた。丁殿中の紹介で張海宝に挨拶した。私たち三人は客室に案内され、茶と煙草を供された。張海宝は丁殿中とはちがって終始にこにこしており、その動作は鷹揚《おうよう》で長者の風格があった。

「遠路の御旅行、お疲れの模様も見えず結構でございました。私は丁殿中の義弟に当ります。丁殿中の身上については非常な御高恩を被りました。お蔭をもって無事に兄弟相会することが出来ましたことは、丁殿中にとりましては勿論のこと、私にとりましても、終生忘れることの出来ない御恩であります。この御恩に対しては必ずお酬いする日の来ることをお誓いします。大人《ターレン》の望まれることがありましたら、どしどし御用命下さい。生命のある限り私が責任を以てその衝に当ります」

「いやお礼など言われては困ります。これを機会に私を兄弟の中に加えて下されば望外の満足です。広い天地で私を訓練して下さい」

こう述べると張海宝も丁殿中も、うなずいて満足の笑みを浮べた。それから別室で主な配下二十名を加えて会食が始まった。

この問屋は一般のそれと同じで、農産物その他を馬車に積んで持ちこむもの、雑貨を仕入れて出発する者、ひきもきらず、非常に多忙のように見えた。問屋というよりも、むしろ市場に近い仕組であろう。この忙しい中で、丁殿中や私に対する待遇は、まことに至れり尽せりであった。大海賊の根拠地というものは、意外にも、このようなものであった。

歓待されて一週間の後、私が辞退するのも聴かずに、安東から俳優を招いて中庭に舞台を造って観劇会を開いた。田舎役者のことで大したものではないが、私と丁殿中を主賓にして近在の村々の連中を中庭一ぱいに招いたから、なかなかの賑いである。私たちをダシにして地方人に威勢を張り、当局を籠絡する手段でもあろう。冬の間は海賊稼業は閑散で、その間は主として農産物、雑貨、毛皮、繊維品などの問屋の仕事に忙殺されている。この期間は幹部もこの地に集まっているから、こんな催しをするのかも知れない。

この催しがあって後、張海宝が例の海上保険公司の案について初めて発言した。

「丁殿中先生から御計画は聞きましたが、左様なものを官が正式に認可するとは思われません。従来、陸上と遼河の江上で経営されていた濾局《ルーチー》は、官が許可したわけではなく、勝手にやっているもので、官の力が弱いために禁止出来ないだけのものです。保険公司というものは、この濾局と何等変ったところもないから、公認するはずがありません。もし、こんなものを丁殿中、高景賢両先生の名で願い出ようものなら、忽《たちま》ち両先生の逮捕を命令するでしょう。許可なんか要りません、従来通りやったらよいのです。石光先生は、清国の事情を御存じないからやむを得ないとしても、丁、高両先生がこれに賛成されたのは、一体どういう目算があってのことですか」

にこにこしてこの話を聴いていた丁殿中は、眼で私に許しを請うてから、そのいきさつを説明した。

「石光先生のお国である日本国には、濾局《ルーチー》に似た保険公司が沢山許されているそうで、それは西洋諸国にも行われていると聞きました。そこで、もし関東都督府が日本政府と同じようにこれを許してくれれば、いざという場合、日本領土内に逃げこめばよいのだから安全だと考えた。だがその後、いろいろと調査してみると、日本の保険公司とは大分事業の内容が違うように思われるので、張先生の言われるように許可は難かしいし、また許可を願い出るべき筋合でもないように思います」

張海宝もこの意見に満足して頷いた。そこで丁殿中は私の決意を促すように言い継いだ。

「私の牛荘《ニューチャン》の根拠は全く掃滅されてしまいました。自力で復旧は出来ません。張先生の客となって、先生のお力をかりて旗をあげようと思います。石光先生は私どもの参謀となって戴き、また関東州方面への連絡と、官憲の内情偵察に当っていただきたい。これさえやっていただければ、数万の富は一年以内に得ることが出来ると思います。ですが、決して私どもは先生を利用し、先生を犠牲にするようなことはいたしません。危険を先生に及ぼすことはいたしません」

海上保険公司などという迷案を持ち出した関係もあって、私は彼等の意見に従うことにした。丁殿中も張海宝も非常に喜んで、私の手をとって将来を誓い、すぐ番頭に命じて宴を開き、三人で血を啜《すす》り合って兄弟の義を結んだ。これで私は海賊の高級参謀兼顧問になったわけである。

幸い結氷期は海賊の端境期《はざかいき》で暇であった。すぐ血腥《ちなまぐさ》いことをしないで済むわけである。解氷期まであと二カ月ある。この間をこの片田舎で暮すのは私には堪えられないことだし、時間の無駄であるから、本間徳次と一緒にひとまず旅順に帰り、保険公司問題は張海宝の意見通り御破算にするよう官側にも挨拶しなければならないと考えた。この意見に張も高も賛成してくれたが、私と本間徳次の旅順への帰還には、配下の李子久という若い男を随行させ、費用は一切この男に支払わせた。厚意ともみえるし監視人とも思われた。

途中、大東溝に一泊し安東県に三泊した。安東県では日本旅館石橋屋に泊って、当地の軍政委員で同期生の高山公通《きみみち》（後の陸軍少将）を訪問して、海上保険公司の名案を立てたが思うように進まず、蓋平の黄家傑からひどい目にあった経過を語ったところ、意外なことに高山公通は保険公司案に非常に賛成して、海上の戦後の秩序を早急に立てるには、そのほかに名案はないと言った。黄家傑は日露戦争中に高山公通が軍政委員として蓋平に駐在していた際、交際があったとかで、黄家傑の不信を非難し、自分が奉天に出張したら、奉天総督府に談じこんで必ず許可させてみせると言った。私は高山公通の尽力が奏功するとは思わなかったが、黄家傑に一ぱい食わされた後で、腹が納まらないでいたし、本間徳次はまだ黄家傑を撲り殺したいと口ぐせのように言っていたので、高山公通に尽力を依頼し、奉天での再会を約して別れを告げた。

旅順には高景賢が待っていた。親友の阿部野利恭も心配顔で迎えてくれた。高景賢も、本間徳次も、私と同様に海上保険公司への未練があった。張海宝が大孤山の根拠地から私に付添《つきそ》わしたお目付役の李子久は、忠実に私の秘書役を果したが、この問題には一切意見を挟まなかった。軍政委員の高山公通が奉天総督を説得して必ず許可させてみせると言った約束を信用し過ぎてはいけないと考えながら、私はいつの間にか彼の努力を頼みにしていた。張海宝、丁殿中両頭目と血を啜り合って義兄弟の誓いまで結んだが、お目付役のつき纏っている体のいい捕虜である。危機の迫ったときに私を利用すれば日本の勢力圏に逃げこんで保護を受けることが出来る——こう考え、こう謀って私を丁重に扱っているのであろう。こんな立場を改めて、対等の地位を保つためには、海上保険公司の設立を成功させ、戦争終了後に職を失って流浪している特別任務の連中を仲間に加入させることが出来れば、日本側の勢力を漸次浸透させることが出来よう。こうして少しでも国の役に立つようになれば……と考えた。

このように考えているところに、親友阿部野利恭の紹介で、熊本出身の豪傑市原源次郎という男がやって来た。海賊の仲間入りを許してくれというのである。今日まで行を共にしている本間徳次は真面目な正義派だが、少々力不足で心細く思っていたから、こんな乱暴者を一人加えるのも意義があろうと考え、本間徳次の諒解も得て入団を許した。

二月十日、軍政委員高山公通から電報が来た。「すぐ奉天に来い」

高山公通が約束通り奉天総督を説得したのであろうと考え、私は新しく雇ったばかりの市原源次郎を連れて出発した。本間徳次は旅順に待機して、私の指図によって高景賢を連れて奉天に来る手筈になった。この旅行にも、張海宝が私に付添わした李子久が影の如くついて来た。お目付役は迷惑だが、旅費も宿泊料も一切この男が払ってくれるので、私の心細い懐中は大いに救われた。

馴染みの奉天の金城旅館に着くと高山公通が待っていた。奉天総督に会って、芝罘《チーフー》、竜口から西海口、営口、大連、安東を結ぶ航路の安全を図るために、海上保険公司設立の必要があることを力説したそうである。

「総督はなんと答えました？」

「一々うなずいて、如何にも感心したような素振りをしとったが、本心は違うようだ」

「やはり難かしいですかな」

「当局者と協議してからご返事するが、貴下の奉天滞在中には無理だろうと言った」

「私の名前を出したのですか？」

「うん、伝えておいた。君と丁殿中と高景賢の三名を挙げておいた」

私は全身に冷水をかけられたようにびっくりした。さっと顔色が変ったろうと思うが、高山公通は気がつかずに、私が悲観しているものと考えて慰め顔であった。

「まあ気長に交渉するんだな。支那人の気性は僕より君の方が知っとるはずだ」

と言った。さあ大変である。奉天総督府が血眼《ちまなこ》で探している丁殿中を、事業の計画者だと名乗り出てしまったわけである。私はこのことを市原源次郎にも李子久にも話さなかった。丁殿中にも張海宝にも高景賢にも、また本間徳次にも伝えないほうがよかろうと考えた。しかし、このままにしておけば厳しい捜査が行われるに違いない。海上保険公司など許可になる筈もない。なんとか善後策を講じなければならないと考えて高山公通と別れた。同氏は翌日安東県に帰任した。

問題がここまで急迫して来たからには、逃げをうつ前に、今一度当ってみるのもよいだろうと思いかえした。当時奉天には山県有朋公爵の親戚に当る萩原総領事が駐在していて、各方面から重視されていたし、また一見識持った人だとも聞いていた。初対面ではあったが、面会して海上保険公司の計画を説明し、目下奉天総督府に運動中であるから御支援を願いたいと懇請した。すると萩原総領事は顔色を変えて卓を叩いた。

「馬鹿を言い給え、海賊行為を公然と許可出来ると思っとるのか。馬鹿馬鹿しい。都督府の石塚（英蔵）長官や関谷庶務課長が、奉天総督府さえ許可すれば……と言ったのは、奉天が許さぬことを知っているから言ったのだ。当りさわりなく断ったまでのことだ。時勢にうといい海賊どもを煽動して一旗上げようなんて飛んでもない奴だ。そんな日本人が私の管轄内にいれば、私は職権をもって断乎追放する！」

私は静かに拝聴して引揚げた。日本内地での話ならご尤もであるが、ここは戦後の満洲である。しかし抗弁したら退去命令を出されるだけである。こうなったら海上保険公司はすっぱり諦めて、生のままの海賊稼業をやるほかない。そう決心したら早い方がよいし、当局の捜査が厳しくなることも早く伝えなければならないので、早速奉天を引揚げ、市原源次郎と李子久を連れて、大孤山の根拠地に急いだ。

二

張海宝の根拠地、大孤山に行く途中、安東県で軍政委員高山公通を訪ね、その後の成行を報告して、海賊会社の設立は諦めることにしたと語った。高山公通も成算あって助力したわけでもなかったから、その方がよかろうと、一も二もなく賛成した。これで高山公通への義理も果したから大孤山に急ぎ、張海宝、丁殿中にも同じ意見を述べた。丁殿中には特に捜査が厳しくなるようだから、自重されたいと要望した。張海宝はわが意を得たりとばかり微笑して言った。

「そうでしょう。前にも申し上げた通り、官がわれわれの仕事を公然と許すはずはありません。また大人《ターレン》のように性急に日清の官辺を説き廻っていると、どんな危険が襲ってくるか判りません。この運動は断乎として打切るのが賢明です。大人の将来の途は私が開拓して、私が案内して差上げます。解氷期まであと一カ月、それまでここに滞在されるもよし、旅順におられるもよし、どうぞ自由にして下さい。あせってはいけません」

この好意的な意見が私の心を落着けてくれた。……けれども、心づくしの夜宴を終えて与えられた部屋に同行者市原源次郎とともに移って、寝台に身を横たえて考えてみると不安が募って来た。

――軍政委員高山公通が好意からではあるが、私の背後に丁殿中、高景賢という海賊の大物がいることを奉天総督に語ってしまった。私が海上保険公司の設立を諦めても、奉天総督は渤海湾漁業公司総弁の黄家傑にこのことを伝えるであろう。黄家傑は奉天総督の援助のもとに、丁殿中、高景賢の所在を徹底的に追及して斬り棄てるに違いない。

――待てよ、丁殿中も張海宝も乱世の中を生き抜いて来た海賊である。単純な考えで私を待遇しているだろうか。万一の場合に、日本人一匹飼っておけば何かの役に立つとも考え、また一方には私が彼等を奉天総督に売って逃げる場合の配慮もしているであろう。私の身辺に配下の李子久をつけているのもそのためであろう。危険だと見れば私ども二人を片付けるぐらい朝飯前である。私の生命を保証してくれるものは、何も無くなっていた。さきには軍からも都督府からも、また今回は奉天総督からも日本総領事からも危険人物として指摘されている。私はしみじみと孤独を感じた。住み馴れた満洲にさえ容れられずに、得体の知れない海賊どもの食客になり下っている自分をいたわしく思った。

豪傑を以て自任する満洲浪人市原源次郎も私の隣りのベッドに横たわっているが、いびきも立てずに転々と寝返りを打っている。彼もまた私と同じ不安に捉われているのではあるまいか。

かつて私は明治三十五年の厳寒の頃、満洲侵略の露軍に入りこんでいた時、系統の判らぬ馬賊の群に捕われて拉林《ラーリン》の獄舎につながれたことがあった。一日一碗の水と数個の饅頭に露命をつなぎ、餓死寸前に顔見知りの女お米に救われたことがあったが、暖衣飽食の今の境遇も、考えてみれば同じように囚われの身に変りがない。

そんなことをとりとめなく考え悩んで、とろとろと寝入りかけた頃であった。私はびくりとして寝台に身を起した。気がつくと隣りの寝台の上にも、市原源次郎の上半身が闇の中に起き上って息を殺していた。

気を取り直して辺《あた》りをうかがうと、部屋の外から静かに近づいて来る足音があった。この部屋は廊下から入る扉のほかに、直接中庭から入れる扉がついていた。しのび足の音は、この庭からの扉に近づいていた。私は傍らの竹のステッキを取りあげて静かに寝台を降り立った。市原源次郎も同じように静かに寝台を降りた気配であった。「機先を制して敵を圧倒し、敵のひるむ隙に逃げられるだけ逃げよう。厳寒期である、着衣はこれでよいか？金は？」と一瞬のうちに必死の想念が交錯した。

ゆっくりと扉が開かれた。片足が、そっと這入ったように思われた。その途端、私は大喝一声、飛びかかって、したたか竹のステッキで見えない敵を打ち据え、中庭に飛び出して追い討ちの一撃をと身構えたら、キャンキャンと悲鳴をあげて中型のむく犬が飛び上って逃げ出した。

夜宴で酔っていたので、中庭に通ずる扉を閉じ忘れて寝たものとみえる。苦笑も出来ない惨《みじ》めな気持で、額の汗を拭って何も言わずに再び寝に就いた。市原源次郎もこれまた何も言わずに寝てしまった。

　翌朝、起床してからも私と市原源次郎はこの出来事について何も語らなかった。張海宝にも丁殿中にも話さなかった。相変らず頭目二人は上機嫌で私たちをもてなしてくれた。その日から豪傑のはずの市原源次郎が、すっかりふさぎこんで元気がなく、言葉も少なく顔色も冴えなかった。三日目になって私も堪えられなくなったので、両頭目に旅順で解氷期を待つから時が来たら連絡を頼むと言って別れを告げた。両頭目は口を揃えて私に保険公司設立の断念を説き、自重を望んで見送った。私を信用する意味であろうか、それとも、もう大切な人物でなくなったためであろうか、旅順への帰還には、いつもついて来る配下の李子久を付添わせなかった。

　旅順に帰って、さっそく漁業会社の親友阿部野利恭に会うと、彼は大きな腹を抱えて笑った。

「馬賊海に下るか。よかろうじゃないか。わしは海中から獲物をとり、お主《ぬし》は海上の獲物を追う。これまた因縁なるかな……」

「ところで阿部野さん、貴方《あなた》の紹介で連れて行った市原源次郎、逃げましたよ。けさ起きたら荷物ぐるみおりません」

「ほう、逃げおったか。あぎゃん豪傑もお主には、かなわんとみえる。まあ、放っときなですたい。心配なか」

「そぎゃん心配はなか。恐ろしゅうなって逃げた者《もん》が、なんで喋《しゃべ》らすものか。逃げの一手

「余計なことを言いふらされては困ります」

はり。その方がよか」

こんなことで旅順における私の仲間は、元通り高景賢、本間徳次の二人だけになった。どうやら本間徳次も浮かない顔をしていた。

それから一カ月余は頭目から当てがわれた手当で、どうやら弟真臣にも迷惑をかけずに遊んで暮した。

満洲の凍土がゆるんで河川の氷も動き始めた三月の下旬、遊びに飽きてあくびと昼寝に明け暮れていた頃、約束通り大孤山の根拠地から李子久がやって来た。もう迎えに来ないのじゃないかと思った私の心配や不安は、やはり日本人の感覚から来たものであったらしい。私の不安などには関係なく、彼等は約束通り本気なのであろう。

「大人、お約束の時が来ました。お迎えに上りました」

「ご苦労、ご苦労、いつ出発か」

「ご準備の出来次第に」

私は二つ返事で快諾したが、高景賢と本間徳次の二人が返事をしない。

「君たちは、どうするのか?」

と問うてみても、

「はい……」

と言うだけで、行くとも行かぬとも言わない。李子久も二人の態度をみて追及もしない。はてな……と考えてみたが、どうも本心が読めない。読めないまま私は既定方針通り出発することにして、この二人の去就は成行きにまかせた。

明治四十年四月二日、李子久が出発を告げた。

「大人、今回は大人と私と二人だけで出発します。高先生、本間先生には、大人の消息を絶えずお伝えします。大人の身の安全は、丁殿中、張海宝の二人は勿論、私ども一同、生命にかけてお守りしますからご安心下さい。高先生と本間先生は、関東の情勢、奉天の官辺の情報を一層詳しくわたくしどもに伝えて下さい」

私は沈黙をまもっている高景賢、本間徳次二人の態度に飽き足らなかったが、機嫌よく出発した。乗り馴れた鉄道で変ったこともなく安東県に到着、今回は隠密を要したので石橋旅館にも泊らず、軍政委員高山公通も訪ねずに、支那宿に一泊した。翌朝は未明の午前四時、闇のまだ拭いきれない薄明の中を二頭立ての馬車を駈って大東溝に急いだ。着いたのは午後二時頃であった。汗を流して塩をふいた二頭の馬は、駈け続けた興奮から醒めきれずに、地を蹴り鼻を鳴らしていた。馬車を降りながら李子久が言った。

「ここに三、四日滞在します。そのうち張頭目から指令があると思います」

私は李子久の言う通りになる覚悟をしていた。馬賊との永い間の交わりで、様子のわからないうちは、彼等の指図通りに動いて様子を知る必要があることを体験していた。李子久は何がそんなに忙しいのか、朝から晩まで外出しており、夜おそく帰って来ても私と顔を合わせることも少なく、帳房に入り浸ってひそひそと話をしていた。私の身近には新しく二十三歳ぐらいの日本語のうまい鄭という男がついて、洗面、食事、入浴、衣服に至るまで、舐めまわすようなサアビスぶりである。私は少々うるさかったが文句も言わずになすがままに委せた。

三、四日滞在と言われていたが一週間になり、十日になって、四月十六日のことであった。李子久が久しぶりに部屋に入って来て丁寧な態度で言った。

「大人、明日大きな貨帆船が出港しますので、これに乗って大孤山に参りましょう。海も静かであり、陸路よりもこの方がよいでしょうから……」

「僕もその方が有難いね……」

と同意した。

翌十七日午前七時、李子久のほか五名の清国人とともに、大東溝沖に繋留されている六百石積みほどの帆船に乗りこんだ。

乗組員は約三十名、積荷はほとんど農産物で、ほかに僅かばかりの材木が積んであった。初めのうちは、ぼんやりと船内を眺めるばかりで気がつかなかったが、積荷の割合に船員が多すぎる。どうもお客らしい人物は私一人らしい。こんな船なら船員は、せいぜい七名か八名で足りるはずである。しかも大勢の船員たちが全部なにかしら忙しそうに立働いており、一緒に乗りこんだ李子久は事務長格らしく指揮をしていた。

さてはあれかな……と考えて乗組員たちをひと渡り見なおしてみたが、海賊らしい荒くれ者は一人もいない。至って従順な若者ばかりであった。

三

紺碧の静かな海を滑るように帆船は進んだ。白い航跡を長く曳いて、鼠色の帆がふくらんだまま青い空にかかっていた。約二時間。甲板の上を忙し気に動き廻っていた三十名余りの乗組員も、それぞれの部署に就いて動かなくなった。

私も船底の一室に案内された。

李子久が傍らに来て頭を下げて言った。

「お騒がせしました。かねてから準備はしてあっても、いざとなると不足の品に気づいたり、不備の点が判ったりで、出帆までに大層長い間お待たせした上、またこの態《ざま》で申しわけありません。張頭目も、毎日毎日、東の水平線を眺めてこの船を待っていることでしょう」

「ところで、この船はどこにゆくのか」

「大孤山の沖合でございます」

「それから……」

「張海宝、丁殿中二頭目も乗りこみまして、その命令によって進みます」

荷物船が出るから乗りこもうと言われて乗ったのであるが、実はこれが海賊の本船であった。彼等の間では、そのように言いなれているのであろう。私は腹を据えて落着くことにした。

そのうちに乗組員――即ち配下の連中が数人、私のいる室に入って来て、外国人である私を珍しがって何やかや質問しだした。みんな従順な若者と壮者であって、これが青竜刀を揮って商船を襲う連中であろうかと不思議な気がした。

夕刻、静かな岬の蔭に錨を下した。夕陽が空と海を赤く染め、永い冬籠りのために色褪せた海賊どもの頬も赤く染めた。たれ一人上陸しようとはしない。じっと岬の蔭を見つめていた。すると山の端から海面に静かに這い延びて来た夕霧の中から、三艘の小舟が現われて近づいて来た。近づいた彼等を見ると、一艘ごとに漕ぎ手のほかに五人の男が乗っている。これがわが本船の舷側にぴたりと寄って、この十五人の男たちを乗り移らせると、さっさと漕ぎ離れて、夕霧の中に消えた。

ははあ、配下を各地の基地から拾いあげてゆくのだなと察して、船底の部屋に帰って仮睡していると、李子久に起された。

気がつくと、張海宝と丁殿中が坐って微笑していた。張海宝が言った。

「大人《ターレン》、いよいよ時が来ました。芝罘《チーフー》から雑貨と絨毯《じゅうたん》を積んだ船が安東に向って出帆します。このような時世ですから警戒は中々厳重で、小銃は二十挺ほど備えているようです。ひょっとすると雇いの兵士が乗っているかもしれません。多少の抵抗があるかもしれませんが大したことはないでしょう。私たちにとっても今年の初仕事ですが、大人にとっては生涯における初のご経験です。どうぞお気軽にご見物下さい」

と言って微笑した。三尺四方ほどの紙に筆で書いた海図を囲んで、五人の男が謀議を始めた。これが参謀部であろう。船は私が手持無沙汰でまた居眠りをしているうちに出帆した。

翌日午後三時頃、小さい港に投錨した。まず小舟を下して十名ばかりが上陸し、その小舟が戻って来て情報を伝えると、今度は張海宝、丁殿中が私をつれて上陸した。まことに寒々とした漁港で、漁師の粗末な家が十軒ばかりあるだけであった。そのうちの一番大きな家に入ると、粗末ながらもわれわれの休息所が出来ていた。確かなことは判らないが、この港は長山列島の一島に属するものであろうと見当をつけた。

この港に着いてから乗組員は非常に忙しくなった。海賊稼業というものは、こんなに忙しく、こんなに緊張したものであろうかと、意外な思いで眺めた。過去六カ月の間、私は暖衣飽食いたずらに惰眠《だみん》を貪《むさぼ》る生活であったから、久々に神経が末端まで緊張した。見張員が各地に派遣され、相互の連絡、本部への報告がきめられた時間通りに行われている。貨物船を襲撃するのは四艘の小舟であって、われわれが乗って来たのは母船である。ちょうど捕鯨船団のようなもので、一隻の母船に幾艘かのキャッチャーボートが付属しているわけである。

襲撃する四艘の小舟には、いつ進撃してもよいように、それぞれ六名の男が武装して待機していた。本部では各監視哨から入ってくる情報を海図の上に書きこみながら、参謀が夜を徹して作戦を練っている。この作戦を見ていて感じたことは、馬賊よりも遥かに優れた機能と組織を持っていることである。私も士官学校出身で日清日露両役の経験があるが、最前線の作戦行動も大体この程度か、それより低いのが普通である。

この緊張した空気から察すると獲物が近いなと判断したが、意外にもこの状態が数日も続いて、四月二十八日午後四時頃のこと、目標の貨物船が水平線に現われたという第一報が入った。敵艦見ゆのこの報を受けた司令部は総立ちになった。張海宝はサッと顔を緊張させ、自分が先に立って、待機している一艘の小舟に乗って進発した。そのあとを三艘の小舟が追った。丁殿中と私と他の首脳部三、四名が見張台に登って、小舟の行方を見守った。手練の男が漕いでいるのであろう、まことに見事な漕法である。油を流したような静かな海上を滑るように進んでゆく。大きな貨物船が薄暮の中に黒い図体を浮べて視界を横切ってゆくと、鯨を襲うボートのように四艘の小舟が、二艘ずつ組になって素早く進路の前方から両舷にとりついた。長い柄の鳶口のような道具を同時に舷側に引掛け、他の者は小銃を構えて貨物船上を威嚇した。貨物船は気付いているのか、いないのか判らない。発砲もしなければ速力を速めもしない。やがて男たちが小舟からスルスルと貨物船に乗り移ったが、小舟は両舷に食いついたままであった。この静かな活劇の図は、そのまま滑るように私たちの視界から消えて行った。

丁殿中の説明によると、この港に凱旋するのは一週間か二週間後であろうという。

この根拠地の所在は秘密であって、貨物船を近づかせない。獲物の船はまず無人の島蔭に強制的に停止させ、そこで談判が始まる。貨物を全部渡すか、それとも保険料を払うかである。出港前に漉局《ルーチー》に従価制で払えば安いのだが、このように漉局を無視して出港して捕えられた場合は、従価三割を貰うのが常例である。貨物船の船員を殺すことは滅多にない。反抗すれば別だが、雇いの兵士たちも殆んど抵抗しないそうである。数珠繋ぎにして根拠地から遠い海岸に揚げて釈放するのである。このように殺す習慣がないから、海賊に襲われたら静かにして要求に応じさえすれば、生命が助かるという認識が一般化されているから、海賊側も犠牲者を出さずに楽に仕事が出来るというわけである。この場合に支払う金が準備されていないと貨物を没収して、これを荷揚げして売捌かなければならない。これには手間と時間がかかり、危険も伴うので、従価三割程度の罰金を払わした方が望ましいわけである。

丁殿中の説明の通り、張海宝らの一行は二週間後に成功して帰って来た。双方ともに犠牲者は出さなかったそうである。その後は祝宴を開いて配下を慰め、この根拠地の漁民兼配下たちにも配当が行われた。

その後は六月に一回、同じような襲撃が行われ、これも跡始末に半月以上を費した。この有様から推算すると海賊稼業というものは、そううまい事業ではないらしい。これを企業化して海上保険公司を設立しようという私の計画は潰れてしまったが、元老級の高景賢までが、この計画にほれこんだのは、それほど儲からない海賊業の更生策として魅力があったのかもしれない。

七月になった。夏の盛りだが、この根拠地は夏知らずの別天地である。連中は相変らず見張りや連絡に交替制で二十四時間勤務だが、食客待遇の私は相変らず惰眠に明け暮れていた。七月六日、私たちは旅順からの情報にひどく驚かされた。この報は大孤山の根拠地から番頭が急いでもたらしたものである。

旅順の高景賢が五月五日、蓋平に在る渤海湾漁業公司総弁黄家傑に誘い出され、蓋平の公司内で斬殺された。随行者の本間徳次は幸い死は免れたが、残酷な折檻を受けて不具者となったというのである。殺された高景賢の後輩である丁殿中は首を傾げて私に語った。

「あの用心深い高景賢が、どうして危険人物の黄家傑などに誘拐されたのでしょう、私には理解できません。大人《ターレン》が旅順を出発された時に高景賢と本間先生は危険を感じてついて来なかったほど、用心深い性質であるのに、これはどうも理解出来ないことです。一体、黄家傑はなんと言って誘い出したのでしょう」

　私は安東県の軍政委員高山公通中佐が、奉天総督に会って私の海上保険公司の設立を許可するよう申入れた際に、うっかり協力者として丁殿中、高景賢のいることを喋ってしまったことを思い出した。これである！　奉天総督は自分の金蔓《かねづる》である黄家傑にこのことを伝えて、斬殺を委託したのであろう。あの当時心配したことが、そのまま事実になってしまった。当時、この事情は丁殿中や張海宝には話さなかったが、話せないほどの大失敗だったのである。

　張海宝は、その間の事情を漠然と感じたらしく、緊張した表情で意見を述べた。

「高景賢殺害当時の模様を詳しく調査する必要があります。奉天総督のわれわれに対する方針、黄家傑に委託されている権限、日本軍との関係の有無などを——どうでしょう、石光大人に調査して戴くことにしては……」

　丁殿中も賛成し、私も承諾した。七月九日、李子久と鄭をつれ母船の貨物船に乗って、名も知らずに二カ月を過した根拠地を後にした。来た時の感じでは大孤山から一昼夜の航程だと観測したが、帰るときにはまる三昼夜も費した。おそらく私に根拠地の所在を知らさないために、長山列島をグルグル廻ったのであろう。大孤山の張海宝の店に入ると留守居の番頭王振明がニコニコ出て来て、大人は島の生活に飽きたか……と笑った。

私と王、李、鄭の四人で相談の結果、李は根拠地に戻ること、鄭は私に同行して安東から汽車で奉天に行き、蓋平、旅順において調査を行い、完了後に大孤山に戻って来ることにした。日本人の本間徳次にまで危害を加えた際であるから、危険が伴う覚悟は出来ていた。少々危険があっても、あの淋しい漁港でなすこともなく暮すよりも、まだましである。

七月十五日大孤山を出発して、途中大東溝に一泊、翌十六日安東県に到着して、久しぶりに石橋旅館に入った。番頭も女中も顔を覚えており、茶代を出さないうちに、さあさあと私を二階の奥の八畳に、鄭を表の六畳に案内した。早速、裸になって畳にあぐらをかき手拭で汗を拭《ぬぐ》った。

四

海賊仲間から久々に離れて、安東県の日本旅館の畳にあぐらをかき、裸になって扇を使うと、内地の気分が甦った。女中に案内されて一風呂あびに手拭をさげて階下に降りると、廊下でぱったり知った顔の女に出会った。女も声をあげて立ちどまり、私もハテ……と足をとめた。

水野福子であった。奉天の金城旅館で隣室に泊り合わせ、私たちに探偵がついていると知らせてくれた女である。戦死した亡夫の遺骨が二箱帰って来たことから、ついに自分で確かめるために満洲に出発して来た女であった。私がその愛情の深さ強さに心打たれて涙を流し、戦争の苛酷な現実を説いて帰国をすすめたが、再び奉天に現われたと旅館の女中から聞いたが、こんなところにいるとは思わなかった。

　私は風呂場ゆきをやめて水野福子を私の部屋に案内した。彼女は部屋の入口の障子に寄り添って坐りこみ、眼に涙をたたえてうつむいた。まあまあと座をすすめたが動こうとしない。なにか子細があるらしく、やがて畳に身を投げて声をあげて泣き出した。

　なだめすかして事情を聞くと、昨年の十一月に奉天で私に説教されて、一応は日本に帰る気になり、この安東県まで来て、この旅館に泊ったのだそうである。ところがすでに路銀を費《つか》い果して無一文であった。数日後に宿の主人に事情を打ちあけて救いを求めると、最初は主人も怒って警察に突き出すと嚇《おど》したが、内地から出て来た理由を聞くと同情して許してくれた。身許保証人もなしに、この宿の女中に雇ってくれ、そのまま、ずるずると厄介になっているのだと言った。

「おかしいなあ……昨年から僕は四度もこの宿に泊ったのに、一度も会わないなんて、広くもないこの宿でさ……」

と笑うと、女は当惑の色を現わして沈黙した。

「まあ、それはともかくとして、今からでも遅くはないから郷《くに》へお帰りなさい。旅費は私が出してあげる。こんな所に、まともな人間がまごまごしているものじゃない。そんなことをしていると、やがては人が相手にしてくれなくなりますよ」

「ありがとうございます。今までの行きがかりもありますので、この宿の主人が許してくれさえすれば、お力に縋《すが》って、身の落着き場所を決めたいと思います。相談して参ります」

と言って部屋を出て行った。

私は手拭をさげて風呂場に行き、汗を流して夕食の膳についたが、水野福子は現われなかった。顔馴染の給仕女に問うと、

「ちょっと宿の用事で町まで出かけました。もうじき帰るでしょう」

とニヤニヤ笑っている。これは何か事情があるなと感じたので、黙っていると、

「旦那はよほど前からご存じなんですか」

と言う。

「ご存じというわけでもないがね、奉天で初めて会ったんだよ。早く内地に帰れとすすめたら、本人も承知のようだった。こんな所にいるとは思わなかったさ」

「へえ……その時、切れなさったんですか」

「なに？　切れた？　冗談じゃない、そんな仲じゃないんだよ」

「へえ……」

と言って、女中は相変らずニヤニヤしていた。話が妙だし、本人も現われないので、女中

相手に事情を聞いてみると、最初この旅館に無一文で泊って、女中に住みこんだまでは、本人から聞いた通りであった。だがその後にこの土地にいる土木業者の二号になって、今はこの旅館の一室に囲われているのだそうである。私がこの旅館に来るごとに、

「あの旦那にみつかると具合が悪いから……」

といって近所の宿に泊り、私がいなくなると、またこの宿に戻って来るのだそうである。そんなわけで、いつの間にか私が彼女の「前の旦那」になっていた。今日まで前の旦那が来ること四回、蔭で女中どものいい話の種になっていたのだそうである。

この事情を聞いて女中と一緒に笑い合った。水野福子という女が亡夫を思う純愛の深さは類いのないほど麗《うる》わしく、単身渡満するほど強くもあった。けれども現実の世は厳しくて、彼女を受け容れる余裕がなかった。今さら郷に帰れぬまま、流され、もまれ、さいなまれて、安東県という片田舎の土木業者の二号に成り下ったのである。これから先、どこまで落ちてゆくことであろう。

ところで私自身はどうであろうか。これも似たり寄ったりである。かつて愛国の熱情に燃えて大陸に渡り、シベリアに満洲に辛酸の年月を経て、ここにこうして一介の浪人暮しである。今は満洲でも正道を歩めずに、まさに亡びようとする海賊のお囲い者になり下っている。そして、水野福子と同じように、内地に帰りにくくなって満洲の片田舎をうろついているのである。どこまで落ちて行くのであろう。他人事《ひとごと》ではない。その夜、私はまん

じりともしないで東京の青山北町六丁目の静かなわが家を思い、幻のような母と妻子五人の面影を瞼に浮べた。

帰ろう！　そう思い切って眼を閉じた。その翌日、この土地にただ一軒の洋服屋を呼んで麻の背広を仕立てさせた。仕立て上った三日の後、私は、もうどうでもよい鄭を連れて旅順に向った。

久しぶりに旅順に帰り着くと、すぐに殺された高景賢の店に鄭を遣《や》って様子を探らせた。折檻されて半死半生の目に遭った本間徳次はまだ床についていたが、意識も回復してひと通り話も出来るようになっていて、是非私に会いたいと懇願したそうである。奉天総督は黄家傑に高景賢を殺させてから、この店に密偵二名を張りこませていたそうだが、高景賢の家族は郷里に逃げてしまい、半死半生の本間徳次ただ一人になって、訪ねる者もないので、追及を打切ったとのことであった。これなら訪ねても危険はないので、私はその報告を聞いてすぐに鄭を連れて本間徳次を訪ねた。

本間徳次は見るかげもなく痩せ衰え、青白くなった体を滑るように寝台から土間に降ろして、這いずりながら私にとり縋って声をあげて泣いた。

「お待ちしておりました。よくご無事で……ほんとうに、ほんとうに、一日千秋の思いでおりました」

こう言って、またもむせび泣いた。あれほど本間徳次自身が憎み、撲りたい、殺したいと言っていた当の黄家傑のために、こんなひどい目に遭わされたのだから口惜しいであろう。本間徳次から聴取した事情はこうである。

五月一日のことであった。渤海湾漁業公司総弁黄家傑の使者が来て、一通の書面を高景賢に渡した。その書面には、かねてから許可出願中の日支合弁の海上保険公司の件について、奉天総督から調査を依頼されたので、関係ある日支人を同伴して御来駕ありたいと書いてあった。高景賢は自分の名前を知られている以上、逃げかくれも出来ないので、只今は本間徳次と二人しかいないから、揃ってから参りましょうと言うと、いやお二人で結構ですと言う。使者の口上も至極穏かで、その時には少しも危険を感じなかったそうである。殊に二、三日の余裕がほしいと言うと、どうぞ御都合のよろしいようにと言った具合であった。そこで高景賢と本間徳次の二人は、五月四日の夜行列車で出発、五日の真夜中に蓋平に着いて駅前の客桟《きゃくさん》で休憩してから、午前九時頃、馬車を雇って蓋平城内の漁業公司に向った。

漁業公司の門を入って、前に私と一緒に泊った客室の前に馬車を停めて、降り立つと、突然、前後左右から十名ばかりの兵隊が小銃を構えて取巻いてしまった。はっとした瞬間、屈強な男が五名ばかり飛び出して来て、高景賢と本間徳次を縛りあげてしまった。本間徳次が何をするかっ……と大声をあげると、ひどく横っ面を撲られて気が遠くなり、そのまま引きずられて行った。その時、高景賢もひどく撲られていたが、さすがに修練を積んだ海賊だけに、すぐ死を覚悟して騒がなかったそうである。

現場には黄家傑は姿を見せなかった。高景賢と本間徳次は、公司の裏の空地に引きずられて行き、本間徳次の眼の前で、高景賢の首をスッポリ青竜刀で斬り落してしまった。すると役人らしい一人が、本間徳次を指して「これは日本人だから殺すと面倒だ、うんと懲らしめてから棄てろ」と言った。こうして本間徳次は縛られたまま撲られ蹴られ踏んづけられて、人事不省になり、漁業公司から運び去られて、街はずれの道傍に棄てられた。

「……で君は警察か憲兵隊に届け出たのか」

「そうも思いましたが、殺されたのは支那人だし、事件の内容が内容ですから、やめました」

「というと何か……君は僕等の計画した事業が不正だと言うのか、ばかな、そんな考えだからひどい目に遭うんだ。貴様も日本人の端くれだろう。堂々と訴え出たらいいんだ。馬鹿な！」

「………」

そうは言ってみたが、やつれ果てた本間徳次を見るとこれ以上追及する気になれなかった。大孤山の根拠地に丁殿中と出かけるとき、何故か高景賢も本間徳次も尻込《しりご》みして応じなかった。危険を感じて思いとどまったのであろう。それがかえって命とりになった。

私はこのように落ちぶれてはいるが、なんという幸運者であろう。この十数年の間に、満洲で幾たびか危機にさらされながら、大した努力もせずに不思議に生きながらえてきた。生きて帰ることが出来れば家族にとって最大のお土産であるかもしれない。

「帰ろう！」

と決心したが、丁殿中、張海宝の今日までの恩義に酬いるために、海賊に対する奉天総督府の意向を確かめて報告したいと考えた。

翌日には早速鄭をつれて奉天に向った。

いつ刺客が飛び出すかも知れないという一抹の不安を抱いて、私と鄭は久しぶりに奉天に出た。旅館には入らずに小西辺門外にある茂林館の主人趙を訪ねた。この茂林館は、明治三十三年以来のわが同志、本願寺の安倍道瞑師が、戦前、ハバロフスクから奉天に移った時の本拠であり、また当時ハルビンを根拠地とする私の諜報網の一環でもあった。その時、われわれの行動に蔭の助力をしてくれたのが、この宿の主人趙であった。

高景賢を斬殺し、本間徳次を半殺しにした事件の真相究明には、彼の協力を求めるに如くはない。奉天に出て来る途中、そう思いついたのである。

趙は抱きつかんばかりに悦んで私を迎えた。そして戦後の私の失敗談に同情し、今回の秘密の調査を快く承認してくれた。

調査に約十日を費してから、趙は私に次のように報告した。

「――あなたの提案した海上保険公司というものを、奉天政庁では海賊会社と考えています。その背後にいる高景賢は、かつては復州の海賊の頭目であり、丁殿中は海竜と呼ばれて牛荘に拠城をおく渤海湾切っての大海賊で、すでに本拠は奉天政庁の手で覆滅したが、頭目はどこかに潜んでいて捕まらないとのことです。これらの海賊が不逞の日本人と共謀して、関東州の租借地内に根拠地を置いて海上を横行されたら、清国の海上権は奪われてしまう……ことに、渤海湾に広大な漁区を持っている蓋平の黄家傑に日支合弁を申入れるなど、不敵の行動を敢てするのは、軍政委員高山中佐を背景として元軍人の石光一味の黒幕があるからだ。こんな傍若無人の行動を許していると、清国の目ぼしい漁区はこれら不逞日本人の手に収められてしまい、奉天は貴重な財源を失うことになる……という結論になったのです。幸い黄家傑に合弁を申入れているから、黄から呼びかければうまく誘い出せるだろうと、黄に殺害の権を委ねて成功したのだと言っています。

また丁殿中の行方は未だに追及中だが不明、多分石光一派に保護されて、日本に亡命したものと思われる……とのことでした。清国に帰り次第、逮捕する手筈になっています。大人《ターレン》、丁殿中は本当に大人の保護下にあるのですか。もしそうだとしたら、それはお止めなさい。大人に災難が及ぶでしょう。奉天総督は本当に怒っているのです。海賊会社の設立を認めろと堂々持ちこむのは、清国政庁を軽視しているからである、清国は敗戦国ではない、日本に助力して侵略国のロシアに勝ったのである。清国は日本と対等の立場にある……というのです。大人、そんな仕事はお止めなさい——」

趙は真心から私に忠告した。彼の十日間にわたる細心の調査は真相に近いものであろう。私は感謝して彼の忠告に従うことを約した。茂林館を出て、私と鄭は奉天にとどまることを中止し、すぐその足で大連に向った。密偵の尾行を恐れたからである。

大連では遼東ホテルに泊った。二日目に私は鄭に対して、大孤山に帰って調査結果を報告するように命じた。

「僕は奉天総督から黒幕の不逞日本人として注目されている。発見されればすぐ尾行がつくだろう。もう大孤山に帰るのは遠慮しよう、それが丁殿中、張海宝両頭目のためである。これから日本に帰って、しばらく情勢をみようと思う」

鄭は納得して八月十日、大連発の船で安東に帰った。

私は再び一人ぼっちになった。満洲における最後の希望は崩れ去った。

私の満洲における仕事は戦争の終了と同時に終っていたかもしれない。それなのに母から借金をし、妻の貯金を洗いざらい持って満洲にやって来てこの始末である。関東軍の中堅にある弟真臣には迷惑をかけ、同期生たちの好意も無駄になった。信用を失い所持金も失い、そして希望と自信まで失って一人ぼっちになってしまった。

悉く失った私ではあるが、幸いにも私には帰る所があった。日本に帰ろう。妻子のもとに帰ろう。生れてから今日まで、これと言って子供たちを手塩にかけることもなかったのに、長女はもう小学校に通っている年である。次女、長男、三女の妻子五人が放浪の父を待っていることであろう。

旅順に出て、弟真臣を官舎に訪ねて別れを告げた。弟は私の失敗に同情するよりも私の無事であったことを悦んだ。本間徳次は殺された高景賢の家財一切を受け継いだので、これで暫くはなんとか食ってゆけるであろう。同郷の親友阿部野利恭にも別れを告げた。

「その方がよか。日本の対満方針が決ってからの方がよか。それが決まれば誰も貴方《ああた》ば放っときゃせんたい」

と慰めてくれた。

明治四十年八月二十日、持ち帰るべき物とて何物もなく、手ぶらで失意の身を港に運んだ。港に近い空地には戦前のように大道芸人が多数集まって、手品や軽業《かるわざ》をやっていた。出帆までに合間があったので、これを片端から見て廻って小銭を投げた。私の船出を送ってくれたものは、これらの太鼓と笛と胡弓の音だけであった。

望郷の歌

一

失意の身一つ、ほかには子供に持ち帰るべき土産物とてなく、日暮れて小鳥がねぐらに帰るように日本へ手ぶらで戻って来た。母からの借金も使い果して返すあてもなかったので、母の家の敷居は高かった。東京の赤坂青山北町六丁目四十二番地の留守宅には、妻のほか一男三女が待っていた。妻の顔を見るのがまぶしかったが、母も妻も私が無事であったことを悦び、弁解を聞き流してうなずくだけであった。

家族にかこまれて数日を過すうちに私の気持も落着き、周囲の事情に調子を合せることが出来るようになった。もう動くまい、もう満洲に渡るまいと決心して、子供の小さい手をひいて親戚を訪ねたり近所を散歩したり、上野、浅草の盛り場を楽しみ暮した。

それから一カ月後のことである、奉天十間房に鉄工所を経営している岡村鋭介という人が、これを資本金五十万円の株式会社に改組するため、松平容《かたはる》大子爵を委員長にして麹町区富士見町五丁目二十番地の自宅に創立事務所をおいた。私は当時休養を楽しんでいたので気がすすまなかったが、是非参加してくれと頼まれて委員の一人になった。どうせ遊んでいるのだからと、軽い手伝いのつもりで毎日事務所に通い出した。形だけの通勤だが、何かしら救われたような気持で通った。暫く務めていたが、どうも様子がおかしい。一向に仕事が進まないのである。そのうち委員の一人である松尾平次郎という人が、ある日私の傍らに寄って来て小声で囁いた。

「だめですよ、この会社は。どうも松平子爵の財産だけが頼りらしい。私はご免蒙《めんこうむ》ります。出資はお断りします」

と言った。そして翌日から姿を見せなくなった。当時は日本の経済界は、戦争による通貨の膨脹に悩み徹底的な金融引締め政策をとっていたから、資金の募集が困難だったのである。こんなことがあってから私の足も自然と遠ざかって、時々のぞいてみる程度になり、その年の十一月には解散してしまった。

その頃また新しい話が持ちあがった。創立された南満洲鉄道株式会社の関連事業として、東洋運輸貿易株式会社を作ろうというのである。発起人は、津久井平右衛門（横浜の羽二重輸出商）、安部林《りん》右衛門《えもん》（日本塩業株式会社取締役）、鈴木久次郎（千葉県選出代議士）などで、私の叔父の男爵野田豁通《ひろみち》（当時貴族院議員）を創立委員長に祭りあげた。叔父も初めのうちは気がすすまなかったが、満鉄総裁に就任した後藤新平（後の内務大臣、東京市長）

が、かつては自分の家に斎藤実《まこと》（後の海軍大将、総理大臣）と一緒に寄食していた関係もあって、直接後藤新平に意見を質《ただ》した。後藤新平は、満鉄にも日本の国鉄と同様に早晩そのような運輸会社が出来なければならないのだから、今から着手した方がよいだろうとのことだった。そこで叔父も本気で乗出し、私を呼び出してお前も参加しろと言った。私には自信がなかったし、満洲と聞いただけでもう沢山であった。

「四十にして惑わずと言う不惑の歳になって、毎日ぶらぶらしとるのはだらしがない。三度や四度、失敗したからといって、そんなに臆病になるお前ではなかったはずだ。しっかりせい」

「…………」

「満鉄も出来《でけ》たし付属地の統治方針も決った。満洲に太い柱が立ったようなものだ。今まで後楯もなく掩護射撃もなしに、お前個人の力だけで苦労しとったのは気の毒だった。わしは戦争前にお前が軍を退くと聞いた時、随分と迷った。あの時は国が生きるか死ぬかの瀬戸際だったから、わしも田村怡与造（大佐）に、承諾の返事をした。この戦さに勝ちさえすれば、お前の将来はどうにでもなると思ったからだ。ところが勝ってみると世の中ががらりと変ってしもうた。軍も官も規則だ法律だと、えらいやかましいことを言って、お前を受け入れる余地がない。規則や法律で勝ったわけでもあるまいになあ……だが、ええさ、日本もイギリスやフランスと肩を並べる国になったんだからな。お前も身分を犠牲にしたが、以て瞑《めい》すべしさ。なあ、そうだろう」

「はい」

「ところで……どうする。今は子供たちも小さいからええが、将来のためにそろそろ考えずばなるまい。お前の年輩と経歴では内地の就職はむつかしい。言いにくいことだから誰も言わんだろうが、正直に言えば、その通りなんだ。どうだ、いま一度満洲でやってみんかな」

「はい」

「お前はハルビンの支店長になれ。ハルビンはお前にとって第二の故郷だ。いやな土地ではあるまい。落着いたら家族も呼寄せたらよい。留守ばかりさせては気の毒だからな。姉さん（私の母）には、わしから話す。お前からは言いにくいだろうからな」

　叔父はこう言って半ば強制的に引張りこんだ。半ば……と言ったのは、私に全然意志がなかったわけではないからである。日露戦争が終ってから間もなく、参謀本部の田中義一大佐に呼ばれて、満鉄が出来たらそこで後半生をおくるように言われたことがある。そうなれば結構だと思っていたが、妙な行きがかりから横道にそれて、海賊の端くれにまでなり下ってしまった。あれ以来、田中義一大佐にも義理が悪く、訪ねることも稀れになった。叔父の運輸会社が出来れば、満鉄の傍系会社でもあるから最初の出発点に戻るわけである。満鉄を親柱としての事業なら将来性もあるだろうと考えて、「よろしくお願いします」と頭を下げた。

　けれども金融界の引締め政策はその後も変らなかった。当初五百万円にした資本金を二百万円に減らしたが、それでも成立の見込が立たなかった。二百万円を百万円に減らしたがまだ駄目で、発起人は一人去り二人去り、ついに叔父の野田豁通とその懐中刀《ふところがたな》の予備二等主計正石井要、中村耕平と私のたった四人になってしまった。ここに来るまでに叔父と石井要は私財を相当使っていたし借財もしていたので、解散も出来なかった。私は無一文だからどうでもよかったが、叔父が抜き差しならずに困っているのを知って逃げ出すわけにいかなかった。

　叔父は石井要と相談の結果、更に資本金を半分の五十万円、つまり最初の計画の十分の一にして、ともかく出発することになった。

　野田豁通が社長、石井要が専務取締役兼満洲総支配人、私が長春支店長ということになった。社名も「日清通商公司」に変えて大連の信濃町に事務所を設け、私は長春の支店に勤めた。最初は社名のような通商とか貿易とかは到底手が出ないので、専ら大豆と大豆粕の運搬業をやった。外交員が農家を巡って頭を下げて仕事をみつけるのだが、簡単な仕事なので日本人同士の競争が激しくて、儲けはないに等しかった。

　それから間もなく、本格的採掘を始めた撫順《ぶじゅん》炭の売捌きをやってみることにした。これは私一人の考えでなく、多くの人が狙っていたものである。当時、東清鉄道も一般の工場も石炭を使わずに薪を使っていたから、今のうちに販売権を獲得しようと多くの人々が満鉄に運動中のものであった。殆んどが満鉄沿線の販売権を狙っていたから、私は誰も手を出さないハルビンを中心にして運動することにした。戦前諜報本部として経営した菊地写真館《フォトグラフィア・キクチ》の設立について、当時ロシア側にあって尽力してくれた東清鉄道の庶務部長アブラミースキーを思い出して訪ねたら、彼は戦前と同様に現職にいた。他の同僚も殆んど変っていなかった。あのように激しい戦争を経て、しかも敗戦の憂目をみたのに、ほとんどの職員が戦前と同じ地位にいて働いているのを見て驚いた。さすがは大ロシア帝国である。

「おお菊地さん、ご無事で……」

「やあアブラミースキーさん、ご無事で……」

私と彼は抱き合って無事を祝った。私の顔を知っている連中が一斉に集まって来て握手を求めた。戦前に私の諜報活動を探知出来ないで東清鉄道の御用写真館の看板を許してくれた彼等は、今もなお私を信用してこのように歓迎してくれたのである。

ハルビンは戦禍を蒙らずに発展充実していた。市街地は拡大され建物は欧露化して面目を一新していた。私の菊地写真館は、当時の支配人山本逸馬君が戦後に渡満するとき謝礼として彼に進呈したが、同君はこれを商館に使用して、どうやら商売になっているのを知って安心した。

私はアブラミースキーと四年ぶりに会食した。私が菊地正三から石光真清に改名したこと、日露戦に従軍したこと、戦前に持っていた写真館や雑貨店や洗濯屋は総て報酬として従業員に分与してしまったので、新しい仕事で稼がなければならないことなどを話した。相談の末、私の計画通りに撫順炭をハルビンに輸送して、アブラミースキーが販売を引受けてくれることになった。

明治四十年十二月、満鉄理事犬塚勝太郎に会ってこの計画を話した。同氏は、有望だが時期が少々早すぎるなあと言った。

「しかし、せっかくの仕事だ、君の出鼻を挫くのもどうかと思う。まあ一列車（七噸《トン》積、二十輛連結）やってみ給え。価格は猛家屯（当時の満鉄北端駅）渡しで噸七円、支払は三カ月以内としよう」

と非常な便宜を与えられた。犬塚理事の命令で、一週間後には百四十噸の石炭が猛家屯駅に降された。猛家屯からこれを馬車に積んで一哩《マイル》距《へだ》たった東清鉄道の寛城子駅に運んで降し、同駅から再び貨車に積みこんでハルビンに降し、そこから、また馬車に積んでプリスタンに降した。この間の費用、一噸二円についた。すると荷受人からすぐ抗議が来た。

「私が注文した品は塊炭であるが、到着したものは粉炭であるから引取れない」

というのである。おかしいことがあるものだと首を傾げて現場に行って見ると、なるほど抗議の通り全部粉炭である。私が満鉄から猛家屯で荷受けした時に見たものは立派な塊炭であった。手を尽して調べてみると、撫順炭というものは粘着力が弱いので、こんなに度々積み替えをやっているうちに最後の段階でとうとう完全な粉炭になってしまったというわけである。おまけに途中で大きい塊は盗まれてしまって全体で二割も減っていた。これでは全く商売にならない。要らないというのを頭を下げてやっとのことで元価の七円で引取ってもらったから、運賃と目減りだけが損になった。私の懐中も零になって帰りの旅費がなくなった。やむなく荷受人から旅費を借りて長春に帰るというざまであった。これが第一回の失敗である。

次いで満鉄の嶋村調査役から、満鉄沿線の精密な地図が欲しいので手に入れてくれという密談があった。満鉄はロシアから日本に譲渡されたが、満鉄付属地と清国領との境界が不明瞭のままであった。ロシア側が精密な地図を日本に渡さないのである。調査費も買収費も相当出すからという話であった。例によって東清鉄道の庶務部長アブラミースキーに相談すると、すぐ保管場所や保管責任者が判明したから、報酬や受渡し方法などについて数回打合せをやった。満鉄からは三千円ほどの運動費を支給された。ところがその地図は大変に多量のもので、そう簡単に持ち出せるものでなかった。あれこれするうち三月になった。すると、日清通商公司の満洲総支配人つまり私の上役の石井要専務から、

「運動費ばかりとって地図引取りを実現しないのはけしからん。満鉄に対するわが社の信用にかかわる。即刻中止されたい。満鉄の嶋村調査役にも話して諒解済みである」

と言って来た。あとひと息というところだったから、私はすぐ大連に駈けつけて石井要に事情を説明したが、どうしても承知しない。いろいろ聞いてみると、石井要が満鉄の注文で納めた防寒毛皮一万着が不合格になって、莫大な損害になろうとしていたのである。不合格の責任は明らかに当方にあった。山羊毛皮の注文であったのに、手に入り易い緬羊毛皮をごまかして混ぜたのである。会社の命取りになるというので、社長野田豁通男爵から直接、満鉄総裁後藤新平に寛大な措置を依頼したが、担当の職員は強硬に解約を主張して譲らなかった。解決出来ないままにこれが会社の致命傷になったのである。

どうしてこんな馬鹿なことをやったかというと、後藤新平が若い頃野田豁通の家に寄食していた関係があり、野田の発言があれば少しぐらいの問題は簡単に片付くものと、たかをくっていたのである。

ところがそうはいかなかった。当時満洲には、有象無象の得体の知れない野心家や食いつめた浪人や内地を追われた敗残者がうようよしていたから、甘い顔をしていたら国策会社として初めて国外に踏み出した満鉄は食潰されてしまったであろう。後藤新平と一緒に野田家に寄食していた斎藤実は、海軍大臣になってからも野田の前に出るとまるで書生のような態度で礼を尽していたが、これにひきかえ後藤新平は、全く対等の立場で友人づきあいであった。山羊毛皮の納入についても通り一ぺんの連絡を事務当局にしただけで、事件の渦中に入らなかった。

このうえ満鉄付属地の地図問題で不信をかったら山羊毛皮事件がますます不利になると心配して、私に中止を命令したのであった。会社の死活問題だと説明されると、私は石井要専務の命令に服さないわけにいかなかった。さっそくハルビンに引返してアブラミースキーに、他から地図が手に入ったので……と言って体裁よく断った。アブラミースキーは、あの地図が他の場所にあるはずはないが、おかしいなあと首をかしげていた。

地図問題が中断されてから間もなく、また満鉄の久保田理事から、

「東清鉄道の北窑門駅付近に軌条《レエル》を継ぐ鉄板（フィッシュプレエト）が幾万ともしれず雨露に曝《さら》されて山積みになっているから、これを入手してもらいたい」

と依頼して来た。私はまたアブラミースキーを訪ねて調査してもらった。人のよい彼は、地図問題の直後だったのに熱心に手伝ってくれた。調べてみると、この鉄板は戦争中に盗み出されて清国商人に売られたもので簡単に買い戻しは出来なかった。アブラミースキーは、なんとかものにしてみせると言って暫くの猶予を求めた。すると短気な石井要専務が例によって癇癪《かんしゃく》を起し、地図問題と同様に中止を命令して来た。私はアブラミースキーに会わす顔もなかったが、やむなく事情を伝えた。すると好人物の彼も顔色を変えて立ち上った。

「私があなたのために働いたのは、ただ報酬を得たいためではなかった。戦争前からの友情によるものだ。あの時代は東清鉄道の敷設やハルビンの建設という困難な事業にとり組

んでいた。あなたも写真館の開業に懸命であった。お互いに異境にあって苦労している者同士の友情だった。それは憶えているでしょうね」

「忘れはしません。今もなお感謝の気持で一ぱいです」

「それなのに、あなたは約束を二度破りました。あなたの信用が傷つけられたばかりでなく、私は堪えられない侮辱を感じます。満洲での戦争に日本が勝ったと言って、もうこのようにロシア人を軽蔑し侮辱するのですか。ロシアは国が敗れたのではありません。私たちは元通り勤務しているし、東清鉄道はロシアのために運営されています。私は日本人と対等の交際をする資格があるばかりでなく、個人としての友情さえ持ち続けて来ました。日本人が、戦争後に急に態度を変えて、このように気儘勝手な振舞をするなら、私は交際をお断りします。残念なことですが過去七年の友情を断ちます」

と言って立去ろうとした。私は彼の腕をとって引き留め、自分の微力からこんな不始末をしでかしたことを心から詫びたが、とうとう許してくれなかった。握手を交わすことも出来ずに置き去られてしまったのである。

　このことがあってから私は日清通商公司の将来に疑問を持ち、毎日の仕事にもすっかり熱意を失ってしまった。

二

日清通商公司は創立以来このような失敗続きで信用を失った。私自身も嫌気がさして来たが、大穴のあけっ放しでは、社長であり叔父である野田豁通に申しわけない。そこでこの会社の創立委員の一人で、大連に本社を持つ日本塩業株式会社の専務安部林右衛門と相談して、食塩の北満への販売を計画した。さすがに成功者だけあって、詳細な調査資料を示して取引上の注意を与えてくれた。

その時である。明治四十一年一月二十二日。東亜同文書院出身で、戦争中専務石井要が陸軍二等主計正であったとき、その下で陸軍通訳をしていた佐竹令信という男が現われて協力したいと言った。石井専務に問合せると、信用出来る男だから使えとのことだった。支那語も達者だし、満洲の経済事情にも一応は通じているように見えた。さっそく食塩の売込みについて調査させると、二日後に詳細な報告が出来た。要約すると、塩は一人当り一年間に二十一斤消費する。長春以北の住民約三百万人の一年間の消費量は六千三百万斤で、全部南方から運ばれている。満鉄が日本人の荷主には多少運賃を割引してくれるから、従来の支那商人に十分対抗出来る。しかも塩税は一斗（七十斤）について四銭だが、塩税徴収局と秘密の黙約が出来て二斗について四銭、つまり半額にする約束が出来た。価格は百斤長春着小洋銀一円八十銭ぐらいで、もし大豆と交換して、その大豆を大連に運んで売るなら塩は百斤二円十銭で引取らせることが出来る（日本斤百斤は長春斤百六斤に当る）。このような条件で、長春の広遠店では冬の乾燥期なら無制限に応ずるというのであった。

　私は自分で調査した結果をこれに加えて大連本社に報告した。総支配人の石井要は、調査をした佐竹令信が昔の部下であるという気易さから、この調査を信用して、大連の日本塩業株式会社の製品を七噸《トン》車で五十車輛、三百五十噸を発送した。発駅は瓦房店、着駅は長春である。長春に着くと毎日監視している塩税局員がさっそく見付けて取調べのうえ、荷降ろしは差しつかえないが、駅外には運び出してはならぬと申渡して巡警を立たせた。ところが幾日たっても荷が動かないのである。佐竹令信に催促すると、ちょっとした都合で遅れているので心配ないと言う。そうかと思って待っていたが一向らちがあかない。おかしいと気付いて直接広遠店の番頭に会って尋ねると、そんな取引は知らないという返事だった。佐竹令信を追及すると、そんなはずはない、私が行って談判して来ますと出かけたまま行方不明になった。

　調べてみると佐竹は、塩税局員を二、三百円で買収出来ると簡単に考えたらしいが、そんなに甘くはなかったのである。早速この始末を大連の本社に知らせると、日本塩業の社員が飛んで来て正規の塩税を払い、どうやら片付けてくれたので、会社に損害はなかった。

　その頃のこと、街路でばったり高橋庄之助に会った。彼は私が三十二歳の青年将校としてブラゴヴェヒチェンスクに留学したとき知り合った建築業者である。日露開戦のときはアムールが氷結していたので、ヨオロッパ廻りで日本に引揚げ、戦後猛家屯に来て再建事業が始まるのを待っていたのだそうである。思いがけない再会を悦んで一夜を明かしたのが縁になって、製材業に手を出す糸口になった。材木については商売柄大変に詳しい。満洲に来てからずっと調査を続けていたのであろう。専務の石井要も建築事業についてはは専門的な知識を持っていたので、私は高橋庄之助をつれて大連に行き石井要に紹介した。私にはあまり面白い話ではなかったが、二人は夜を徹して話しこんでいた。その結果、日清通商公司と高橋庄之助との間に契約がとりかわされ、高橋庄之助が主として販売を受持つことになり、これに運転資金として年利一割二分で五千円貸付けた。製材工場は東清鉄道沿線の一面坡《イーマンポ》に戦時中建てられたもので、ブラゴヴェヒチェンスクで高橋庄之助が交際していたポオランド人フランツ、ユダヤ人カピルマン、同じくダルビンの三名が経営し、戦時中は大変に儲けたが、敗戦後はぱったり仕事がなくなって休業中のものであった。早速高橋庄之助を初め、フランツやカピルマンなど五人一緒に工場を見に行った。建坪二百坪ほどで円鋸《まるのこ》三台があり、工場に隣接して職工住宅が十余棟建てられていて、小規模ではあるが駅からの引込線もあり、ひと通りの設備は整っていた。伐採権は工場を北端として十二露里平方だとのことだった。実地検分が済んでからフランツに復興資金として年利一割で二千円を貸付け、三年後に当時の評価の半額で日清通商公司に経営権を譲渡すること、日本人職工五名を雇い給料はフランツが支払い、地代は私の方で払うというような込み入った契約を結んだ。

製材事業は玄人の集まりだけに順調に進んで手広く売り出した。ところが、この頃から本家の日清通商公司が例の山羊皮取引の失敗から危なくなって、運転資金がなくなり、まず材木の運賃が払えなくなった。正金銀行や顔馴染みから借金をしてその場その場を切り抜けていたが、翌四十一年の五月頃になると、正金銀行も寛城子駅長からも、昼となく夜となく強硬に支払いを迫って来た。逃げるように大連に行って石井専務に相談したが、彼は材木どころの騒ぎではないと言って相手にならない。そのまま一週間ばかり大連でぼんやりしていたが、日本に逃げ帰るにはまだ心残りがあった。よい考えも浮ばぬまま長春に戻ると、高橋庄之助はすこぶる落着き払って心配の影さえない。木挽人夫を雇って材木置場で製材をやっていた。大連の様子を話して、融資が絶望になったから解散しなければならないだろうと言うと急に気色ばんで、

「それは約束が違う。一方的にそんなことをやるんだったら僕は石井専務を相手どって訴えるつもりだ」

と言って私をにらんだ。その年の九月になると二道溝の木場には材木が山のように積まれ、フランツに支払うべき金額は二万円を超え、毎日のような強談判であった。恥をしのんで正金銀行長春支店の工藤支店長に窮状を訴えて最後の嘆願をしたが、今日までの一万五千

円さえ限度を超えているので、これ以上はお気の毒だが……と断られた。

「ここは植民地です。あなたのようなご経歴の方がお仕事をなさるところではありません。油断も隙もない亡者どもが、泥濘の中をうろついています。今のうちにお帰りなさい。その方が賢明です」

と言って慰めたり忠告したりした。支店に帰るとカピルマンとダルビンと高橋庄之助の三人が待っていた。カピルマンは私の顔を見るなり挨拶もしないで寄って来て、

「今までどこに行ってたんだ」

と怒鳴った。私は資金の調達に奔走していたことを説明したが承知しない。

「弁解を聞きに来たんじゃない、さあ支払いをどうしてくれる」

と大きな握りこぶしを私の鼻の先に突きつけた。私が沈黙していると仁王さまのような大きな体をゆすって近づき、やにわに私の胸倉をとって首を締めつけた。腕力ではとてもかなわないので、じっと眼を閉じて耐えた。頭がくらくらっとして意識が混濁してきた。

「さあ金を払うか、命をくれるか」

とまたも強く締めつけた。高橋庄之助もダルビンも傍らで知らん顔をして見ているのである。両眼からはらはらと涙が流れ落ちた。するとカピルマンは急に手を緩めて私から離れ、高橋庄之助に何か二言三言いったと思うと高橋の横っ面《つら》を曲るほど張飛《はりと》ばして、ダルビンと一緒に出て行った。残された二人は暗いランプの下で暗澹《あんたん》たる気持でうなだれた。

「高橋君、どうする。僕はもうこの仕事は棄てる決心だ」

と言うと、高橋はうなだれたまま、

「それは君の勝手だ。君が棄てれば僕一人でやる」

と冷やかに答えた。

「そうか、それもよかろう。僕は今後一切この事業から手を引く。義務も負わないが権利も主張しないから、君がやったらいい」

「やりましょう」

これだけの冷たい問答でこの事業とも別れ、高橋とも別れた。これが高橋との生き別れであった。私は潰れかかった大連の本社を訪ねる気にもなれなかったので、ハルビンから東清鉄道でウラジオストックに出て、そこから船で帰国することにした。

一文なしになって国に帰るのはこれで幾たび目であろうか。ハルビンの元菊地写真館には当時の支配人山本逸馬がいて商館を経営し成功していたが、彼の前に落魄《らくはく》の身を現わす勇気がなかった。夜に入ってから一人秘かに街角に立って眺めると、写真館の大看板が取外されているほかは戦前のままであった。灯火のついた窓に人の影が映っては消えた。あの窓辺で二葉亭四迷や沖禎介《おきていすけ》や田中義一等と国の将来を憂えて語り合ったのは、つい先だってのことのように偲《しの》ばれて胸は塞がり、咽喉がつまった。さようならハルビン。私の前半生にも別れを告げる時が来た。もう再びこの土地を踏むことはないであろう。璦琿《あいぐん》の馬賊の女房お花と一緒に暮した粗末な洗濯屋は壊されて、その跡に新しい大きな建物が建っていた。苦しくはあったが、あの頃はよい時代だった。国へ送り返したお花は約束を守って便りをよこさないが、必ずよい暮しをしているものと思う。私は相変らずこの態《ざま》だ。寺院《サボオル》の前まで来た時、忘れていた面影が浮んだ。初めてハルビンの地を踏んで途方に暮れ、この寺院の階段にぼんやり腰をおろしていたとき、ばったり出会って洗濯屋開業の世話を焼いてくれたロシア軍のスパイ韓国人崖の顔である。崖の面影が浮ぶと、崖が追跡していた掖河《エイホウ》の大馬賊増世策の青白い顔が浮んだ。増世策が捕えられて斬られてから横道河子《ハンダヘーザ》の山奥に籠って、生残りの配下を使って枕木の伐採をやっていた女房お君はどうしたであろう。あの澄んだ黒い大きな瞳が私を見据えて微笑しているように感じた。女手一つでやってのけた木材事業を、私はまんまと失敗して敗残の身を郷《くに》へ運ぶ途中である。

「訪ねてみよう、お君に会ってから帰ろう」

そう決心して翌日ハルビンを出発し、横道河子で下車した。かつて駅の柵外からお君の配下の馬夫李が私に呼びかけた駅である。当時の記憶を頼りに彼女の出店である益興店を探したが見つからない。その辺りは一面の草原となって、崩れた土煉瓦の山があちこちに凍りついているだけであった。

「私は一生山を出ません。増の最期の根拠地を守って死に果てます」

そう言ったお君の言葉が耳に甦《よみがえ》った。街に引返して馬夫を雇い、記憶を辿りに山道に入った。馬夫はしきりに断念をすすめ、探しても無駄であることを説いた。

「大人《ターレン》は夢を見たのではないか。そんな話は聞いたことがない」

と言った。夢であるかも知れぬ。今はすでに夢になったかも知れぬ。お君と暮した楽しかった十日間の夢を追って馬を馳せた。山を巡り谷を渡って探しまわった末、ここと覚しい斜面に辿り着いたが、そこには家も小屋もなく、人の影もなく、鳥さえも飛ばない。ただ一面の草原を乱して寒風が吹き募っているばかりであった。

「大人は夢を見たのではないか」

「そうかも知れぬ」

去りかねて眺める草原が、涙に曇って見えなくなった。

「そうかも知れぬ。夢だったかも知れぬ」

「大人、帰りましょう。日が暮れます」

馬に鞭をくれて走り出した。馬の背に揺られながら幾たび拭っても拭っても涙が湧き流れた。

「満洲よ、さようなら、お君よさようなら」

思い出多い満洲にも私の心を捉えるものがなくなった。そこにはただ凍りついた草原と頬を刺す寒風が吹き荒れているだけである。

郷《くに》へ帰れば、落ちぶれた私ではあるが妻子五人が無事を悦んでくれるに違いない。私は再び東清鉄道に乗ってウラジオストックに向った。

その後高橋庄之助はどうなったであろうか。人の行く末ほど判らぬものはない。私が去って間もなく意外な幸運がめぐって来た。私が夜逃げ同様に去ってしまったので正金銀行も取立ての相手がなくなり、高橋の面倒をみて貸付金の回収をしなければならなくなって、三井物産の峰島という店員に手伝わせた。問題は運転資金だけだったから、僅か二カ月後の十一月には見違えるほどの盛況を見せた。翌月の十二月に入ると満洲にペストが大流行した。患者を出した家は焼き払って、家族全部を避病院に収容しなければならない。避病院の建築が昼夜兼行で行われた。防疫のために、清国人の物資は一切使ってはならないという禁令が出たので、材木の納入は高橋が独占したようなものである。従来の借金を忽ち返済して、なお数万の財を残したとのことである。その後も順調に過して大正五、六年頃には資産五十万と言われ、長春に百余軒の貸家を持って成功者の筆頭に算《かぞ》えられた。私が落魄して帰国してから毎年正月には年賀状を、夏には暑中見舞を送ったが、彼は私とかかり合いになるのをおそれたのであろうか、ついに一度なりと返事を貰ったことがなかった。その後久しく関係が絶えていたが、長春の成功者四戸友太郎の話によると、昭和二年の春に持病の肺結核のために死んだそうである。その時には何が原因か知らないが資産全部を失っていて、長屋の片隅の一室で着るものもなく、医者にもかからずに汚れた煎餅蒲団の中で死んでいたということである。

三

東京に帰って母や妻に不始末を詫《わ》びて、再び満洲に渡らないことを誓った。前に同じように零落して帰って来た時にも、母は嫌な顔もせずに無事であったことを喜んでくれたが、今回も「よかった、よかった」を繰返すだけであった。明治十年に父を亡くして後の激しい世相の変転に、女手一つで立ち向い、三男四女の支柱となって切抜けてきた頃は、随分と厳しく激しい母であったが、この頃にはそれぞれ独立した子供たちの心の拠り所として、仏壇の前に微笑を浮べて糸紡ぎを楽しんでいるのであった。この紡いだ絹糸は染めに出され、手織にされて、いわゆる「つむぎ織」にして子供たちの家に次々と配られるのである。

この頃の母の家は経済的にも安定していた。長兄真澄は生前は苦労ばかりしていたが、恵比寿麦酒株式会社（後の日本麦酒株式会社）の創立期の僅か三年を支配人として働いた功績を高く評価して、社長馬越恭平《まこしきょうへい》は終生遺族に対して援護の手をさし延べ、親身も及ばぬ温情をそそいだ。そのお蔭で母は楽隠居の身となり、残された義姉佐家子と二男も生活上の心配は全くなかった。私の末妹真津子も麦酒会社の技師橋本卯太郎（後の常務取締役）に嫁ぎ、甥の浮田国彦も同会社に就職（後の常務取締役）するなど、ビール事業の発展につれて、一族の基礎は築かれていった。

私は潰れた日清通商公司の損失補塡に苦しんでいた。清算の結果は負債八万六千五百円で、社長野田豁通と専務石井要がそれぞれ四万円を負担、中村益平と私とがそれぞれ三千二百五十円を負担することになった。野田豁通は株券を担保に融通を受けて支払い、石井要は番町の屋敷を売り株券を処分して漸く完済した。私は全くの無一文、母からの借金も返せず妻の貯金も使い果していた。妻と額を寄せて子供たち四人の寝顔を眺めながら相談したが、自分の力ではどうにもならない。これ以上母を煩わす勇気がなかったので、秘かに義姉佐家子から融通してもらって義務を果した。兄妹たちが順調に栄進していくなかで、四十面《づら》を下げた私だけが借金で首が廻らず無職の身を嘆いていたのである。こんなざまだったので妻は生活の不安ばかりでなく、精神的な苦悩も多かったと思うが、私の胸に刻まれた深い傷痕を知っていて、努めて触れることを避けていた。

「熊本に帰って百姓をやりたいと思うが、どうだろうか」

思い余ってこんなことを妻に諮《はか》り、母に相談した。年老いて故郷を懐しむように、前途を塞がれて行き暮れた私は、まだ働き盛りなのに無性に熊本を恋しがった。西南戦争で熊本城は焼け落ちたが、東の空には昔に変らぬ阿蘇の外輪山《がいりんざん》が青く霞んでいるにちがいない。阿蘇の草原で牛馬を飼って暮らすことは出来まいか。見渡す限りのあの大草原に立って明澄な風雲と遊ぶことが出来たら……とまたも夢の中に迷いこんでしまうのであった。母と妻を説得する理由を考えた。私が今日まで幾回となく事業に失敗したのは、好機を得なかったことと、権勢と地位を過信する人々と協同したからであった。私一人で私の力量の範囲で働いていたら、細々ながら続けていられたかも知れない。明治三十三年に特別任務を命じられて個人的な方法による諜報活動をやっているうちに、いつしか私の性格までが孤独な道を歩むに適するようになっていたのかもしれない。一人なら出来る。一人なら何とでもして貫いてみせる。こう考えて母に相談すると、糸を紡ぐ手も休めないで、

「そんなことを考えるのは早すぎるよ」

と言った。妻は強く反対はしなかったが、

「子供の教育を考えなければなりませんし」

と言った。こう言われると私の淋しさは一段と堪え難くなった。郷里には父なく姉もなく、幼な馴染の友人たちも、ほとんど上京したり海外にあったりして、私を迎えてくれるものはただ故郷の風土だけであるが、それでも根強く私の魂をゆさぶりつづけているのである。毎日なにをするともなく古板塀に囲まれた狭い家に閉じこもって、窓から隣家の瓦屋根を眺めていると、ただ望郷の思いが募るだけであった。じっと押えて忍んでいると、それが不満に近い感情になり、やがて癇癪《かんしゃく》になって破裂しそうになる。私は再び母に心境をうったえた。母は承知してくれると思ったのである。というのは、もう二十五年前のことだが、母が重病で上京して危機を脱した時に望郷の念に堪え難く、担架に乗ったまま遠い船路を越えて熊本に帰り、附添って来た長男真澄をそのまま引留めて、三井物産においての

栄進の道も棄てさせて百姓をさせたことがあった。母自身も父亡きあとは自ら鍬を持って耕し、養蚕にせわしく働いた経験があった。私の今の気持を察してくれると思ったし、熊本の生家とそれに付属する不動産の管理にも役立つだろうと考えたのである。ところが母は糸を紡ぐ手を休めて、背にしている仏壇にお灯明をつけてから、真顔になって私を質《ただ》した。


「熊本でなにをするおつもりか」

「百姓になります」

「百姓を……出来るおつもりか」

「はい」

「子供たちはどうする？」

「連れて行きます」

「お辰さん（私の妻）はなんと言った？」

「子供たちの教育を考えなければなりませんしと言っただけで、賛成はしておりません」

「それでもお前は行くおつもりか」

「………」

「今日までは、お国のためと思えばこそ、お辰さんは留守居をして幾たびも幾たびもお前を満洲に送ったのだよ。子供四人はお辰さん一人の手で育ったのだよ。お忘れではあるまいね」

「はい」

母は仏壇をかえり見てから私の顔を見据えた。

「お前のお父様は子供の教育には大変ご熱心でした。神風連の騒動前から真澄を洋学校にやり、後には京都に遊学させたし、お父様が亡くなられてからは真佐子がお前の勉強の手伝いをして、お前を東京に送ったことをお忘れではあるまいね。お父様や姉さんが、お前に尽しただけのことは、お前の子供にも尽さなければなりませんよ。私はお辰さんの考えが正しいと思う」

「………」

「それでもお前はいくおつもりか」

このように強い言葉を母から聞くことは絶えて久しかった。明治十年の暮、亡父の忌明けの日に母は姉真佐子と私と弟真臣を仏壇の前に坐らせて、父の生い立ちを語り、時世の移り変りを説明して、勉強と正しく生きる道を説き聞かせた。あの時以来のことである。若かった日の母の面影が瞼に浮んだ。今私の前に坐っている母の髪は薄く、顔には深い皺が刻まれていて、三十年の歳月の流れを語っていた。

「………」

母は答えられない私の心中を察したのであろうか、急に調子を柔らげて微笑した。

「苦労したねえお前は。でも肩身狭く思うことは少しもないよ。お国のためにしたことだからね」

「わかっています」

私の胸の中は涙で一ぱいになった。これ以上語り、これ以上聞くと、どっと流れ出てしまうであろう。私は仏壇に目礼して立ち上った。目に袖を当てている母を後にして街に出た。青山通りを横切って墓地に入り、桜並木を歩みながら心の動揺を静めた。あたりに漂う香煙は戦死者の新しい霊を弔うものであろう。近くの射的場から鋭い小銃の響きが間断なく聞えていた。さまざまな想念と幻が脳裡に交叉した。郷里の山々を、亡き父と姉を。女中のミサはどうしているであろうか。私が明治元年に生れた時に十三歳になったミサは子守として雇われ、私を抱き私を背負って片時も手離すことがなかった。明治十五年の春、私が幼年学校受験のために上京する日、庭の築山の上で、

「正さま（私の幼名正三）、谷干城《たてき》さまのような偉い将校さんになって下さいませ。ミサはいつまでも熊本でお祈りしています」

と言って泣いた。算《かぞ》えてみればミサも今年は五十四歳である。あれほど世話になりながら私はその行く末さえ知らないのである。どんな運命が訪れたことであろう。ミサが私の子守になったのが十三歳、私の長女も来年はその歳になる。私もまた一男四女の父である。母と妻が子供の教育を考えろと言ったのは当然のことであって、まことに慚愧に堪えない。

けれども年金と恩給だけの借家住いで食うに事欠くことはないと言っても、背負った借金の返済能力がなく、働き盛りの四十歳の身の置きどころがなかった。棄てきれない帰郷計画について、なおも一人胸のうちにさまざまな夢を描いたが、いずれも相当の資金を要した。その財源は全くなかった。過去十年の放浪は私の家庭にとっては大きな災難であったろうが、私の生涯にとっても大変な道草で、その間に世の中はがらりと変ってしまって、時世に遅れた半端者《はんぱもの》の私を容れる余地がなかった。

その夜、失意と絶望の胸に幼い子供を掻き抱いて寝ると、悔恨に近い情が湧き上って来て、腑甲斐なくも秘かに枕を濡らした。行灯《あんどん》の薄い光に浮んでいる妻の寝顔は、この十年を諦めと忍耐に明け暮れた静けさに包まれていた。

このことがあって間もなくのことである。義姉佐家子から私に三等郵便局をやってみないかと相談があった。兄真澄亡きあとは私が兄に代って兄弟姉妹の相談相手になるべきであるのに、私はあべこべに姉妹と弟の世話になりっ放しで、母には心配ばかりかけていた。義姉佐家子は長兄の在世中は、麦酒会社の支配人として勤めた三年間を除いて苦労の連続で、やる仕事は次々に失敗し、莫大な借金を背負った苦しい生活を味わったのである。そのような経験からであろうか、私の境遇に心から同情して、借金の埋合せをしたり、就職の斡旋にとび歩いたりしてくれた。今度の三等郵便局の話も母から私の帰郷計画を聞いて奔走したもので、佐家子の義兄が埼玉県浦和の郵便局長を勤めていた関係からの手蔓《てづる》であった。

三等郵便局というものは明治初年に郵便業務が開始されて以来、父祖代々家業として継承するのが例であったが、東京や大阪のように郊外の発展が目覚ましいところでは、その習慣が崩れて郵政官僚の縁故者が奪い合いをしているのであった。したがって一種の権利として譲渡されるのが例である。ところが今回の話は、前任局長に不正があって罷免されたとかで、そのような権利金を支払う必要がなかった。これならば差当り無一文の私にも出来そうである。場所は東京府荏原《えばら》郡世田谷村（現在、東京都世田谷区三宿《みしゅく》）で、玉川の砂利を運ぶ電鉄（後の東急玉川線）が渋谷まで通じており、その沿線には黙々として藁屋《わらや》根《ね》の農家が並んでいる静かな郊外であった。帰郷の望みも絶えた時であったから、義姉に厚意を謝し喜んで引受けることにした。権利金は要らないといっても、器具什器の類や、引渡し当日現存の郵便切手や葉書類の支払いが必要である。義兄の紹介で木下武夫という後備の軍人から、恩給証書を担保にして一千円借用してこれに当てた。家賃は四十一円で当時としては非常に高かったが、局舎と住宅を兼ねた特殊な建物であるから致しかたないとのことであった。

明治四十二年二月四日、良きにつけ悪しきにつけ思い出の多い青山北町六丁目四十二番地の小住宅を引払って、世田谷村の郵便局に移った。局舎兼住宅は、世田谷村の大字三宿と池尻の境にある新道と旧道の分岐点の三角の土地に建てられていた。私も妻も郵便事務についての予備知識は全くなかったし、前任者が不正のために罷免されたという事情もあって、金銭上の引渡しが済むとさっさと引きあげてしまったから、素人夫婦ではどうにもならない。そこで渋谷と青山の二局から局員を毎日派遣して手伝ってくれた。事務は郵便、為替、貯金のほかに、電報文を電話で渋谷局に送る仕事があった。簡単なことに思われるが、やってみると無経験な私たち夫婦は大いにまごついた。ことに武士気質《かたぎ》に生れつき武士気質に育てられた妻は、窓口に腰かけて教えられながら小銭を扱ったが、その間しきりに額の冷汗を拭っていた。夕刻終業すると二人ともがっくりと疲れが出て、石油ランプの下の長火鉢の傍らに崩れるように坐りこんで動けなくなった。気をとりなおしてお茶を入れながら顔を見合せて笑った。私たちの一家にも、やがて静かな幸福が来るように思われた。

家族

一

武蔵野の風物をそのままの世田谷村には平和な日々が続いた。四つの砲兵連隊で一斉に吹鳴《ふきな》らされる起床ラッパで朝が明けると、雨の日も風の日も、その時刻にはすでに市場に急ぐ野菜車が玉川方面から渋谷、青山にかけて延々と連なっていた。決ったように男が車を曳き女が後押しをしていた。野菜の山の上には、椿《つばき》や百合《ゆり》や萩《はぎ》や薄《すすき》など季節季節の花束が戴せられていた。野菜をさばいての帰り路には、野菜の代りに肥桶《こえおけ》を満たして戻って来るのである。私の家の下肥を汲みとる者も決っていて、互いに縄張りを侵さなかった。汲み終ると葱束とか大根二本とかを置いて行く習慣があった。夕ぐれて街路に車が絶えると鼬《いたち》が農家の蔭から走り出て、長い胴体を波打たせながら風のようにすばしこく街路を渡って繁みに消える。幾千とも知れない雀《すずめ》が塒《ねぐら》を求めて大樹の廻りを囀《さえず》り騒ぐ頃には、炊事と風呂の煙が低く棚引《たなび》いて各戸に薄赤い石油ランプが点《とも》るのである。夕食を済ませて幼い子供があくびをし、妻が台所から手を拭き拭き戻って来て寝かせつける。私がその日の帳尻をしめ終る頃になると、夜食用に当時流行していたロシアパンの呼売りが通り、連隊の消灯ラッパが鳴る頃は寝床の中にいるのが例で、早起早寝の健康な日々が続いた。

このように静かな環境に移り住んで思うことは日本の幸福である。日本の農村が貧しいと言っても、ロシアや清国に較べて劣ってはいなかった。ましてや韓国にくらべれば比較にならないほど恵まれていた。私にとって農村の暮しは初めてであったし、つい先だってまで熊本に帰郷して百姓をやりたいと願って母に戒められたばかりであったから、世田谷村のこの暮しは楽しかった。郵便業務にも馴《な》れてくると、あれほど激しかった私の悩みはいつしか癒《い》えていた。私のような凡人の悩みというものは、修養やお説教では救い難いものである。私の場合には物心両面の行詰りがどん底まできて、底の知れない空虚な孤独感に落ちていた時に、この静かな環境と生活の道が与えられたのである。萎《な》えた草が慈雨に逢った時のように、伸び伸びと空を仰ぎ両手を伸ばして生気をとり戻したのである。

当時三等郵便局の経営は、一カ月二百三十円の打切り経費が局長に支給され、これで集配人や局員の給与を支払うと、四、五十円が手許に残る。これは家賃に廻される。このほかに郵便切手は五分、収入印紙は四分の利益があった。冷汗を拭いながらの仕事も日毎に馴れて、新しく雇入れた局員も落着き、開業三カ月後には楽になった。

こんな田舎の三等郵便局でも、日曜日は休業どころか朝早くから大変な混雑である。管内に四つの砲兵連隊と第二衛戍《えいじゅ》病院（陸軍病院）と獣医学校があって、日曜日に外出を許可されると、われ勝ちに郵便局の窓口に駈けつけて、列をなして貯金を下したり入れたりするのである。この騒ぎが約二時間、平均二百口はあった。兵隊相手のこの仕事は数ばかり多くて儲けには関係なかったし、事故が時々あって閉口することがあった。友人の通帳を盗んで来て改印届と同時に払戻しを請求したり、記入金額の五十銭をたんねんに消ゴムやナイフで消して五十円にしたり二銭を二円にしたり、児戯に類するものが多かった。このような場合は、入営中であるから表沙汰にすると本人の将来のため気の毒なので、そっと局長室に呼び入れて目の前で通帳を引きさいて訓戒した。その上で本人から再発行の手続をさせたり、盗まれた者から要求させたりして解決した。

郵便物は三分の二が連隊関係であったから、これはまとめて配達すればよいので楽だったが、残りの三分の一を世田谷、駒沢、松沢、玉川の四カ村に配るのが大変であった。毎日僅かな郵便物を十町、五町と、とびとびに配達するのである。紺のハッピに股引《ももひき》姿、地下足袋にわらじをつけて徒歩で配達するので、夏の盛りなどには汗と埃《ほこり》にまみれて疲れ帰って来る。つい慰めの言葉が出て風呂を使わせたり、たまには一杯飲ませたりした。郵便物を配られる方も同様で、配達人を家に上げて昼飯を食わせたり、中には涼しい部屋で昼寝までさせる家があって、千鳥足のご機嫌で夕暮も過ぎた頃に鼻歌交りで帰って来る者さえあった。こんなときでも私は見ぬふりをしていた。

どんな商売でも、どんな職業でも、要領というかコツというか、やってみなければ判らないことが多い。ことに私の郵便局は前任者が事故を起して罷免されたので、事務引継ぎは青山郵便局の局長が立会って行われた。こうなると表面だけの公式的引継ぎになって、要領がのみこめなかった。さてやってみると、打切り経費は人件費と家賃でなくなり、切手類の窓口販売だけでは大して生活のたしにならない。そのうえ局員の不始末や過失による損害は一切、局長が弁償することになっていた。こんな商売がどうして高い権利金で競って売買されるのか不思議でならなかったのである。

この疑問は三カ月ほどで自然に判った。だまっていてもブローカーが収入印紙を買い集めに来るのである。窓口で販売すれば郵便切手は五分、収入印紙は四分の利であるが、このブローカーには切手も収入印紙もただの零分五厘の利で売渡すのである。こんなに安く売っても、一回にまとめて一千円から三千円ぐらい買っていくし、ブローカーも一人ではないから月に十回乃至十五回ほど売れるのである。この方が遥かに大きな収入になる。どうしてこんな商売が出来たかというと、当時売薬などには税金として一つ一つ収入印紙を貼ることになっていたし、登記所の代書人も書類に貼るお得意先であった。これらの消費者が郵便局の窓口で買うより安く、ブローカーから買えるわけである。郵便局長は逓信局宛の印紙請求書に署名捺印さえすればよく、ブローカーは、この請求書と引換えに即金で払って自分で印紙の払下げを受けにいくから手数がかからない。

勿論こんなことは郵税違反であるから、取締っていないわけではない。しかし徹底して取締ればほとんど全部の局長を罷免しなければならなかった。多く稼ぐ局長は月に千円以上も不当利得を得ているのだそうで、私の前任者もこの取締りに引っかかって、見せしめのために罷免されたのだそうである。ブローカーに言わせると彼は貴い犠牲者だそうである。私は貴い犠牲者になることはもう沢山であるから、このような取引はやらないことにした。私の妻も、どんなに貧乏してもそんなことは大嫌いだと言った。薬種業者の多い大阪では特にこの弊害が甚しく、宝塚郵便局長が大阪逓信局の切手出納係と結託して大量の闇取引をやったが、そのうちに闇取引さえが面倒臭くなって、ついに印紙を盗み出して売捌き、数百万円の損害を出したという事件さえあった。

郵便局を引継いで間もなくのこと、電話業務を開設するよう命令された。それまでは郵便局に事務用が一本あって、これで渋谷局に電報文を送っていたのである。民間に設置を許可する電話を特設電話と称して、一般から希望者を募集した。このために電話室を設けなければならないし、やがて電報用の電信室も造らなければならなかった。前任者から借りた局舎は地所いっぱいに建てられていて増築の余地がなかったので、この際思い切って新築することにした。勿論私に資金はなかったから、また母から一千六百円を借用し、現在地からほど近い世田谷村大字三宿十六番地に、坪五十円で二十坪の局舎と坪三十円で二十坪の住宅を作った。住宅の方は取壊しの古材を使い、土地は坪四銭で借用した。これで形は整ったが電話の申込みがさっぱりなかった。電話というものの便利を説いて廻ったが、片田舎のこととて首を傾げる人が殆んどであった。

「便利かもしれませんが、そういうものは私の家には要りませんなあ」

と断られた。申込み期限を二度も延期した末に締切ったが、申込み僅か十二件で、そのうち野砲兵第一連隊に一本、世田谷銀行一本、山崎煙草売捌所が一本であったから、純粋に個人住宅の架設は九本であった。翌四十三年二月に起工して三月に開通した。これと同時に電報も電話送信をやめてモールス式に改め、ひと通り郵便局としての機能を持つようになった。形はこのように整い、その管区も世田谷、駒沢、松沢、玉川、碑衾《ひぶすま》の五カ村で随分広くなったが、大部分が農村であるから、電報などは一日僅かに十通か二十通で、電話と同様に経費倒れであった。

　郵便局の経営は出発したばかりで、このように経費倒れの面が相当あったし、印紙の闇売りなどはやらなかったから、うまい儲けなどはなかったが、生活に事欠くこともなく、積る借金も定額をぽつぽつ返すことが出来た。それよりも何よりも私にとっての大きな収穫は、家族愛の中に人生の意義と幸福を見つけたことであった。誰にでも与えられ、誰でも得ることが出来るように見えるこの幸福に恵まれている人は、案外少ないのではあるまいか。野心や我執のためにこの幸福を犠牲にしている人が沢山いはしまいか。仕事のために義務のために、あるいは貧ゆえにこの幸福を見失っている人も沢山いよう。生きていることの幸福を最初から見誤っている人も沢山あるに違いない。私は過去十年の歩んで来た跡を顧みて、何故にこの幸福を見失っていたかを考えたくなかったが、私自身としては残念でもあり、家族に対しては申しわけないと思った。ことに私の場合は結婚して長女が生れて早々にロシアに渡り、そのまま北清事変とロシアの満洲侵略に巻込まれてとんでもない波瀾と曲折の生活を過してしまった。そこに私個人の意思がなく、運命に対する抵抗が弱かったと見る人がいるかも知れない。だが私にも意思はあった。時の流れと歴史の波濤にもまれながらも、国家に対する忠誠と良心への忠実さを両手に握って、自ら行動して来たつもりである。だが、それとこれとは別である。結婚以来、五子の父となるまでのこの十年間を犠牲にしたことが、残念であり申しわけないことに変りはない。残念と思い申しわけないと悔いれば悔いるほど、現在の幸福が得難く貴いものに思われた。

私は四十三歳、妻は三十一歳、長女は十三歳、次女九歳、長男七歳、三女五歳、四女二歳であった。長女は玉川電鉄と市電（都電）によって麻布にあった東京府立第三高等女学校に通学し、次女と長男は世田谷村にあった第二荏原尋常小学校に農家の子供たちと一緒に通っていた。

母からの借金で作った局舎と私宅であったが、田舎のことゆえありがたいことに敷地が広かった。庭の中央には一抱えもある樫《かし》の木が三本生えていた。庭を造るときに庭師はこれを伐らなければ庭にならないと言ったが、望郷の想いにとらわれていた私は、はるかに熊本の生家の庭に生い繁っている欅《けやき》の大樹を偲んで、そのままに残した。そのために陽光がさえぎられて庭木は十分には育たなかったが、地面は一様に青苔に被われて打水の後の緑が美しかった。私宅の裏手には畑を作った。百坪ほどで大して広くはなかったが、馬鈴薯《ばれいしょ》も大根も胡瓜《きゅうり》も出来た。熊本産のひともじ（あさつきの一種）、苦瓜《にがうり》、かつお菜は、例年欠かしたことがない。私が鍬をとれば妻も子供たちも裸足で手伝い、疲れれば蓆を敷いて茶を飲み芋を食って百姓の真似ごとをした。

「熊本に帰って百姓になります」

と思い詰めて母から強く戒められたが、三等郵便局長になった私は望み通り百姓の幸福も併せ亨《う》けることが出来たのである。ありがたいことである。

一日のうちで私の一番の楽しみはなんといっても夕食時であった。食卓をとりかこんだ一男四女の五人の子供たちの話は、各自勝手に尽きることがなく、どれを聞いてよいやら判らぬ。育ち盛りの食慾を満たしながら喋り続けているうちに、口論にもなり喧嘩にもなったが、出来るだけ子供たちの自由にさせて聞き役になっていることが楽しかった。時々泊りに来る母もこの有様を見て、

「雀のお宿のごたるなあ」

と笑った。隣りの農家の竹藪《たけやぶ》と欅の並木には、夕暮になると幾千とも知れぬこれは本物の雀が群れ集まって塒《ねぐら》をもとめて騒ぎ立てた。お神さんは子供を叱りつけ、境の垣根に近い

豚小屋の豚が餌《えさ》を催促して鳴いた。私の家にも三十羽ほどの鶏のほかに、甥の浮田秀彦（後の海軍中将）が遠洋航海から持帰った印度《インド》猿が家の中を歩いていたし、小鳥も金魚も二十日鼠も私と同じように狭い枠の中で幸福に暮していた。喋り疲れた幼い子供たちは、いつの間にか妻の周囲に転がって寝入ってしまう。その姿をみて私はハッと胸を衝かれたことがある。私が大陸で行方も知れず放浪していた留守中にも、妻と子等はこのようにして青山の狭い家で夜を迎えていたのであろうか……。

二

東京郊外の片隅に平和を楽しんでいるうちに、戦後の経済は建ち直り、日本の近代国家への歩みは急速調になった。軽工業も重工業も躍進し、満洲を筆頭に海外の市場も広く開拓されて動かし難いものになった。世田谷村の街道を野砲隊や山砲隊が、それぞれ六頭だての挽馬に曳かせて土煙をあげて駈け抜けてゆくと、私たちの局舎も私宅も家鳴りがして戸障子が揺れ、石油ランプの笠が音をたてた。大きさも重量も性能も、日露戦争当時とは較べものにならないほど強化されていた。すぐ近くの駒場練兵場で砲撃演習があると、私は秘かに見物に行ったものである。

明治四十三年二月の寒い日であった。野砲の響きが戸障子をゆさぶっていた頃である。

私宅と局舎の間にある井戸端に一人の痩せた老人が入って来て、台所前の石畳に土下座した。顔色は青く無精髯をそのままに、この寒空だというのに汚い単衣《ひとえ》一枚を着て破れた番傘を小脇に抱き、茶色になった手拭を縄のようによって片手に握って慄えていた。足袋も履かずに、すり切れた藁草履《わらぞうり》を突っかけているだけであった。女中が乞食だと思って二銭銅貨を差出すと、受取ろうとしない。

「おそれいりますが旦那さまはご在宅でしょうか。おちぶれた谷口と申す者がお目にかかりに参ったとお伝え下さいませんか」

と言った。女中は暫く様子を見ていたが、危険な男でもなさそうなので、局舎で事務を執っていた私に伝えた。私は谷口と聞いても記憶の中に浮ぶ顔がなかったが、女中と一緒に井戸端に出て後姿を眺めた。女中の言う通り六十歳ぐらいに見える男で、どう見ても乞食である。そっと斜めから横顔を眺めた時に私の胸はハッと打たれた。谷口孝之であった。叔父野田豁通の夫人の実家が昔から出入していた川越藩の家老の家に生れ、叔父の斡旋《あっせん》で幼年学校に情実入学をしたが、生れつきのわがままがなおらずに私とは喧嘩して絶交するし、一学年の終りには退校処分になった。それ以来のことである。私は後から静かに彼の肩を叩いた。

「谷口君か、しばらくだったな」

「…………」

　彼は私の方に向き直って、ちらっと顔を仰いでから額を石畳につけた。

「谷口君、人の浮沈は浮世の常で恥じがることはないが、それにしても、まあなんという落ちぶれ方をしたのかね」

「…………」

「さあ来たまえ、昔話でも聞こうじゃないか」

と彼を促して畑を廻って庭に案内し、縁側に腰かけた。家の中に入れられないほど汚かったのである。谷口孝之は大粒の涙をぽろぽろと流して縄のような手拭で拭った。

「その容姿《なり》じゃなんともならんなあ、谷口君、どうだ着替えてから飯を食わんかね」

「はい、ありがとうございます。この二日ばかりは一杯の飯にもありつけませんので……」

とまたも涙をはらはらと落した。

「へえ、随分意気地がないじゃないか。昔の君はそんな男じゃなかったが」

と私は女中を呼んで、綿入れの着物、羽織を一揃い整えさせた。妻が外出中でよく判らなかったが、とにかく褌《ふんどし》から下着類まで整えて彼に着替えさせ、しらみだらけの腐った衣類を畑のごみ溜めに棄てさせた。

「ありがとうございます……」

　食事を終えた彼は、また卑屈な態度で頭を下げた。

「こんな立派な着物を着るなんて、なん年ぶりでしょうか、思い出しも出来ません。そのうえ久しぶりに十分に食べさせて戴《いただ》いて……」

と前置きして、ぼつぼつと一別以来の経過を語った。

それによると、幼年学校を退校させられてから一応川越の家に帰ったが、生れつきのわがままに自暴自棄が加わって、世の中が面白くなくなった。家老のあととり息子として生れながら維新の変革に遭って、こんな辱しめを受けるとは、なんという不運だろうと、最初のうちは家に引込んで門外にも出なかったが、そのうち反抗心がむらむらとおこって金を持って出奔してしまった。どうせ僕等の世の中は終って再び来ることはないのだから、使えるだけ使い、遊べるだけ遊んで死んでしまおうと決心して、以来放蕩三昧の月日を送った。そしてお定まりの一文なしになると、それまで自分を取巻いてちやほやしていた連中は見向きもしなくなって四散してしまった。吉原の妓夫になったこともあり、浅草六区裏の銘酒屋の客引になったこともある。どこに行っても道楽癖がついて廻って不始末をしでかし、一カ月続いた店は一つもなかった。そうこうするうちに、どこに行っても相手にされなくなって、とうとう九段坂の立ちん坊（車の後押しをして小銭を貰う浮浪人）になり下った。けれども放蕩に持ちくずした体が労働に堪えなくなり、現在のように冬空に単衣一枚の乞食になってしまったのである。遊んで遊んで遊び呆けてから死のうと決心した人生行路だったが、実際にやってみると与えられた快楽や金で買った逸楽などは、過ぎてしまうと跡形もなく消えうせて、これで満足して死ねるという境地には、どうしても到達出来なかったのだそうである。金を失い快楽を失い、住まいを失い衣を失い、最後に食うことだけに追いつめられ、一椀の飯を与えられる幸運を探し求めて、寒空の下を単衣一枚でさまよい歩いているのであった。

「これが飢餓地獄というものでしょうか」

と谷口孝之はさめざめと泣いた。私は慰めるべき言葉に窮した。

「僕には……戒める資格もないし、慰める方法も知らないが、僕も永い間大陸を放浪して人生の方向を見失っていたがね、こうして田舎にひっこんで家族と暮すようになってから、初めて人生の意義とか幸福とかいうものが判ったような気がするよ。家族の所に戻り給え。またなんとか将来の道もつくだろうからな」

「家族？　そんなものはございません」

「喪《うしな》ったのか」

「初めからございません」

「初めからない。はて、結婚しなかったのかね」

「はい」

　私は暗然として谷口孝之を見直した。彼は薄い膝の上に両手を置いてうなだれていた。蕩児というか刹那主義者というか、ここまでよくも徹底したものである。これから先幾年か乞食生活を続けて犬猫のように行倒れる運命にあろう。そうなるよりほかに道は残されていない。私は持合せの金を与えて立たせた。彼は幾たびも頭を下げて謝意を表した。

「ありがとうございます。ご恩に報ずることは出来ませんので、この場で心からお礼を申しあげます」

と言い、縁側に置いてあった破れ傘を抱え、私の古下駄を履いて腰をかがめながら寒風の中を立去って行った。その日以来、彼の姿も噂も聞かなかった。忘れられない友人の一人である。

久しぶりに幼年学校の友に逢い、当時の記憶がさまざまな顔を並べて浮上ってきた。青春時代を彼等と共に軍界に過したからであろう、引退して久しいのに軍に関する興味は失われなかった。私たちは予備役になっても演習召集に応ずる義務があったが、明治三十三年以来、大陸を放浪していたので応召する機会がなかった。また三等郵便局長は公務を手離せないという理由で召集免除の規定があったが、思い出に一度は出て軍界のその後の進歩を見学しようという考えと、いま一つは官費で帰郷出来るという特典に甘んじて、歩兵第二十三連隊（熊本）に応召したのは四十二年七月であった。

久しぶりの帰郷である。私の身内は誰もいないので、妻の実家である京町一丁目百十一番地の菊池東籬《とうり》方に泊って連隊に通った。私が十歳の時に西南戦争で市街を悉《ことごと》く焼かれてから三十余年になる。熊本は再び緑に被われた森の都になっていた。私の本山の生家も、例の欅の大樹と私の誕生記念の欅が生い繁って家が隠されているほどであった。蟬時雨《せみしぐれ》の激しい浄国寺の墓所に詣でて、父や姉や遠い祖先を偲び、私の現在の幸福を報告した。その際、寺の過去帳を繰って記録にとどめた。妻の実家は父母と末娘の芳子の三人暮しで、父東籬は読書と酒と釣に明け暮れの静かな余生を送っていた。雨の日には定紋のついた黒い漆塗《うるしぬ》りの陣笠をかぶり、茅蓑《かやみの》を着け、腰には酒を満たした瓢簞《ひょうたん》を下げて、釣竿《つりざお》を担いだ。釣り上げた鯉《こい》や鮒《ふな》がどんなに大きくても自慢一つしたこともなく、自分で料理したこともなかった。大きくとも小さくとも料理された獲物を肴に、晩酌を傾けるのが至上の楽しみだったのである。白髪赭顔《しゃがん》の義父と晩酌を共にしながら感じたことは、ここまで悟れば人間は誰でも幸福になれるものだということである。

　当時の連隊長は橋本三郎大佐、連隊付は北川正武少佐で、いずれも私の古馴染みであったから、与えられた将校集会所の一室で、同じく召集された富田七郎少佐を交えて雑談に時を過すことが多かった。時には襦袢《シャツ》一枚になって酒を酌み交して気焔をあげることさえあった。旅費を支給し日当を与えて、私のような老兵を召集することにどれだけの意義があるか疑問であるが、尉官や下士官にとっては得ることが多いらしい。召集された佐官が大隊を指揮すると、練兵場の各所で部隊が入り乱れたり土手を越えて進んだり珍事続出である。大隊長はのぼせ上り、汗が流れて眼が見えなくなり、やたらに馬を飛ばして声を嗄《か》らした。馬上で観閲していた連隊長が吹き出し、兵営にぶつかって足踏みしている兵士もクスクス笑い出す始末であった。

七月二十五日には春日射的場《しゃてき》で将校の競点射撃が行われた。現役にあった頃、私は射撃では常に首席を保っていたし、日露戦役中も時々競点射撃に出て優勝していたから自信があった。ところが今回やってみるとまるで駄目で零敗に近かった。まだ老朽という歳でもないのにと連隊長に愚痴をこぼすと、

「時々召集せにゃいかんかな」

と笑った。召集はもう沢山であるが、このように私自身が軍事に無縁の者になりつつあることがやはり淋しかった。

懐しいとはいっても召集五週間は長過ぎる。この機会を利用して出来るだけ縁故者の消息を調べて歩いたが、私の肉親はほとんど郷里を去っていて、僅かに残る人々もすでに縁が遠くなって交す言葉も尠《すく》なく、まことに淋しい限りであった。本山小学校時代の学友を調べて、漸《ようや》く本山村妙見社の前に荒物屋を開いている重村和一郎を見付け出したが、店先に坐りこんだ私を迷惑そうに横眼で見るだけで、ろくに返事もしてくれなかった。私の胸のうちに抱いていた懐しい郷里は、やはり夢に過ぎなかったのであろう。その足で心憶えを辿って私の子守ミサの家を探し廻ったが、それらしい地点には新しい家が建てられていて様子が変っており、ついにその消息を知ることが出来なかった。

三

この年の五月の初め、私たちばかりでなく全世界の人々の眼は、ひとしく空の一点にひきよせられた。雄大なハレー彗星が長い尾を引いて太陽を追うように大空に懸ったのである。この大彗星は周期七十六年であるから、殆んど当時の人々にとって初めての経験であった。さまざまな学説や憶測やデマが全世界をかけめぐった。

「地球に衝突するそうだ」

「太陽に吸いこまれて爆発するそうじゃないか」

「これで地球もおしまいさ、もう日本もロシアもありゃしない、仲よくお陀仏《だぶつ》さ」

新聞も雑誌も街の話題も井戸端会議も、この話で持ちきりであった。東の空が白むと人々は近所の広場に続々と詰めかけて、この不吉な怪物を仰ぎ見るのであった。彗星も流星も何故か昔から不吉のものとされた。けれども私たちが仰ぎ見たハレー彗星は、不吉どころではなく、宇宙の涯のない雄大さと清純さを思わせるほど麗しいものであった。太陽がまだ昇らずに空が乳白色になると、銀色の絵具をひと刷毛《はけ》はいたように、森の梢《こずえ》から高く尾を引いて懸り、やがて桃色の陽光に没して見えなくなるのであった。彗星が太陽に近づくにつれて、陽光のために私たちの眼には触れ難くなった。この頃から地球滅亡論が強くなって、どうせ滅びるものならと全財産を遊楽に費《つか》い果して自殺したというような外国の話が伝わったり、大阪の株屋がその真似をしたとか、そんな真偽のわからぬ噂が口から口に伝えられた。けれども人々は、朝起きれば顔を洗い歯を磨き、仕事に出かけて夕べにはいつものように帰って来た。勿論、私も妻も子供たちも、また郵便局の局員たちも、平常通りの日々を送った。よし本当に地球の亡びる日が来るにしても、大部分の人々は、このように毎日顔を洗い歯を磨いてその日を迎えたことであろう。

宇宙現象に対しては人間は完全に受身である。相手は批判も抗議も受付けてくれない。こうなると人間は全く無力で、怒ったり怨んだりも出来ずに、ただ運命の行く末を見詰めるだけであった。

「局長さん、どうなるんでしょうね」

と郵便局の窓口に顔を寄せて尋ねる婆さんもいた。そう言いながら僅かな小銭を揃えて貯金していくのである。また郵便配達夫は仕事を終えて、鞄をからにして夕暮に帰って来ると、配達先で仕入れて来た情報を喋り合った。彼等には彼等なりの考えがあり人生観もあって、常々突飛な夢を持たないだけに、このような場合にも常識外れのことは言い出さなかった。私のところに揃ってうかがいをたてに来たことがある。

「どうなるんでしょうか」

「さあ判らんねえ」

「実は……どうせ駄目なもんなら……」

とその中の一人が頭を掻き掻き恐縮しながら言った。

「揃って今日は、この世の名残りに一ぱいやろうかと思いまして」

私は笑い出した。

「それもよかろう。だがお前たちの女房も子供も、今夜が亭主の顔の見納めかも知れんからな、団子《だんご》でも買って早く帰るんだな」

と言うと彼等も笑い出し、頭を掻いて引退った。地球の軌道を通過する危機も、これまた何事もなく済んで全世界の人々が胸を撫でおろしたが、五月十八、九日には彗星の尾の中を地球が通過するというので、また騒ぎになった。大隕石が落下して地球上が荒廃するとか、ガスの大爆発が起って生物が亡びるとか、さまざまな説が流れた。けれども、その日になっても穴の中に逃げこむ者もなく、仕事を放棄して遊び呆けた者もなく、平常通りの勤務ぶりであった。この日もついに何事も起らずに過ぎて、お互いに安堵の笑顔を見交した。これが済むと次は彗星が太陽面をすれすれに廻転する際に、太陽に衝突するかも知れないという問題が残った。こうなると人間は現金なもので、こんどは興味をもって衝突を期待しているようであった。昼間太陽の輝いている時に盥《たらい》に水を張り薄墨《うすずみ》を溶かして映すと彗星が見えるというので、やってみたが駄目であった。この衝突説もまた何事もなく終って再び端麗な姿を夕空に懸け、多くの話題と思い出を残してわれわれの視界から消えて行った。再び戻って来るのは七十六年の後である。私の生涯にあっては、もう再び見る日はないわけである。

この年の十月十日、母はハレー彗星の周期に似た七十七回目の誕生日を迎えた。大日本麦酒株式会社（前の恵比須麦酒株式会社）社長馬越恭平氏の好意で、東京目黒の同社の二階大広間で喜の字の祝宴を開いた。社員に手伝わせて紅白の幔幕《まんまく》が張りめぐらされ、母は床の間の置物のように上座の厚い座蒲団《ざぶとん》に坐らされた。明治二十七年十月十日の還暦の祝いは赤坂の八百勘で開き集まる者十二名、三十六年の七十の祝いは目黒の青木周蔵子爵邸を借りて集まる者四十五名であったが、今回の喜の字の祝いには孫と曽孫《ひまご》だけでも三十名を越えていた。大広間を飛び廻るもの、おぼつかない足どりでヨチヨチ歩み始めたもの、おむつを引きずって這いまわるもの、託児所と幼稚園と小学校を一緒にしたような騒ぎであった。母は白髪の野田豁通と浮田真郷にかしずかれ、馬越恭平社長にもてなされて、この賑やかなさまを眺めて眼を細めた。極楽とはこのようなところをいうのであろうかと、幾たびか嘆声のように溜息をついて眼頭を拭った。私たちも貰い泣きした。

馬越恭平社長は立って母に祝辞を述べた後に、麦酒会社の創立当時の思い出を語った。

「この会社は桂二郎氏（桂太郎の弟）が明治二十一年に創立したのですが、時期が早すぎたと申しますか世間に受容れられないで二十五年に行詰ってしまい、桂氏から当時三井物産にいた私に相談がありました。私は麦酒については技術上の知識が全くなかったのですが、商品としては将来性があると確信しました。日本酒だけを楽しんでいた日本人は、維新前から外国酒が入るとすぐそれに馴れて新しい味覚を加えました。辛い日本酒、渋い葡《ぶ》萄酒《どうしゅ》に今度は苦《にが》いビールが仲間入りするわけです。元来、日本人の味覚の幅は生れつき大変に広いのです。そのうえ坐る生活から次第に腰かける生活に変り、立ったままの会合で飲む酒はビールに限る……こう思って私はすぐ真澄さん（私の兄）を呼んで意見を聞きました。真澄さんは私が三井物産の横浜支店長時代に、熊本から上京されて初めて手代として就職されて以来のお附合いです。ビールの話をしたその当時は、三井物産を辞められて大変ご苦労をしておられました。私の質問に対して真澄さんは私と全く同じ意見を述べられましたので、一緒にやってみようではないかと謀って総支配人になっていただいたのです。ここにおられるご母堂のお家にもうかがって、私からお許しを戴きました。引受けた当時は大変苦しくて、ご母堂も真澄さんの未亡人佐家子さまも憶えていらっしゃいましょうが、小さなボロ社宅にお住いになり、今ならば物置小屋にも使わないような事務所で働きました。真澄さんは勿論のこと、ここにご出席の弟さんの真清さんも真臣さんも、休みの日には軍服を脱いで古釘拾いをする有様だったのです。真澄さんを筆頭に、高木貞幹、間島栄次、小川作郎、上野三宅、橋本卯太郎（私の末妹と結婚）の諸君が力を合せて専心会社の発展に努めたのでございます。今日、この大きな建物をご覧になると感慨の深いことと存じます。その努力の甲斐あって世間に迎えられ、私も真澄さんも会社の将来を語り合って楽しんでおりました。たまたま日清戦争が起ってからは軍用として急に需要が増えまして、いよいよ大企業として発展出来る見込みが立ちましたのに、なんとしたことでしょうか、真澄さんは二十八年四月九日に急性肺炎のため急逝されたのでございます。人の定命とは申しながら残念でなりませぬ。その後は順調過ぎるほど順調に発展して、ただいまは資本金千二百万円の大会社になり、内地は勿論、広く東洋諸国にも輸出いたしております。この基礎を造られた方は真澄さんでございます。真澄さんが今日ご在世であられたら……そう思うと私の胸は一ぱいになって、もうお話し出来なくなってしまいます。ご母堂初めご兄弟、お子様方がこのように多数お集まりになり、真澄さんのご遺業であるこの会社の建物をご利用下さって、ご母堂の喜の字のお祝いをなさる……これは亡くなられた真澄さんのお悦びばかりではございません。馬越の身にとりましても本当にうれしゅうございます」

と挨拶し、母の前に手をついて祝言を述べた。母は堪えられなくなって馬越氏の手をとって涙を流した。義姉佐家子を初め私どもも涙を拭った。

馬越社長の丁重な挨拶に対して、野田豁通が謝辞を述べた。

「馬越社長の言われる通り、信頼し得る片腕を得ることは、まことに困難なことであって、これを得た経営者は非常な幸福者といってよいでしょう。私事にわたって恐縮ですが、私ども同志は維新に際して、それぞれ個人の力量と熱情に頼って働いて参りました。それ故であありましょうか、退官後に色々と事業をやりましたが、信頼し得る片腕に恵まれずに、悉く失敗しました。甥の真澄は馬鹿の字のつくほど正直で、偏屈なほど孝行者でした。生前、折があれば私は真澄に向って、今少し融通の利くようにならんと出世出来んぞと訓《さと》しておりましたが、いっかな承知してくれません。真澄は馬越社長の言われるように、よき片腕、忠実な女房役であったと思います。けれども人物を見抜いて、これなら信頼出来るぞと抜擢する見識を具えた経営者というものはこれまた、まことに数少ないものでありま す。従って自分の値打を認めてくれる上司に遭うことも、また甚だ稀れなことで、探し求めて容易に得られるものではありません。真澄は馬越社長の膝下にあって初めてその値打を認められ、働くに所を得たのでありまして、もし馬越社長なかりせば、一介の変屈者として不幸な生涯を終えたことと思うのであります。思えば真澄という男は幸福者でありました。しかも死して後、遺族に対して、この上もない愛護を馬越社長から戴き、親孝行、女房孝行までして戴いております。こんな幸福者がどこにおりましょうか。私は今日、喜の字の寿齢に達した姉に代ってお礼を申述べるつもりでおりましたところが、いつの間にか亡き真澄に代ってお礼を申上げてしまいました。私ども一同の気持はこれでお判りになることと思います」

野田豁通はこう述べて馬越恭平に謝意を表し、一同の拍手を浴びた。その後は馬越社長の心尽しの弁当、余興、福引《ふくびき》などに歓を尽して、散会したのは夕暮時であった。

この祝宴に集まった血縁の人々は、ほとんど熊本の出身者ばかりで、遠慮なく丸だしの熊本弁で喋っていた。前年、演習召集で熊本の連隊に応召したとき、妻の実家のほかには私を悦んで迎えてくれる者が、一人もなかったのを想い出した。熊本が東京に移転してしまったようなものである。熊本の生家の庭に生い繁る欅の大樹のように、七十七歳の母を中心にして、若樹の梢がすくすくと伸びていた。こう集まってみると三十名を越す孫や曽孫が、実生《みしょう》の芽生えのように大樹の根元に双葉を開いていた。かつて胸に描いていた郷里の夢が、私を誘うことはもうあるまい。軍生活への郷愁もほとんど消え失せて、同期生や先輩との交際も絶えてすでに久しい。戦前の特別任務にあった頃、生死を共にした人々の行方も忘却の霧の中に見失ってしまった。それでよい。あの時代に意義のあったことが、今日なお同じ意義を持つことは稀れである。強いてそれを主張することは、空しくもまた愚かなる我執である。

私は謀反気《むほんぎ》を起さずに郵便局の仕事に専念した。妻子とともに畑いじりや花作りの楽しみに満足した。翌四十五年には局舎が狭くなったので二十四坪余を増築して二階建にし、私の書斎も造った。書斎の書棚には、田舎の郵便局とは何の縁もないロシア語の本が並んでいた。この間にも色々な事業への参画を誘われたが、ほとんど乗らなかった。そのうちで多少足を踏み入れたのは、岡村鋭介の軽井沢土地株式会社の創立であった。将来高級な避暑地として発展するに違いないというのであったが、実らずに終った。その後またも同氏は、熊本県天草郡に産する硝子磨砂《みがきずな》の関東一手販売を計画したが、これも失敗した。岡村鋭介という男は、日露戦争の際に第一軍兵站部に従属して車馬輸送の請負事業をやり、十余万円を儲けて、いわゆる戦争成金の仲間入りをした人である。私が戦後失業状態で苦しんでいた時、奉天の鉄工所経営について誘われたが、それもものにならなかった。こんな失敗を重ねているうちに財産をすり減らして、とうとう元の木阿弥《もくあみ》になり、某名家出の夫人は一人娘を置去りにして家出してしまった。その後の彼の歩みは没落の道を急坂のように駈け下って、苦しまぎれに二条基弘公爵家にとり入り、公爵の名を悪用して警察沙汰になり新聞紙上に伝えられた。こうなると不幸というものは、新しい不幸の種を蒔《ま》いて、重なって行くものと見える。この頃から彼の視力が衰え始めて、自分一人では外出できない有様になった。黒眼鏡をかけ、左手を子守女に引かれ、右手の杖で足元を探りながら私を訪ねて来た。座敷に上ってからも畳を撫でたり懐中を探ったり、なにやら落着かぬ風情であった。

「二百円借用したい。今日のうちに返済いたしませんと家屋敷を失いますので……」

と嘆願した。私は彼に特別の恩義を蒙ったこともなく、また私の懐中も豊かでなかったが、彼の見るかげもない没落ぶりに心が動いて、無理算段をして融通した。それから間もなくのこと、彼は全くの盲人になって、按摩稼業を練習中に長屋の片隅の小さな部屋で、煎餅《せんべい》蒲団にくるまって淋しく死んだということを聞いた。

四

歳《よわい》四十にして惑わずというが、四十歳を少し過ぎる頃から、人の運命はほぼ定まるようである。これは外部から定められるのではない。人生行路を歩みゆく当人が過ぎて来た路をふり返り、行手を遥かに測定して、残る生涯への手綱を引締めるからであろう。その頃になると子供の数も増しているし物心もついてくるし、兄弟姉妹も同じような年輩になって社会的地位も定まり、それぞれ一家をなしているから、若い頃に同じ家庭内で暮していた時のような気易さもないし、我儘も許されない。淋しいことだが、これが人の世の常道である。私もまた細々ながら東京郊外の片隅に安住の地を見つけて、子供たちと遊び子供たちの将来に備え、次代の幸福を願う境地にあった。私の出生と一緒に発足した明治という時代もまた惑わざる年輩に達していた。

四十三年には韓国は日本に併合されて、内乱による国際紛争の危機はなくなり、大陸への足掛りが確立された。私たちが幼年学校に在学中、一弱小国に過ぎなかった日本は東洋の重心となって動かし難い地位を占めて、不平等条約はほとんど改訂された。もしロシア帝国との戦いに敗れていたら、東洋は全面的に欧米の植民地化されていたに違いない。この戦勝を境に日本は精神的にも物質的にも目覚ましい躍進を続けた。アムンゼンの南極探検と時を同じくして、僅か三百噸《トン》の機帆船開南丸で白瀬中尉等が南緯八〇度五分まで達して、航程二万浬《マイル》の新記録を樹てて世界の視聴を集め、国民の血を沸かせた。軍艦も商船も続々と建造され、四十四年三月には米国の飛行家が初めて大阪の城東練兵場で飛行機を飛ばせたが、その年のうちに奈良原式、徳川式の国産機も飛行に成功し、間もなく埼玉県所沢に飛行試験場が建設された。

抜け目のない商人はすぐゴム紐で飛ばす模型飛行機を作って売出し、子供の間に流行した。私の家でも長男が早速、単葉の模型飛行機を作って飛ばした。初めのうちはうまくバランスがとれずに急旋回して墜落したり、鰻《うなぎ》のぼりに昇りつめて墜ちたりした。郵便局の事務員たちが、あれこれと議論しながら手伝って改造する。何回かやっているうちに立派に飛ぶようになり、私も事務机を離れて見物人になった。隣近所の農家の子供たちも取巻いて見物し、お神さんも交って口を開けて眺めた。私は拍手して成功を祝った。

東海道線に初めて特急列車が走り、帝国劇場が開場して、これも初めて女優が舞台に上った。初の労働組合友愛会が生れたのもこの年である。日本橋の三越も畳敷きであったがデパートの形態を整え、紺の前掛けに角帯の番頭が忙しげに働き、売場の隅には女客が坐りこんで乳飲子に乳房をふくませたり弁当を開いたりしていた。こうして新しい生活様式と生活感情が続々と取入れられた。それは私の幼時に体験した明治初年の開化期にも劣らない華々しさであった。日本人の進歩への意欲と海外文化の消化力は、初年以来少しも衰えていなかった。

「初めのうちは、どうせ真似《まね》じゃ、どうせ真似なら一流の真似をせにゃあ」

　そう言って保守的少年だった私を戒めた叔父野田豁通は六十九歳になり、軽い脳溢血と糖尿病のために床に伏す日が多くなっていた。十歳の時に父を喪った私は、兄真澄と叔父に指導されて成人したが、兄は日清戦争の始まった年に急逝したので、その後は専ら叔父が相談相手であった。男爵を授かり貴族院議員に列せられ、軍経理組織の創設者として軍史に残る功労者であるが、年老いて白髪の頭を枕に横たえ、白髭を蒲団の襟《えり》に埋めて瞑目している姿は、やはり淋しいものである。夫人住子に先立たれてからすでに二年になる。私の妹二人が見舞に行って叔父の足腰をさすると、涙を流して悦ぶほど気も弱くなった。

「ありがとう、お世話になるのう。お前たち二人はよく働くとみえて掌《てのひら》が固い、それでのうては家は持てん」

　そんなことを言って微笑し、また何やら口の中で言いながら昏睡に落ちてしまう日が多くなった。

　野田豁通は私の父真民の末弟で、十五歳の時に野田家に養子に行かされ、家付の娘敏子と将来結婚する手筈になっていた。けれども明治の精神をそのままに才気に溢れ夢に満ちていた叔父は、自分が置かれているこのような因習的な事情を知ると離縁を決心して、度々石光家に戻って来た。野田家では叔父の才能を知れば知るほど自分の後継者にしたくて、頑として離縁に応じなかった。義理にせめられて面白くない月日を送るうち、文久元年十八歳の時に熊本細川藩の御勘定奉行に召出されて書記に採用された。こうなると野田家ではますます叔父を離せなくなった。これを知った叔父は、以前から尊敬していた実学派の横井小楠（平四郎）を慕って京都に出奔して勤皇党に投じ、小楠が仆《たお》れた後は同郷の先輩大田黒惟信《これのぶ》を頼って江戸に出て討幕運動に参画した。維新の際に征討大総督軍が編成されると幕僚の一員として奥羽に転戦し、函館戦争の際には二十五歳で軍監として出征している。このように華々しい活舞台を経ているうちに、野田家の養父母との難問題をつい忘れてしまい、明治二年に休暇を得て気軽に熊本に帰省した。これを迎えた養父母は夢かとばかりに狂喜して早速結婚準備にとりかかった。このように結婚を急いだといっても、当の花嫁は僅か十四歳の子供だったのである。土台無理な話であるが、この機会をのがしたら養子の縁さえ切れてしまうと思ったのであろう。無理を承知で強行した。こんな無理は通る筈がない。叔父は義理のために形式的に式を挙げたが、滞在二カ月の後に、養父母に無断で上京してしまった。驚いた養父は追いかけるように上京して帰郷を懇請したが承知しなかった。毎日毎夜、涙を流さんばかりに懇請するので叔父も堪らなくなり、ちょうど話の進みつつあった青森県の小参事（副知事）に就任を決意して、さっさと船で出発してしまった。残された養父は気の小さい正直者だったので、前途が真暗闇になった思いで失望落胆の末、とうとう切腹して果てたということである。

奥羽戦争から青森県小参事就任までは覇気横溢の時代で、この間に後藤新平、斎藤実、柴五郎等を将来有為の少年として拾い上げ、社会に送り出すことに努力した。時には十数名の書生が養われていて、収入は惜しみなく後輩のために費された。しかも、藩閥政治のさ中にあっても叔父の後輩養成には全く閥意識がなく、国家に有為の青少年とみれば区別なく取上げていった。叔父のように本当に実力があり自信のある者は、閥の助けをかりる必要がなかったのであろう。叔父の実力を認めて後援した先輩も、山県有朋、大山巌、桂太郎等であって、熊本藩とは関係がなかった。

明治十八年に独逸《ドイツ》に留学一年、新知識を得て帰朝後は、軍の経理組織と規則を確立し、経理学校を創立するなど画期的な業績をあげ、二十五年に陸軍会計局長（後の経理局長）に任ぜられ、日清戦争の際には野戦監督長官として広島の大本営にあった。戦後、男爵を授けられ、軍を退いてからは貴族院議員となって栄達の道を登りつめた形であるが、晩年必ずしも幸福ではなかった。私も参加して責任の一端を負っているが、企てた事業は悉く失敗して私財を失った。四十三年に夫人住子を喪い、翌四十四年には妾の縫女も死んだ。縫女のお通夜の時に叔父はお棺の前にきちんと坐って、急に老けこんだ口調で沁々と語ったのである。

「どうしたものか、わしも晩年になって不仕合せが続いて淋しいことじゃ。とうとう一人になってしもうた」

この言葉は、ただ妻妾を喪っただけの淋しさではなかったであろう。同居していた石井要、林田亀太郎（衆院書記官長）等も、うなだれるだけで返す言葉がなかった。

その年の暮も近い日、枕頭《ちんとう》にいた石井要と私に、

「わしはもう回復の望みを棄てた。幸い今日は少しぐらいなら話も出来そうに思う。明日になれば、それも難かしかろう。後事についてお願いをしておきたいし、お別れもしたいから、清浦奎吾《けいご》（子爵）と林田亀太郎を呼んで貰いたい」

と言った。私はすぐ電話で両氏を呼んだ。

「皆さん、永い間大変お世話になりましたな。永久にお別れをしなければならない時が来ました。謹《つつし》んで年来のご交誼を感謝します。私は年をとってから妻に先立たれ妾まで喪って淋しい思いをしましたが、また晩年に企てた事業も悉く失敗して大変ご迷惑をかけました。なんとか挽回せにゃならんと思うてやり始めた台東製糖も、事業半ばで世を去らねばならず、なんとも残念なことです。ですが若い頃に望んでおったよりも国家は隆盛で目出たい限りです。国家の慶事の前に私個人の不幸など問題ではありませんが、死後に諸君が私の家を整理して、その不始末の甚しさに驚かれることと思います。それを思うと恥しくてなりませぬ。色々と事情もあって……」

と言ったまま疲れたのであろうか、瞑目して暫く沈黙が続いた。それから後は何か口の中で語っていたが、私たちが耳を寄せても全く聞きとれなかった。閉じられた両眼から涙が

こぼれ、枕頭を囲む人々から啜り泣きの声がもれた。この日以後、叔父の意識は再び正常に戻らなかった。

七十年の生涯を閉じたのは年を越した正月三日であった。多くの志士たちと共に血塗られた手で封建の鉄扉を押開いて以来、明治と運命を共にし、運命を開拓して、多くの国難を乗越えて来た叔父、藩閥を越え私欲を離れて人材を養成し、その報いを求めなかった叔父、私が幼年学校に入校する頃から私の心の支柱になっていた叔父と、とうとう永遠に別れなければならない日が来た。覚悟は出来ていたつもりだったが、その場に至ると足元をすくわれ、魂を奪われたように悲しかった。涙がこぼれ声が詰った。死去の急報に各界の名士が続々と詰めかけて邸内は喪服で一ぱいになり、生花が門外にまで溢れて、身内の者は片隅に小さくなってしまった。

私たち近親のものは葬儀の準備にかかり、金庫を開いたところが、現金は僅かに八十五円三十銭しかなかった。銀行通帳を調べたがいずれも残高がなかったので、互いに顔を見合せて暗然とした。急いで生命保険の手続をと証書を調べると、これも全額借入れていて受取るべき金はなかった。私たちが想像していたより、はるかに困難な晩年を過していたのである。やむなく義姉の佐家子から二百円融通してもらって差当りの支払いに当て、宮内省に死亡届を提出して祭祀料三千円の御下賜を得たほか、親戚知己の香典約三千円をもって、どうやら名誉を傷つけることなく葬儀を済ますことが出来た。

眼中国家のみあって俗事にうとかったというか、私事に無頓着であったというか、これでは晩年淋しかったのも無理がない。葬儀を済ませて疲れて帰った私と妻は、顧みて他人事《ひとごと》でないと語り合い、心細い老後の備えをひそかに心組みした。

明治四十五年七月二十日、鈴の音もけたたましく号外売りが呼び走り、全国民は愕然として襟を正した。

「午前十時三十分宮内省発表

聖上陛下には去十四日より御腹胃に少しく御故障あらせられ十五日より少しく御嗜眠《しみん》の傾きあり。十八日より御睡眠一層加わり御食気も段々減少し来たり十八日午後より聊《いささ》か精神御恍惚の御状態にて御脳症あらせられ、十九日夕方に至り突然御発熱あり、御体温四〇度五分に昇り御脈百〇四御呼吸三十八に渡らせらる」

この号外の通りだとすれば危篤である。近侍の話として伝えられるところによれば、「陛下は十八日まで御学問所で政務をとられたが十九日に至って奥の御座所に引籠られ御気分勝れさせ給わぬように拝した。夜の十時頃まで皇后陛下とお話をしておられたが同夜からお熱が高くなった」

ということであった。前年のことであった。私の家からほど近い近衛騎兵連隊にお成りの際、営門前に堵列してお迎えしたことがあった。温容に白鬚を長く垂らされ、背を丸くして前かがみにとぼとぼと歩まれるお姿を拝して、私はつくづく明治という時代の老成を感じた。

私が士官学校を出てから中尉の頃まで近衛連隊に配属され、宮中詰を命ぜられて御座所近くに起居し、両陛下にお目にかかる機会が多かったが、その頃は強いご気性が太い眉宇《びう》の間に漲《みなぎ》り、国家の運命を双肩に担う気魄《きはく》をお持ちであった。私が宮中詰をしてからだけでも、多くの国難が陛下を悩ました。大津事件、朝鮮の内乱、日清戦争、北清事変、ロシアの満洲占領、日露戦争等々……いずれも国運を賭ける大事件であった。官軍民いずこにも多くの人材を擁し、じっと堪えて多数の意見を聴き、熟慮し、再考し、決断し、そして辛抱強く実践される真摯なお姿には、誰一人として心打たれぬ者はなかった。

陛下御不例の新聞号外を読んだ日の夕刻、食事を済ませてから私は、小学二年生の長男を連れて宮城前広場に遥拝《ようはい》に出かけた。桜田門に来た時、私はその人波に驚かされた。命令されたわけでもなく、団体を組んでいるのでもなかった。黙々として語らぬ黒い人の群が、桜田門から二重橋に延々と連なって流れていたのである。恐らく私と同じように辻々に貼り出された号外で、あるいは人の口から伝え聞いて、期せずして集まったのであろう。二重橋の広場には砂利《じゃり》を踏む下駄の音が満ち、濛々《もうもう》と土煙りがたっていた。風のない暑い日であった。人波に揉まれてお濠端《ほりばた》に近づくと、お濠の鉄柵には警察や火消し（消防）の高張提灯《たかはりぢょうちん》が立てられており、その前の玉砂利の上に幾列か蓆《むしろ》が敷き並べられていて、老若の別なく、男女の別なく、下駄を脱いで、伏している者、合掌する者、念仏を唱える者、いずれも土埃《つちぼこり》を浴び汗にまみれて御平癒《へいゆ》を祈っているのであった。これらの人々の後には街の若衆が派手な浴衣《ゆかた》の片肌を脱ぎ、裾をからげ、鉢巻に白足袋姿の威勢のよい姿で、直径二尺以上もあろうかと思われる大きな渋団扇《しぶうちわ》で、伏して祈願する人々を煽いでいた。浅草辺りの街の若衆たちの奉仕であろうか。

私と長男は人波に揉まれ土埃を浴び汗にまみれてたたずんだ。二重橋の御門には御紋章のついた大きな提灯が張出されていて、衛兵の銃剣が物々しく光っていた。御警固が強化されたのであろう。遥かに仰ぐ大内山は、黒々とした木立ちに包まれて静まり返っていた。二十余年前、私が奥深く詰めた御座所のどこかに、偉大なりし明治史の終末に近い呼吸が静かに続けられ、重臣たちの眉を曇《くも》らせているのであろう。

思えば波瀾の多い時代であった。

この時代に生を享けて、その終末に近いこの頃、ある人は栄達し、ある人は落魄して私の前に現われたが、これらの人々も思い思いの胸を抱いてこの広場に来ていることであろう。この日から期せずして全国に御平癒祈願が行われ、伊勢大廟はもとより片田舎の神社仏閣に至るまで夜を徹して灯がともされ、憂い顔の人の群が詰めかけて、思い出多き明治の世を繋《つな》ぎとめようと祈り明かした。病篤き陛下をご警護のために艦隊が葉山の沖合に集まり、近在の都市の連隊や、都市の代表や学生、生徒が続々と二重橋広場に集まるようになった頃は、陛下はすでに意識を失われていた。

明治四十五年七月三十日午前一時十五分宮内省発表

「昨二十九日午後八時頃より御病状漸次増悪し同十時頃に至り御脈次第に微弱に陥らせられ益々浅薄となり御昏睡の状態は依然御持続遊ばされ終《つい》に今三十日午前零時四十三分心臓麻痺に依り崩御遊ばされたり誠に恐懼《きょうく》の至りに堪えず」(岡、青山、三浦、西郷、相磯、森永、田沢、樫田、高田拝診)

私はじっとしていられずに、その朝早く紋服に袴を着けて青山の母を訪ねた。母もすでに起きて縁側に坐って庭を眺めていた。

「おお、よう来た、よう来た」

八十歳に手のとどく母は、不自由な足でよろよろと立ち上って私の腕をとった。そして、

「天皇さまが亡くなられた」

と独言のように言いながら、私を仏壇の前に導いた。母がお灯明《とうみょう》をあげ香料を焚いて念仏を唱えている間、私の胸裡には壮年期の天皇をはじめとして、私の父、姉、友人たち、亡き人々の面影が浮んでは消えた。遠く満洲の涯《はて》に仆《たお》れた人々も、一斉に大地から黒く浮び上って、この偉大なる明治の終焉を遥かに地平線の彼方から眺めているかに思われた。

思い出の多い明治は終った。楽しくもあり苦しくもあった明治、夢多く生命《いのち》溢れた明治の世は終った。

九月十三日、御大喪の日、私たち一族は義弟詫摩武彦の家の前(現在、明治神宮外苑前)に造られた板桟敷《いたさじき》に坐って夜を待ち、古式による霊柩車のお通りを拝観した。宮城御出門

とともに夜空に弔砲が轟き渡った。葉山沖の軍艦も海面を圧して次々に弔砲を轟かした。明治の世をおくる弔砲である。沿道警固の兵士と警官が遠くから伝えられて来る号令に、はっと緊張して身を固くした。辺りは静まり返って騎馬の蹄の音だけが高く響いた。

私は右に老母の萎えた手を握り、左に長男の柔かい幼い手を握って闇を見据えた。明治をおくり新しい時代へ入る一瞬であった。母はしきりに涙を拭っていた。

乃木将軍夫妻自刃の報が伝わったのはその翌日である。

「息子さんを二人とも喪われたからのう」

母はそう言って合掌した。新聞には遺書が発表され、多くの名士たちの談話が掲載されて、天皇への殉死が讃えられていたが、私は母の言葉が心に浸みて忘れられないのである。

附録

・石光真人の「まえがき」にあるように、石光真清の手記四部作は、戦前に『諜報記』(『曠野の花』に該当)、『続・諜報記』(『誰のために』に該当)、『城下の人』が刊行されている。その後、昭和三十三(一九五八)～四年に現在の四部作の形に再編集され、刊行された。

・石光真清の直筆原稿(手記や小説類)は、国立国会図書館所蔵「石光真清関係文書」、熊本市所蔵「石光真清関係資料」という形で膨大な量が保存されており、石光家にもかなりの原稿が遺っている。今回の新装版刊行にあたり、その一部を活字化し、石光真人が編纂・最終執筆する以前の、真清本来の文体を紹介する。

・新字新仮名遣いに直し、ルビや句読点を適宜補った。〔 〕内は編集部による註と補足。

「思い出の記——放浪生活時代(抄)」は、国立国会図書館所蔵「石光真清関係文書」中にある「思い出の記」の一部。明治九(一八七六)年に陸軍幼年学校に入学してから、四十二年、世田谷村の郵便局長になるまでを綴った回想記風の文章。昭和二年八月から四年十二月にかけ、四〇〇字詰原稿用紙一五四七枚にわたり執筆された。「放浪生活時代」は、全十一巻のうちの第九巻にあたり、昭和三年十一月から四年五月二十三日の間に執筆された。

ここに収録するのは、本編に登場する「水野福子」にまつわるエピソード(「二つの遺骨と女の意地」から本文一五一～一六〇頁、「海賊稼業見習記」から本文一九二～一九五頁にあたる部分）を抜粋したもの。話の展開は、本編とほぼ同じだが、「思い出の記」で強調されている、福子が亡き夫に示した愛情表現（戦地からの手紙にキスする等）は省略されているなど、細部に異同が見られる。真清が書いたものを、石光真人がどう「編集」していったかを探る手懸かりになるものと思われる。

・「惨劇の夜の思い出」は、昭和十二年三月二十三日の日付のある短編小説である。水野花を思わせる馬賊の日本人妻が登場するなど、『曠野の花』の頃の体験に基づいたフィクションである。また、『城下の人』の「コレラと青竜刀」に描かれる瑞芳の戦いに似た場面もある。原稿には推敲の跡があり、語り手（私＝波井保平）を「菊池正三」の三人称に変更したり、武藤信義を「大村」という架空の名前に変えようとした痕跡があったり、途中、構想が変わったらしく時系列が混乱している箇所もある。また、汚れがひどく、判読できない箇所もあるため、収録にあたって編集部で適宜名前の統一や、場面の入れ替えを行った。

（編集部）

思い出の記——放浪生活時代（抄）

一二　老獪なる黄家傑に操縦され二ヶ月を奉天に送る

〔前略／日露戦争後、再び満洲に渡って事業経営に乗り出すが、ことごとく失敗して失意の身をかこっていた石光真清のもとに、明治三十九年末、本間徳次が訪れ〔本編「海賊会社創立記」一二五頁参照〕、勃海湾を根城とする海賊・丁殿中を匿ってくれるよう要請される。それをきっかけに石光は、丁の義兄弟であり、石光とも面識のあった海賊・高景賢と再会、勃海湾の海賊団を近代化して海上の治安にあたる海上保険業を営む会社設立を思いつく。奉天総督府から会社設立の許可を得るため、石光たちは勃海湾の漁業権を握っている黄家傑を会社代表に担ぎ出そうと画策し、対面にこぎ着けるが、黄から返答のないまま月日が過ぎていった〕

金城旅館の一室に本間君と二人差向《さしむか》いで籠城して居《い》るのは随分退屈だし、時々奉天総督府顧問逸見君〔辺見勇彦のこと。『満洲義軍奮闘史』等の著書がある〕の宿舎に遊びに行き、駄法《だぼ》螺《ら》の吹き合いでもして其日《その》其日を送って居《お》った。

逸見君は、明治十年西南の役薩軍の大将として豪勇無比逸見〔辺見〕十郎太の名は、実際官軍将士の心胆を寒からしめた。

其《その》遺子が今の逸見君で、橋口勇馬中佐の率いる馬賊隊に加わり、日露戦役中は特別任務に服して居った。

戦役後、橋口中佐の推選にて月給千両《テール》にて総督府に雇われた人だ。

特有の能ある人でもなく、又、父君の勇も継承した人とは思われぬ。つまり平凡の人の様だった。従《したがっ》て、真清の計画したる事案に就《つ》いては、何の意見もなく、又、何等援助もして呉《く》れなかった。

或《あ》る日、本間君は友人を訪問するとて出て行いた。真清一人徒然《つれづれ》の余り、新聞にも飽き、嘆声を漏して居ったら、廊下の襖《ふすま》をこつこつ叩く人がある。「御入り下さい」と云うたら、「御免遊ばせ」と云いつつ、見なれぬ三十歳斗《ばか》りの婦人が顔を出した。

立派な服装ではないが、銘仙位《くらい》着て居り、夫れに身体がきちんとして居る。

真清は思い設けぬ婦人の入来に一寸まごつき、居座りを直し、其婦人を見つめて居った。

婦人は頗《すこぶ》る真面目な顔で、

「突然御　伺《うかがい》申し、厚顔なる行為、何卒《なにとぞ》御見逃し下さいませ。

私は十日斗り前から御隣室に泊りて居ります者です。始めは余り気にも留めませんでしたが、日数の重なるに連れ、感じも強くなり、最早《もは》やうるさく、又、眼に止まる様に成りましたから、女の差出《さしで》がましくとは存じながら申し述べます。御気に付いていらっしゃいますか。貴下様には支那人の探偵が二三人、見張りして居り、外出でもされると必ず尾行して居ります様《よう》ですが」

「そうですか。夫《そ》れは少しも気付きませんでした。支那の探偵に尾行さるる様な事も仕出かしては居りません。多分人違いして居るのでしょう。同伴の者が帰宿致しましたら、能《よ》く話し、此《この》疑いを解く様に致しましょう」

婦人の訪問した用向きも判《わか》り、之《こ》れに対し、真清も感謝の意を表して応答したから、夫れで婦人が帰去すれば何でもないが、此婦人は尻落ち付け、満洲の冬の来た事、日本の役人方の不親切な事、宿屋の不潔で且《か》つ宿料の高価なる事等、夫れから夫れと話は何時尽くると云う見定めがつかん。真清も始めは上《うわ》の空に「はい、はい」云うて聞き役になって居ったが、いつか釣り込まれて話し相手に成ってしまった。

日没後、本間君は帰って来た。夫れまで婦人も矢張り話し込んで居った。

真清は婦人の話を伝えたら、
本間君曰く、

「僕もそんな感じがします。妙な男が影の如くに僕に尾行するのに気が付きました。夫れも本日初めて気が付きました。

余程支那の役所は我々を疑うて居る様ですが、何も疑わるる理由はない。然《しか》し是《こ》れには黄〔家傑〕が策を弄して居るかも知れん。調べてみましょう。御婦人も御気付きでしたか。

難有《ありがたく》感謝致します」

是れから此婦人とも隣同志の頻繁に出たり入ったりする様に成った。

一三　同宿の婦人水野福子氏の身の上話

本間君は夫れからは、知る辺《べ》を頼って、我々の身の上に就き如何なる疑問が支那官庁にあるのかを探るため、毎日朝から夕方まで外出し、真清は時々は外出もするが、多くは留守居を承わって居った。従《したがっ》て隣室の婦人も在宿が多いので、知らず知らず往復も頻繁になり、終《つい》には身の上話まで聞かさるる様に成った。

此婦人の物語りを聞かされては、どうしても同情の涙を惜む事は出来なかった。

物語り

私は群馬県の高崎在に侘《わび》しき暮しをして居る、水野福と申す百姓の後家で御坐います。田舎者の、しかも女のくせにこんな所まで独り飛び出し、其上厚顔《あつかま》しく見ず知らずの貴下様に御懇意を願う等、随分はしたない者と思召《おぼしめ》されましょうが、どうぞ、これまでに決心した因念物語りを聞いて下さいませ。

私の連れ合いは、水野八次郎と申す者で、明治二十九年徴兵として高崎連隊に入隊し、同三十二年除隊に成りました。

除隊となり帰郷致しますと、田や畠を分けて貰い、新家に出て、間もなく私と結婚致しました。若夫婦の仲も睦まじく、面白く愉快に野良稼ぎに精出して居りました。此間が約六年も続きましたろうか、実に平和な何の苦労もなく過《すご》しましたが、唯一《ただひと》つ不足なのは二人の間に子宝のない事です。夫れでお医者様に診察して頂いても、何の故障もないとの事、夫れで子供の出来ぬのはどうしたものだろうと、野良から帰り夕食を済して、二人差向いになれば愚痴が出で、時には沈んでしまう事もありました。然し夫婦の間の愛情には、少しの変りもありませず、円満の家庭が続きました。

明治三十七年、日露の国交断絶し、陸軍も海軍も続々出征し、第一師団も二月の初め、動員令が下《くだ》り、村からも二人斗り召集されました。連れ合いも弥《いよいよ》召集を心待ちに待って居りましたが、どんな繰合せか、令状が来らず、不思議がって居りました内に、確か八月でしたが、後備歩兵第十五連隊に召集されました。村の衆も出征と聞き、家に集まり、「功名手柄の仕放題だ、帰る時には金鵄勲章が胸に輝くだろう」と、夫れは夫れは意勢〔ママ〕よく奨励して下さいました。

弥々《いよいよ》出発の前夜、八次郎は私に向い、

「今度の戦争は中々手強い。決して生きて還るとは思うなよ。今迄の新聞見ても、大概情況は推察さるる。之れも御国のためだ。おれもやれる所まではやる。決して人に笑わるる様な事はせぬぞ。お前も、若《も》しおれが戦死と聞いても、決して女々《めめ》しき振舞をするな。是れもおれが、二人が持て生まれた宿命だから、諦めるより外に仕方がない。唯、お前に気の毒なのは、子供のない事で、随分お前も心細かろう」

と、大の男の眼には一杯涙を宿して居りました。笑って下さいますな。私も泣きました。八次郎の胸にしがみ付き、思う存分泣きました。
而《そ》して翌朝は眼を泣きはらし、便りがくれば封切らぬ連れ合いを死出の旅路に送り出しました。
夫れから先きは唯一《ただひと》つの楽《たの》みは、戦地からの八次郎の便《たよ》り斗りで、便りがくれば封切らぬ
内から胸がその気は晴々し、内の文句を呼〔ママ〕んでは人知れず其手紙にキスをする事もありました。而して夫れを仏壇に供え、猶《なお》燈明まで上げてお仏の力に縋り、八次郎の加護を祈って居りましたよ。

明治三十八年三月、奉天の戦争は中々に烈しく、戦死者負傷者毎日幾百人幾千人と算せられ、勝敗も中々見境いつかぬとて、皆様の心痛一《ひ》と通りでなく、村の鎮守は戦勝を祈る人で一杯に成って居りました。其内に、大勝利の報は十日の夕方、村にまで響き渡り、村の衆は老若男女の差別なく鎮守様に集まり、万歳万歳で夜を明《あか》しましたが、私の身に取れば、夫れが又苦労の種で、仮令片輪になっても宜ろしいが、八次郎が生きて居って呉れればよいがと一途に夫れを祈って居りました。

然し此願《このねがい》は水の泡、三月の確か二十五日と覚えて居ります。八次郎戦死の報が役場から知らせて来ました。

兼《かね》て覚悟はして居ったものの、弥々《いよいよ》戦死と聞けば、思い出も新たに成り、何とも云えぬ悲しさに身の置き所もない、いっそ死んでしまおうかと云う気も出ましたが、父母や親戚に慰められ、毎日仏壇に向《むかっ》て回向《えこう》して居りました。

五月の始めでしたろうか、八次郎の遺骨が到着し、村では皆様が集まり、手厚い祭典をして頂き、私を妻として第一番に焼香し、名誉ある戦死者の妻として皆様が立てて下さったのは、今も決して忘れません。

然し、如何致したものでしょ、夫れから一ヶ月斗り経過して、又役場から通知があり、「八次郎の遺骨が到着した、どうも不思議だ。是れは何かの手違いから起った誤送だろう。問い合せまで事を荒立てぬ様」との注意で、私も心持ち悪しくは有りましたが、其儘《そのまま》役場からの通知を待つ事に致しました。

然し妙なもので、斯《か》くなるも冥福と祈る心も薄くなり、云うに云われぬ不快の心持ちになってしまいました。

確か、又一ヶ月斗りも経過した頃でしょうか。

「水野八次郎君の遺骨に付《つき》、取調べ候所《そうろうところ》、其当時の取扱者判明せず、正確な事は申上兼《もうしあげかね》候も、火葬後灰骨を袋に収めながら、水野君の表標を除去せざりしため、未だ採収せざるものと思い、他の取扱者が又残骨を採収したるものと思われ申候。

両方共に水野君の遺骨たる事は確実と思う云々」

余りに人を馬鹿にした返答に、私は地団太〔ママ〕踏んでくやしがりました。

一兵卒とは謂《い》え、御国に尽した忠義の心は将校方と少しの変りはない筈《はず》。然るに一端戦死すれば犬や猫の死体同様に情《なさけ》ない取扱い方、是れがどうして恨まずに居られましょう。

仏はきっと満洲の荒野の中に迷って居るに相違ない。女の一念巌《いわ》をもと〔通〕うすと云う事がある。御上に御縋りはせぬ。自分で満洲に渡り、遺棄された連れ合いの骨を拾うて供養しようと、親や兄弟親戚の止めるも聞かず、家と屋敷は本家に返し、家財丈《だけ》は売り払い、独りで此地に渡って参りました。

八次郎の戦死したのは明治三十八年三月八日、李官堡《りかんほ》附近の戦に於《おい》てとの報知でしたから、此地に着くとすぐ、此宿屋の若衆を頼み、支那人の案内者を連れ、李官堡とかに行きましたが、何もない唯の村と畑《はた》け斗り、昨年の三月頃に両軍が死力を尽して戦うた其遺蹟とはどうしても思われぬ。平和な村の情景を見た丈で、村人に聞こうとしても宿屋の宿引き位《くらい》で言葉を通ずる筈もなく、何一つ得る所なく引き揚げてかえりました。

是れでは中々独力では出来そうも無いと思い、領事館を訪ね、渡満の目的から御援助をと願い出《い》でましたら、皆様が笑い興じ、全く狂人扱いして受付けて下さらず、又、守備隊に伺っても、

「夫れは六ヶ敷《むつかしい》、到底出来ない相談だ。奉天の戦は十日間も続き、夫れが又猛烈な惨怙な戦で、敵も味方も重り合うて戦死して居り、戦後、戦場整理の際でも誰の戦死体やら全く識別の出来ぬのが決して少なくない。又、意外な所で戦死し、其儘村民が埋葬したのもあろう。敵塁に飛び込み魯軍《ロシア》の為めに土葬されたのもあろう。

御心中は実に御同情するが、今に成り、則《すなわ》ち一年後も経過した本日、御遺骨を探したいとは、夫れは到底不可能では有りませんか。是れは諦める外《ほか》仕方があるまい。霊魂は決して棄てられた遺骨の上に執着しては居らん。貴女が誠心こめて礼拝し、供養せらるる御位牌を永

遠の宿とせらるるものです。早く断念して国にお帰りなさい。奉天には人間に化けた豹狼が迂路付《うろつ》き、若い女の肉を漁って居ります」

右の様に御諭《さと》しがあり、私も取付く嶋もなく引きさがり、未だに諦らめが出来ず、ぐずぐず致して居ります。


涙流しての物語り、真清も実際同情はしたが、守備隊長の説諭通り、如何に努力しても目的を達する事は出来ぬ。夫れも自分で其当時の情況を知って居る丈《だけ》に、一層感が深い。然し田舎の女の一徹から、思い込んだ事は中々説諭位で素直に帰国する者でもあるまい。然し、返答する適当な文句も考え付かず、実は黙してしまった。

一四　其二

真清が、女の話しが終わっても黙して一語も口出しせぬので、女は何と思ったのか、

「矢張り私のやり方が常軌を逸して居り、狂女と云わるるのが当然でしたろうか」

「決して左様な事は在りません。貴女の御心中を察すれば、私は心から御同情致しますし、夫婦の愛情は、極致は亦《また》、茲《ここ》に在りと思いますが、実際に成ると、守備隊長の御話の如く目的を達せらるる事は不可能だろうと思う。

女日照りの此頃の奉天、早く帰国されたが最上策では有りませんか。守備隊長が人間に化

けた豹狼が多いと云われたそうですが、全く其通りで、ぐずぐずして居らるると餌に成ってしまいます」

「若い女なら格別ですが、私の様な田舎出の土臭い老婆《おばあ》さんを誰が相手にするものですか。其御心配は御無用ですが、然し皆様の御意見が同じとすれば、妾《わたし》もよく考えてみましょう。懐中も豊かでなく、全く心細くなる斗りですから、そうそう永逗留も出来ません」

「そうですとも。兎《と》も角《かく》御引き揚げる御決心なさるが一番ですよ」

女は「そうですね」と云いながら、自分の部屋に帰った。

翌日は又、朝から話に来た。而して部屋を出たり入ったりして居ったが、別に淫らな話もせず、振舞いも見せず、本間君が居るも居ないもそんな事には差別なく、話はいつもはきはきして話の種も淡泊なもの斗り、実に兵卒の女房としてはもったいない位の頭の持主と思うた。

夫れから幾日経過したか、四五日の後、

「幾日斯くして居っても先夫の骨が出てくるものでなく、又、皆様の御諭し通り、探す手段もない様ですから、弥々《いよいよ》諦めました。而して帰国に決心致しましたが、然し、村を出る時、親も兄弟も親類も皆不同意で、親は泣いて思い止《とど》まる様《よう》諭しましたのを振り切り、大きな顔して出掛けながら、今更どの顔で帰れましょう。

夫れも尽す丈《だ》け尽しての後の事なれば、又、言い訳の方もありますが、何一つ手段も試みず、奉天に行いて領事館や守備隊で笑われて帰ったと話したら、村の衆は何と云うでしょう。

親類縁者は気の毒がりもしましょうが、村の衆は狂人扱いもして呉れず、全く馬鹿の標本にするでしょう。

こんな事を考えてみれば、私も此儘村にも帰れませず、全く途方に暮れてしまいました」

見ず知らずの女程、よく相手に成って居れば夫れ迄《まで》だが、斯くなると男は案外意気地のないもので、無暗な同情斗りで思慮もにぶってしまう。真清も全く其型に嵌《は》め込まれてしまい、之れが解決に苦しんで居った。

夫れを眺めて居った本間君は笑いながら、

「夫れは水野さん、無理ですよ。僕等も満洲の風来者でしょう。而して計画した仕事が何一つ纏まらずに苦しんで居るのに、どうして貴女の面目を立ててあげる事が出来よう。実に薄情の様ですが、そこは貴女も耐忍し、目をつぶり馬鹿になって帰らるる外ありませんよ。私の考えでは、村の衆も貴女が心配する様な、貴女に対し冷やかでは有りますまい。気の毒に思い、前より一層同情するに違いないと思います」

女はだまって聞いて居ったが、

「御親切の御言葉、難有う御坐います。御心配の多い所に、私風情の者が、つまらぬ事を御耳に入れ、本当に恥ずかしくなりました。

実際、本間様の言わるる通りかも知れません。心を鬼にして、兎も角帰ります」

座は白《しら》けたが、話は之れで結末がついた。

其翌日、確か十一月の末だった。女は安東県に向て出発した。

〔中略／本文の「海賊稼業見習記」（一九〇頁）に描かれたように、奉天総督や黄家傑の裏切りにより、高賢景と本間徳次は捕らえられ、高は斬殺、本間は身体に障害を負わされる。石光は、従者の鄭とともに、奉天へ調査に向かう〕

二五　安東に於て水野福子に遭遇す

七月十五日、〔根拠地の〕大孤山を発し、途中大東溝に一泊し、翌十六日安東に着く。石橋旅館に入った。二三回宿泊したので、番頭にも女中にも顔馴染《なじみ》あり、茶代は出さぬ内に二階の奥の八畳に、而して鄭は表《おも》ての六畳に案内してくれた。

暫くして女中の案内で風呂に行こうと階段を下りたら、階段下でばったり奉天の金城旅館で知り合いに成った水野福子に出合うた。互《たがい》に「ヤー、マー」と云うたきり、暫く立ちすくんだが、真清は、「風呂はどうでも宜ろしい、兎も角も僕の部屋に」と案内した。

福子は入口の障子の隅に坐り、目に一杯涙をたたえて居ったが、終《つい》にすすり泣きに泣き出した。真清はだまって其動作を見て居ったら、福子は漸く頭を上げ、

「昨年の十一月末、旦那に説諭され、私の思い立ちの余りに軽率だった事を覚《さと》り、父母兄弟に合わす顔もないが、此儘滞在も出来ず、兎も角満洲丈は引き揚げ、日本に帰り、身の振り方をつけ様《よう》と、実は茲まで来り、此家に旅装を解きました。

此家に客人として旅装は解きましたが、最早や懐中は無一物、身に就いたものでも金銭に

交換さるるものは何も在りません。不得已《やむをえず》、茲の主人に此事を打明け、救助を頼みました。主人も一時は顔をしかめ、警察にても届ける意気込みの様子でしたが、どう思い返されたか、身元保証人も居らぬ妾《わたし》を、ついに茲の女中にして下さいました。夫れからはずるずると今日まで、実は斯くして此家の厄介に成って居ります」

「妙だなー。僕は昨年の十二月頃から、是れで茲に来たのが四度、四度茲に宿泊したが、唯の一度も貴女に会わない。広くもない此一軒の家に居りながら、会わぬとは妙だった」

「へー、そんなに度々《たびたび》茲にこられましたの」

と如何にも不思議そうに考えて居ったが、良心の呵責は彼《か》の女に余程苦しいとみえ、漸次頭も下がり、顔の色も失せて来た。

真清は慰める様に、

「そんなに不思議がる事はないさ。こんな事はよく有る事ですが、どうです。袖振り合うも多生の縁と云う事もある。御目に懸《かか》ったのも何かの縁だ。僕が旅費を出そう。思い切り帰りませんか。きまりの悪いのは一時の事、こんな所にぐずぐずして居ると、身も心もくさってしまい、ふり向く者もなくなりますよ」

「難有うございます。今日までの行懸《いきがか》りも有る。一寸茲の主人にも話し出来る事なら、旦那の御親切に縋り、身の落付きを定めたく思います」

と云いつつ、室を出て行いた。

真清は風呂に入り、夕食の膳に向ったら、受持の女中が来て酌もし給仕もした。福子は更に顔を見せない。真清は物数奇だが女中に福子の事を聞いたら、唯《ただ》にやにや笑って問《とい》には応えず、「唯今《ただいま》一寸、店の御用で町に行きました。すぐ帰るでしょう」と云うたぎり、真清も三宿泊したが、終に顔を見せなかった。

此女には、其後、奉天の東洋ホテルと云う旅館で、又出会うたが、最早全くのあばずれ女になって居った。

こんな経路の女、則ち渡満の目的は立派でも、終に殖民地のずさんな空気に染《なじ》んでのだれ死ぬ者が十人の中の九人迄だ。

福子は安東にきて暫く旅館に女中をして居ったが、或る請負師と内縁関係を結び、此旅館の一室にかこわれて居ったのだそうな。真清の宿泊中は外泊する様にして居ったが、終に発見されたのだそうな。

惨劇の夜の思い出

浦汐斯徳の名物女

浦汐斯徳《ウラジオストック》の場末に、徳盛合という小さい雑貨舗が有る。経営者は李徳全という五十歳位《くらい》の小柄の男で、柔和な愛想よく、誰れがみても、財東（資本主）タイプだが、実は三盆口附近を縄張りとし、数百人の配下を有する馬賊の頭目で、当地は彼の休養の地、慰安の隠れ場で、一年の半分は茲《ここ》に呑気に生活をして居る。そして其《その》女房は、はっきりは分からぬが、熊本の天草辺《あたり》の者らしい。お政《まさ》と言う醜業婦あがりの三十三歳くらいの女である。

此《この》女は無学文盲、全くいろはさえ読めないが、然し、勝気で度胸があり、魯《ロシア》語は勿論、支那語、朝鮮語に熟達し、李徳全を助け、生活向きの事は勿論だが、配下の生命《いのち》知らずの若者共を巧みに操縦し、殊《こと》に魯西亜《ロシア》側の其筋の役人連には巧みに取り入り、時と場合に依りては金銭に糸目をつけず思い切った贈賄をなし、寸分の隙も見せねば、又《また》油断もしない。

徳全もお政の此辣腕には舌を巻き、近頃は総ての事を委《まか》せきっていた。

聞けば、お政は明治十六年、二十歳の時、人買《ひとかい》の手に罹《かか》り、茲に連れられて来てから、早《は》や十八年になる。徳全の女房になってからは金には少しの不自由もなく、又、身を束縛するものもないが、一度も帰国した事なく、音信は絶対にせず、従《したがっ》て両親や兄弟の生死すら知らぬと云う事だ。

噂では、お政はわざと故郷とも音信を絶ち、如何なる親しい友達にも郷里丈《だけ》は打開けないのだと。

然し、これも又想像で、何等根拠あっての事ではない。

或る時、或る物数奇が、

「お政さん、お前さんの生れは、いったい何処だ。そう秘密にするは、なにかわけでもあるのかい」

と問いかけたら、お政は言下に、

「そんな事、今頃聞いて、何になりますか。在留の人達からは醜業婦だとか、満洲子の仕切られ女だとかさげすまされ、犬猫同様に取扱われ居る此妾《わたし》の身元調べなど、全く無駄な事では有りませんか。親や兄弟が若《も》しも達者で居られたら、妾の家出した日を命日とし、御先祖様と御一所に仏壇の内に位牌となって安置し有ろう。夫《そ》れでいいのです。又、夫れがせめての孝行ですよ。日本の女で有りながら、女の大切な貞操は魯助や支那人、朝鮮人に踏みにじられ、どの顔《かお》をして村に帰られますか。夫れこそ親兄弟の顔《つら》に泥の上塗りをする様《よう》なもの。

妾じゃ此儘唯一人《ままただひとり》で、ここの土になる決心をしています」

と問われれば、自棄《やけ》的な事を言うが、夫れで中々血の気が多く、どうゆう積《つも》りか、心の奥底は推測もできず、聞いても決して答えもせぬが、男であれ女であれ、たよって来る者があると一生懸命になって世話をなし、宿《やど》がなければ自分の家に置き、中には随分手を焼く代物《しろもの》も居るが、愚痴一つこぼさず、身銭《みぜに》を切って世話している。

殊に特別の任務でも持っている人と聞けば、夫れこそ身体《からだ》を投げ出して働らくと云う変った女で、兎《と》に角《かく》浦汐斯徳では名物女の一人だった。

私は波井保平と云う男だ。どんな身分のものか、又、何の必要あって一定の住所も定めず、一年の大部分は西比利亜《シベリア》、満州、蒙古を忙《いそ》がしそうに駈け廻っている。旅費丈でも並大抵では有るまいし、夫れに一定の職業□□〔二字不明〕なのに、よくも続くものだと、有閑人間の話題となり、物数奇にも探偵の真似する人もあれば、又、直接私に向《むか》い尋ねる無遠慮の人もあるが、私はいつも、

「そんな事は聞いても、何の約にも立たぬ。聞かぬ方がいい。開けて、くやしき玉手箱、何だ、そうか位《くらい》が落ちだ」

と答うるが常で、後には皆なれっこになって、おせっかい言う者もなくなった。

明治三十三年の六月、端群《たんぐん》王を頭首とする排外思想を抱ける義和団北京《ペキン》に起ち、其余波、満洲に及ぶや、魯国は機来《きた》れりとて、幾万の軍隊を満洲に派遣し、其占領を企だてた。

私は、手蔓《てづる》を求めて、サハロフ混成支隊の洗濯夫となり、哈爾浜《ハルビン》に赴き、夫れより吉黒両

省〔吉林省と黒竜江省〕の都市、魯軍の赴く所には、或《あるい》は馬夫となり、或は労働夫となり、種種に変装して従軍し、十一月下旬頃には其占領も一段落を告げ、匪徒の横行も略《ほ》ぼ鎮定せるを以て、一《ひ》と先《ま》ず浦汐斯徳に帰るべく、道を東清鉄道東部線に取り、一面坡《イイマンポ》、横道河子《ハンダヘーザ》、海林《ハイリン》等を経、磨刀石《モドシ》と云う小村落につき、同村の端《はず》れにある馬車宿に泊った。

隣席に五十恰好の馬夫風の男が坐し、一人で高粱《コーリヤン》酒をチビリチビリやって居る。如何にも楽しそうな、味《おい》しそうな飲み方。私は食事も済《すま》せ、寝るには早く、ぼんやり其男の飲み振りを見ていたら、其男は静かに、

「日本人、何を見ている」

私は笑《えみ》を浮べ、

「如何にも美味そうに飲む。你《ニイ》〔あなた〕の飲み方に見とれて居るのだ。私は生来、酒がきらい。你の如き楽《たのしみ》を持つ事が出来ぬのが残念に思う」

こんな事が話のきっかけで、話を交えている内に、此男、いくらか日本語も解するらしく、時には日本語をもって物語る内に、朧気《おぼろげ》ながら其男の素性も判明《わか》り、所謂以心伝心、翌日は無理に私を自分の根拠地たる三盆口に案内した。

こんな出来事が有ったので、浦汐斯徳に帰還後、当時同地に駐在し居らるる武藤信義大尉〔後の元帥男爵〕に話し、ある日、物数奇半分に連れ立って徳盛合に李徳全を尋ねた。これが武藤君と私が徳盛合に出入りする最初で、お政と懇意になったのも此時からだ。

滾々として尽さぬ、お政の思い出話の一節

夫れから武藤君と私は、時に連れ立って徳盛合を尋ねた。

或る日の事、お政は何を思い出したのか、

「明治二十二三年頃までは、在留日本人の多くが互《たがい》に貧富尊卑の別を忘れ、親戚の様に睦まじく、喜びも悲しみも共にし交際していました。其時代でした。奥地から八代さん（後の海軍大臣男爵〔六郎、一八六〇～一九三〇〕）と云う海軍の方がこられ、暫く滞在して、あちこちを旅行され、間もなく又、満洲の方から得体の知れぬ人が来られました。菊池（主殿大佐の事らしい）と名乗って居られたが、何をする人か薩張《さっぱり》わからず、或る物数奇が宿屋を尋ね、お商買はと問うたら、

『朝鮮の食《く》いつめ者、暫らく身を隠さねばならぬ事あって、茲に来ました。大目に見て貰いましょう』

と云われた其口の下から、ホセットに行いたかと思えば、亜米利加湾に旅立ち、ニコリスクからハバロフカ辺まで飛び廻わり、約半年斗《ばか》り旅から旅を続けられたが、其内に煙の如く消えてしまわれた。夫れから二三年も立ちましたか、確か明治二十六年と記憶しますが、日本陸軍の総元締と云う人が来られました（川上操六大将の事ならん）。これは容易の事ではない、何か起ると、寄るとさわると、ひそひそ話している内に、翌明治二十七年には日本と

支那が戦争。李徳全には気の毒だったが、日本の大勝利で結末がつき、妾の様なもの迄にも魯助から喜びの言葉をあびせかけられ、そして、誰れも彼れも『日本の軍人は強い』と賞賛せぬものはなく、妾も嬉しくてたまらず、二三人集まるとオーツカ〔ウォッカ〕を傾けて、はしゃぎましたが、然しこんな空御世辞《そらおせじ》は一時の事で、以前から日本人に対する取締りは八《や》ケ間敷《かましく》なり、つまらぬ事で牢屋にうち込まるる人もある様になりました。支那には勝ったが、魯西亜は中々に手ごわく、手がつけられますまいね」

武藤君は、お政の無遠慮な思い出話を聞いているのかいないのか、身動き一つせず、だまり込んでいる。然し、これは武藤君がいつもの流儀で、別に不思議でもない。

私は笑いながら、

「まあ、其内には、どうにかなるだろうよ。又、君の思い出話も面白いが、女の身で考えもなく、余計なおしゃべりをして、人様に迷惑を掛けぬ様にせよ」

友の忠告

旅館に帰ってから武藤君は、

「たかが出稼女《でかせぎおんな》の事で、素《もと》より問題にする程のものでなく、其内でも支那人の妾《めかけ》になっているのは、先《ま》ず下の下なるものだ。其下の下なる女が我々に対し、意見がましい事を言う。誰れか物数奇に話して聞かする者があり、夫れを聞き噛《かじ》りて、口伝えするのだろうが、あんな事を誰れ彼れの見境いなく喋《しゃべ》言られては、思わぬ災難を招く事になるぞ」

「お尤《もっとも》だ。然し、考えてみれば、お政も茲に来てから、すぐ支那人の妾になったのではなく、聞けば、七八年も此地で勤めて居り、相当に売った女なそうだから、内地とは違い、芸妓の少ない此土地、各方面の人々により催さるる宴席にも侍し、又身分ある人に接する機会も多かったろう。殊に、彼女の全盛時代には斗酒猶《なお》辞せざる東洋流の豪傑二橋謙《ふたはしけん》氏〔一八五七～一九〇三、外務官僚〕が貿易事務官として在留民指導の職にあり、清水松月氏（仮の名〔花田仲之助《ちゅうのすけ》少佐。『曠野の花』参照〕）は本願寺出張所に立て籠り、珠数爪《じゅずつま》ぐりながら機を窺い、内田良平氏並《ならび》に其一党は浦汐市街の中央に道場を開き、潜《ひそ》かに隙を狙うと云う光景。従て各商店は勿論、洗濯屋でも理髪店でも、主人も店員も、話に油が乗ってくると肩を怒らし、腕をやく〔扼〕し、攻城野戦の策を談ずる者すら少なくなかった。

　お政も、こんな情態が間に在りて、これらの人に接する内に、口真似する斗《ばか》りでなく、身心共に同化された傾きがあるね。決して頭の悪《わ》るい女でもなく、又、悪る気の有る女でもないが、然し女は、おしゃべりで虚栄心が強い。余り近寄らぬ方が宜ろしい。私は是れから先きが長い。大いに注意するよ」

「君は仕事も第二期にはいっている。馬賊との交渉も最早《もは》や止めてもよかろう。余りに、深入りすると本職務の妨害になると思う」

「難有う。御意見の通りだ。僕でもそれを思わぬではないが、今迄は彼等を利用する外《ほか》に手段がなかったのだ。漸次遠のく様《よう》にしよう」

不運なる青年の門出

明治三十四年の三月の末だった。武藤君と私が下宿している羽山旅館に、お政が尋ねて来た。

「今日は波井さんに、無理なお頼みが在って来ました」

「何事だ。珍らしいな、おれに頼みと言うのは」

武藤君は珍らしく、じょうだんに、

「どんな頼みだ。馬賊仲間に出入事でも起ったのか」

「馬鹿いいますな。そんな事で、貴方がたに迷惑をかくるものですか。実は、熊本近在池田村と云う所のものだそうです。徳永と云う十九歳の書生坊が、何処から誰れに聞いたか、妾《わたし》をたよってきました。目的は魯西亜語を研究し、此《この》方面で大いに働らきたいと云うのです。御存知の通り、妾も煽動《おだて》には乗る性分で、頼って来たと言われてみれば、知らぬ若造だが抛《ほう》り出す事も出来ず、其儘《そのまま》宅に置きました。もう彼れ此れ二三ケ月になりましょう。確《しっ》かりしたもので、女郎屋とか其他ありふれた店に働らかすのも惜い代物《しろもの》。妾の見込みで当てにはならぬが、先きでは、きっと役に立つと思います。波井さん〔線を引いて「菊池さん」と修正してあるが、ここでは波井で統一する〕が熊本だった事を思い出し、同郷人の交誼《よしみ》、哈爾浜《ハルビン》のお仕事に使ってくれませんか。身元引受人には、妾がなります」

「そうか。而して同郷の交誼は面白い。君も同郷の交誼で世話するのだな。君の頼みだから雇いもしようが、身元のはっきり分らぬ書生の風来坊、大丈夫かい」

武藤君は、

「一寸見れば見当がつく。こんな所で身元調べなんか無駄だ。その書生、今どこに居る」

「実は連れて来ています」

「そうか、茲に呼んでみい」

お政は立って戸を開き、徳永を呼べば、徳永は恐れ気もなく平気で室に入って来た。

武藤君は微笑を浮べ、頭から足尖まで見詰めていたが、暫くして、

「君が徳永か」

唯夫れきり。そこで私は、

「君は哈爾浜《ハルビン》に行きたいのか」

「行きたいです。哈爾浜に行った事は有りませんが、伯母さんに行けと云わるる所なら、何処でも行きます」

「そうか、そうか。哈爾浜とはどこか知ってるか」

「知りません」

「哈爾浜と云う所は魯西亜が建設する東清鉄道工事の根拠地で、松花江を舟で行けば二週間、ニコリスクから陸行すれば難儀だが十日位で行ける。義和団騒動以前は魯西亜人千人内外、支那人も三四千人、夫れに日本人多くは女だが百人内外いたが、騒動後は秩序未だに回復せ

ず、魯支人も少ないが、日本人は漸《ようや》く三十人内外だ。魯西亜の役所も支那の役所もあるが、夫れは頼《たより》にはならぬ。自分の身は自分で保護せねばならぬ。□□□〔三字不明〕事件は一日に二件も三件もある。こんな危険な所に行くより、比較的安全な浦汐の方がよくはないか。伯母さんに頼めば就職口はいくつでもあろう」

「哈爾浜に連れていって下さい。そんな危険なところに、先生は居られますね。先生の居られる所、私に居られぬ事は有りますまい」

　此問答を聞いていた武藤君はニコニコして、

「そうだ。その通りだ。夫れ丈の決心ならよい。哈爾浜に行け。波井、連れて行け」

「連れて行こう。夫れでは今日から此旅館に来たまえ。お互い親しくなる様に。松花江が解氷は五月だ。そしたら一所〔ママ〕に行こう」

二人の間柄

　武藤君も同意し、私も承諾し、哈爾浜行きも確定し、今日から此旅館に宿泊する事になったので、お政は自分の子が職にありついた様に喜び、武藤君と私に叮嚀《ていねい》に礼を述べた後、何か言おうとして徳永を見、

「何だ、徳永さん。お前さん泣いてるね。波井さんのおどかしで、怖ろしくなったのかい。哈爾浜と云うても人間の住んでいる都だよ。夫れに人間同志だもの、無暗《むやみ》に殺ろしたり、切

りきざみする様な事はないよ」

徳永は落ちる涙をふこうともせず、

「伯母さん、そんな事で泣いたのではない、嬉しくて泪《なみだ》が出たのです。何の縁故もない僕を心よく世話し、三月《みつき》も置いて下さったし、其上《そのうえ》私の性格にあて嵌《はま》った仕事をさせようと、望んでも得られぬ御方《かた》に御紹介下され、つい泪が落ちました。伯母さん、是れからは生命を投げ出し、一生懸命に働らき、成功して伯母さんに御恩報じが致したいと思いますが、夫れが出来るかしらん」

「そうだったか。思い違いしてすまなかったが、夫れでこそ世話した甲斐があるというもの。妾《わたし》への恩返しなんか心配する事はない。妾は返えして貰おうと思うて世話はせぬ。唯一《ひ》と言云《こと》うておくが、徳永さん、言付けられた仕事は生命がけでやりなさい。誰れが何を言うても迷うてはなりませんよ。夫れから波井さんは満州で色々の仕事をして居らるるが、李徳全とも朋友《ポンユウ》の間柄だ。そんな事で味方も多いが、敵も多い。そういう御方《おかた》のお世話になったからには、又、場合に依《よ》ては覚悟が大切だ。分《わか》った〔か〕い。妾の言うておくのは、是れ丈け。そうそう、まだあった。徳永さん、お前さんは、十九歳と言うたね。十九歳は男の厄年だ。身体《からだ》に注意してね」

強い事は言うが、矢張り女だ。最後には年廻りを気にし、愛情こぼるる言葉で注意を促した。何と言うやさしい所作だろう。徳永はとうとうすすり泣きした。

あとで武藤君は、

「お政と徳永とは、肉親の姉と弟の様だ。こんな荒《すさ》みきった殖民地にて、こんな美くしい場面を見るとは意外だった」

生別又死別

徳永は羽山旅館に引き越したが、書生の身で部屋に起居するにも及ぶまいと、お政と旅館の女将の計《はから》いにて、二階の廊下のつき当りに寝台と机を置き、茲《ここ》を居場所とし、夜は大概十二時か一時頃まで語学の研究に没頭していた。

五月の下旬になった。私は、

「そろそろ御輿《みこし》を上げよう。そう、いつまでもぐずぐずしても居られぬ」

といえば、武藤君、

「うん、黒龍江も松花江も解氷した。そろそろ出掛けるもよかろう。今度の旅行は哈爾浜から先きが骨が折れよう」

「たいした事も有るまいが、買売城《マイマイチェン》〔現在のモンゴル中北部の都市アルタン・ブラク〕から庫倫《クーロン》〔現在のウランバートル〕までの道路が随分悪るいそうだから、車がゆれる位のものさ」

「君に取っては夫《そ》れ位のものだろうな。して従者は？」

私は笑いながら、

「相変らずの連中の内から蒙古語の出来るのを二人」

「そうか。こんな時には馬賊も役に立つ」

私の旅行も二人の相談で決定し、弥々《いよいよ》五月三十一日出発する事にした。それで早速徳永を呼び、

「突然だが、三十一日出発、哈爾浜に行く事にした。伯母さんの所に暇乞いに行いてきたまえ。当分の別れだから、今夜は泊って、ゆっくり別れを惜しんできたまえ」

口数の少ない徳永、唯ハイと云うたぎりだが、余程嬉しいとみえ、ニコニコしながら飛ぶ様にして旅館を出た。

そして翌日の夕方帰り、早速武藤君と私の居る所に来たり、

「伯母さんが大層喜んでくれました。種々話もありましたが、

『人間は生命を抛《な》げ出して掛《かか》れば、どんな事でも出来る。紅鬍子《フンフーズ》（馬賊の事）なんか御《ぎょ》し易いものだ。彼等の思想は実に単純で、一本気だから。波井さんの連れている連中は長白山の山育ちで、少し気の荒いかも知れんが』

と言いました」

私は笑いも出来ず、

「お政がそんな事を言うたか。夫れはお政の勘違いだ。僕は馬賊じゃないぞ」

武藤君は両眼の外側に一ぱいしわをよせ、大きな声して笑い出し、

「露骨に言うたな。然し誰れでも君は馬賊の一類と思うているから、致し方がないよ。然し徳永！　波井は唯馬賊を利用している丈《だけ》で馬賊じゃない。君はこんな事には頓若《とんじゃく》なく、与

えられた仕事に精を出せ」

徳永は両手を膝の上に置き、静かに、さも嬉しそうに、二人の話を聞き、夫れから帳場に行き、館主に、お政の話や武藤君と私の話を伝えた後、

「伯母さんは気の強い、きかん気の人と斗《ばか》り思うていたが、本性は全く仏様でした。別るる時、僕の手を握り、

『徳永さん達者でお暮し。妾はお前さんの成功して帰えるのが唯一つの楽《たのし》みだよ』

と言うて、何時までも手を放しませんでした」

と物語ったそうな。

悲惨な叫声突然起る

五月二十八日真夜中の一時頃、廊下の一隅で組討でもする様な、異状な響《ひびき》と悲惨な息のつまる様な叫び声が聞こえた。

私は、床からはね起き、先ず第一に窓をあけて退路を準備し、服を着終ると、夫れと殆《ほと》んど同時位に、入口の戸をたたく音がする。其音は至って小さい。

私は護身用の短銃を右手に、発射の身構えをして誰何《すいか》した。

「僕だ、僕だ」

確かに武藤君の声。戸をあくれば、武藤君は恩賜の軍刀を抜き、そこに立っている。

「何事だろう」

「わからんが、強盗がはいったに相違ない。そして、あの叫び声。敵か味方か」

廊下は真暗《まっくら》で、一寸先きは見えぬが、街路に面した出入口の戸は一杯に開けて有る。二人は顔見合せ、

「これは内外相応《あいおう》じての仕事だ」

私はすぐ出入口に隣〔ママ〕っている食堂に入り、北側の窓を二ヶ所開放し、茲に亦《また》退路を設けた。此時、武藤君は食堂の入口の後ろに抜刀、防禦の姿勢に在った。

すると間もなく、銃声が階段の付近に起った。そして苦しそうな叫び声はやまないが、其他の人声は全くない。

武藤君は小声で、

「事によると、目標は我々だぞ。油断するな」

と言い終るか終らぬか、そこは実に間一髪、一人の男が駆け足で武藤君と私の居る前を通り抜け、街路に飛び出した。切り込む隙きも、発射する機会も逸した。

「一人ではあるまい」

二人は身構えを弛《ゆる》めなかったら、階下から、

「武藤さん、波井さん、御無事ですか」

と云う声が聞こえ、銃声もやんだが叫び声は続いた。

不慮の死

階下から連呼するのを聞いた武藤君と私は、

「おおい、何事だ」

「御二人とも御無事ですか。徳永さんも無事か」

此瞬間、武藤君も私も言い合わしたように、

「矢張り、そうか」

然し事は已《すで》に終った。武藤君と私は急ぎ蠟燭《ろうそく》をつけ、階段の方に進めば、これ如何に。

徳永は血にまみれ、床上に倒れ、うーんうーん、うなってる。

又ひどく格闘したのだろう、蠟燭立《たて》は二つに折れ、机は顚倒し、床上は一面の血。

私等二人は徳永を抱き起こし、

「どうした、徳永」

「どうしたのだ、この有様《ありさま》は」

未だ其返事も聞かぬ内《うち》、階下から館主を始め、家族一同が色青褪《いろあおざ》めながら昇って来たが、此情況を見、恐ろしさと怖《こわ》さに言葉も出ず、そこに立ちすくんでしまったが、さすがは館主、私等の注意も待たず、是《これ》は一刻の猶予も出来ぬと一人を医師に走らせ、自分は貿易事務館（今の総領事館）に馳せつけた。

調ぶれば、徳永は胸に二ヶ所の刺傷あり、胸から背に通っている。又、右手の拇指《おやゆび》と人指《ひとさし》ゆびが切り落されている。

徳永は多少、意識を回復したが、

「伯母さん」

「伯母さーん、水を！　伯母さーん」

血にまみれながら叫ぶ其声の哀《あわれ》さ、重傷を負い、息も絶え絶《ただ》えになりながら、「伯母さん、伯母さん」とお政を呼ぶ其心根の不憫さ。そこに居合わせ居るもの誰一人泪なしには居られず、女将は早速ボーイを徳盛合に走らせた。

私は思わず泪を落とし、

「伯母さんは、すぐ呼びにやる。医者もすぐくる。確《しっ》かりせよ。して徳永、相手は誰れだ」

徳永は小さな声で、

「階下に泊っているカウカース人」

「何に、あのカウカース人！」

「私はもう死ぬる。伯母さあん、伯母さあん、水を、水を」

死は瞬間に迫り居る。今《いま》わの際、徳永の脳裡には親もなければ兄弟もなく、勿論武藤君も私もないが、敵たるカウカース人も無いらしい。唯、お政丈《だ》け。「伯母さん、伯母さん」とお政を慕い、呼びかける其心のいじらしさ。

武藤君も泪を宿しながら、耳に口をよせ、

「伯母さんは、今呼びにやった。すぐくる。傷は浅いぞ。気をしっかり持っておれ」

これに対しては何の受け答えもないが、唯、

「伯母さあん、伯母さあん」

「水を、水を」

と無意識に呼び続けていた。

が、こんな時には、えて〔ママ〕間違いの生じ易いもの。ボーイは兼《かね》て知っている徳盛合の家、夢中になって走る所を、警戒の巡査に誰何され、言葉は充分に通ぜず、殊《こと》に真夜中、其上、支那人の事なれば取調べもせず、留置場に抛《ほう》りこんだ。

間もなく医師もくる。貿易事務官川上俊彦君（後の波蘭《ポーランド》公使）居留民会長以下、役員来り会わせたが、お政は終に間に合わぬ。

医師は一と通り診察したが、手術の施《ほど》こし様無く、又、動かせては夫れきりと宣言をなしに、ガーゼを当てた丈《だけ》。

徳永は漸次衰弱、もつれた舌にて、

「伯母さん、伯母さん」

と呼びながら絶命した。

そこで第二の使いを出したが、夫れは夜の明けてからだった。

間もなく、お政がやって来た。真青《まっさお》な顔はしているが、さすがは血《ち》腥《なまぐさ》き場所を踏んで来たもの丈に、女ながらも落付《おちつ》き払い、寝台に横たえ有る徳永の顔を必《ひ》しとながめ、泪は徳永

の閉じている瞼《まぶた》の上に落ちた。

「未練がましい」

と独《ひと》りごと言いながら、傷口を改めなどし、念仏を唱え、

「徳永さん、どうして、こんな事になったのかい。此世の縁は短《みじ》かかったなあ。十九歳は厄年だ、気を付けねばならぬと注意した事もあったが、これも因縁だろう。徳永さん、未練残さず、迷わず成仏なさい」

と言い終り、改めて武藤君と私に向《むか》い、

「可愛想な事をしましたが、どんな間違いからこんな事になりましたか」

茲《ここ》で武藤君と私は、今迄の事を落ちなく話せば、

「矢張り、そうでしたか」

「何か、思い当る事でもあるの」

「時間ははっきり記憶しませんが、徳永さんがやって来て、

『伯母さん、とうとうやられました』

『何にやられた』

『泊っているカウカース人に短剣で。そして、ずるいですよ、短剣と血に染んだ自分の服は、井戸の中に投げ込み、逃げました』

と言うかと思うと、姿は消えてしまった。妾はびっくり目を醒《さま》し、はね起きながら、今のは夢か、妙な、いやな夢を見たな。何か徳永さんの身に障《さわ》りでもなければいいが、然し何事

か有れば、知らせて下さるだろうと思っていたら、今の御知らせ、今更ら愚痴と言わるるかもしれませんが、可愛想な事に成りました。『伯母さん、伯母さん』と言うて息を引き取りましたか。妾の様なものを、夫れ程までに慕うていましたか。息ある内に一と眼、会《あい》とうございました」

と、暫《しば》く遺骸の傍らを離れず、念仏を唱えていた。

そこに魯西亜の検事は、医師並《ならび》に警官数名を率いて臨場した。

退路

検事の臨検が始まり、狭い廊下に多人数が集まっているので、武藤君と私は、そこを脱けて食堂に行いた。武藤君は食堂の窓が開け放されてあるのに気がつき、

「此窓の開放も、矢張り彼の仕業だろうか。今迄少しも気がつかなかったが。そうとすれば、今迄の想像は裏切られた」

私は、

「そうじゃない。此窓を開けたのは僕の仕事だ」

「君が開けたか。何時？」

「君が僕の室の戸を叩いただろう。僕は戸をあけ、君と二《ふ》た言三言《ことみこと》、言葉を交え、君は廊下の方を警戒している時、其時僕は此室に入り、此窓を開けた。まさかの時の退路に。又、僕

の室の窓も開《あ》けといた」

「うーん、そうか。夫れは気がつかなかった」

「何に、僕も考えてした事ではない。無意識にあんな事をする様になった。これも境遇のさする業《わざ》だ。君に言われて却《かえっ》て赤面する」

「どうして」

「笑ってくれるな。君も知っての通り、西比利亜《シベリア》でも満州でも、都会丈は安全だけれど、一歩茲を踏み出せば、生殺与奪の権は全く強者にあり、則ち馬賊の掌中にあり。護照《フゥーヂァオ》〔身分証明書〕とか、旅券《パスポート》とか、何の価値もなし。又、総督とか都統《ドウトン》〔地方軍政官〕とかは僕等には何の頼りにもならず、僕が馬賊を利用するも、実は此危険の予防だ。そこは君も諒解して呉《く》れているだろう。是れからが笑われる話だ。

嘗《かつ》て、哈爾浜《ハルピン》より伯都納〔現在の吉林省楡樹市〕に赴く途中、ある旅館に泊った。夜中、強盗団、所謂《いわゆる》馬賊の襲撃を受けた。宿泊人は勿論、掌櫃《ジャングー》〔番頭〕も小孩《シャオハイ》〔小僧〕も惣立《そうだ》ちとなり、逃げるものもあれば、隠れるものもある。其混雑は実に名状する事は出来ぬ。僕も白状すれば狼狽《あわ》てた。名案も出ず、唯暗夜を幸いに家の裏手に逃げたが、土壁に遮られ進退に窮し、片隅にしゃがみ、幸いに発見されず身を全《まっと》うしたが、携帯の荷物は全部持ち行かれた。

この災難から宿泊する際には、先ず第一に逃げ路を見定める事を忘れた事がない。これが習い性となり、無意識に、こんな事をする様になった。笑ってくれるな」

「成る程、そうか。笑う所《どころ》ではない。いい教訓を得た。時に、あのカウカース人、我々を目標に昇って来たが、徳永に妨げられ、格闘の末、徳永は倒したが、羽山等のピストルの追撃に耐えられず逃げ出したとみる外《ほか》はない。が、いつ出入口の戸を開けたろうか」

集まれる在留日本人間の噂

検事は、川上貿易事務官立会《たちあい》の上、第一番に武藤君と私を別々に呼び出し、当時の情況を聴取したが、其応待振りは頗《すこぶ》る叮嚀《ていねい》、却て薄気味悪るかった。次で羽山一族に及び、羽山の主人は、

「突然、二階に起りし叫声と烈しき組討ちでもする様な響きに目をさまし、はね起き、階段の所まで来たら、真暗《まっくら》黒の裡に、大きな男が階段を急ぎ降りるのをみた。てっきり強盗だ、幾人で侵入したか、二階に泊って居る武藤さん、波井さんと徳永は、気の毒ながら皆殺ろされたろうと思い込み、私は手にしているピストルを其男に向け発射し、丁度泊り合せた一人の友達は、棍棒を刀の代りにして身構え、近よらば渡り合う覚悟でいたら、階段の中途まで来た男、これが眼に映じたか、是《こ》れ迄《まで》と諦めたのだろう、踵《きびす》を廻らし階上に駆け上った」

と、其時の自分の行動を陳述した。

然し此陳述は、徳永が臨終の際同宿のカウカース人と言うたのに対しては、何の証言にはならなかった。

検事は警察署長を別室に連れ行き、約一時間余密談をこらし、捜索の方針を定めたのか、

署長は馬車を馳せて何《いず》れにか去った。

夜があけた。此兇変は電光の如く在留日本人間に伝えられ、知ると知らざるとに係らず、駈けつけて来た。

親しき間柄の阿部野利泰君（現、熊本海外協会理事）、井上亀六（現、大日社長）の両氏は第一番に駈けつけ、

「君等がやられたと思ったに、お怪我もなく結構。して徳永がやられたと、夫れは気の毒な事をした。何の感情の行違いでもあってか、夫れとも犠牲か」

「そこの所、全く判断に苦しんで居る」

と武藤君は答え、私は其時の光景を細かに話せば、阿部野、井上の両君も断案を下し得ず、黙してしまった。其内に旅館の内外は在留日本人にて充満し、

「武藤がやられたそうな」

「そうではない。波井がやられたのだ。武藤君はあそこに居る」

「馬鹿いえ。二人共に食堂の奥の方に居るではないか。やられたのは書生だ」

「そうか、書生が身代りか。して相手はどうなったろう」

「うまく逃げ出したとよ」

霊の導き

巡査に連れられて来た嫌疑者は、昨日まで泊っていたカウカース人であった。

小指を約三分の一位嚙み切られて居るも、服は折目正しく、一点の血痕も附着し居らず、而して態度又頗る沈着、何等平和人と異なる所ない。

検事の審問に対し、

「自分は此旅館地下室に宿泊しているもの。昨日は哈爾浜に行く友人を見送った後、夜遅く公園を散歩したら、若い男女の密会せるに出会い、二三言葉を交える内に行違いを生じ、口論中、不意に女から小指を嚙みきられた。全く不意の襲撃に狼狽し、夢中に逃げ出し、ニコライ門の十字路に至ったら、そこに立番《たちばん》している巡査に誰何され、挙動不審として拘留されたまでだ」

と、頗る単簡にして明瞭な、如何にも事実らしい説明。然し検事も満足せず、種々方法手段を替え、幾度審問したが、唯同じ事を繰り返す丈。そして一方、何等の証拠物も発見せず、検事は終《つい》に、

「真犯人は他に在るに非ざるか。血痕の落ちている跡から考えても、此小指からの出血としては、量に於《おい》て多い。兎に角本日の審問はこれにて中止し、証拠物件の蒐集に努力し、以て再開の期を定めん」

との意嚮を漏《もら》せり。

此話を聞いたお政は、

「執念と云うものは恐ろしいもので、徳永さんが妾《わたし》の枕頭に立ち、短剣と血染の服は井戸の中に投げ込んだと云いましたが、これこそ徳永さんの霊魂が妾の所に来て、復讐を頼んだのですよ。魯助が此捜索を承認せざれば致し方がない。在留日本人にて、数の判明している市街の井戸、一つ手分して探して下さいませんか。

今から五年も前の話ですが、お千代と云う女が妾を尋ねての帰り途、行衛《ゆくえ》不明となり、百方捜索しても皆目分らぬ。此事を聞いた妾は、お千代の抱え主、井嶋さんを尋ね、

『丁度《ちょうど》其夜でした。お千代さんが妾に、お政さん、兵卒三人で妾を一番川の奥に連れ込み、ひどい目にあわしました、と笑いながらお尻をまくり、二三度たたいたかと思うと消えてしまった』

と話したら、

『これこそ、お千代の魂が迷うてお前の所に告げに行いたのだ』

と井嶋さんは在留日本人と巡査の応援を得、川口から捜索の歩を進めたら、約五百サーゼン〔約一キロメートル〕斗りの雑木林の中で死体を発見した。むごたらしい、強姦の上、局部に鉄の棒をつきさして有りました。

今度の事も妾に取っては、お千代さんの時と同じ様に思います。決して空事《そらごと》ではありますまい。一つ探してくれませんか」

そこに居る多くの在留民の人達も笑って相手にしなかったが、検事の審問打切りと云う事を聞き、最早笑っても居れず、藁《わら》をもつかむ筆法にて井戸探しをやってみる事になった。

一念は恐ろし霊の導き

お政の熱心な願いは、終に居合せおる在留民有志の容るる所となり、三人ずつの五組の捜索団を作り、各方面を定めて探索に出掛けたが、内《うち》四組は何の収穫もなく帰って来たが、唯一組が帰ってこない。此組に対しても大なる待期こそないが、帰りの遅れるのも、如此《かくのごとき》場合には又、非常な頼りになる。

此組は山井君を組長とするものだが、他の組と同じ方法で井戸や水溜り、下水道等を探したが、何の手懸りもなく、ニコライ門の傍らに来り、桟橋の架じある岸壁の一側に腰掛け、煙草を吹かしながら、

「始めから待期してはいなかったが、証拠物が発見されねば証拠不充分にて放免さるると云うので残念でたまらず。お政の夢物語りを頼りに骨折ってみたが、矢張り失敗だ。然し犯人はあの男に違いないが、何処で服を着更《きが》え、何処に短剣を隠したのだろう。何処かの物置小屋か空屋《あきや》だろうか」

と話している内に、山井は突然頓狂な声をして、

「おい、一寸見ろよ、桟橋の下を。あすこに何か在るようだ。何だろう。風呂敷みたいな丸

めの物の様だ」

三人共に神経は過敏になっている。

「どこ」

と言いながら、三人は腹這いになってみつめて居たが、其内の石田君が、

「おかしいぞ。あれかも知れん。僕が取ってくる」

と早速裸体《はだか》となって飛び込み、引き揚げてみれば、どうだろう、血に染《そま》った技師の制服と、夫れに包まれた短剣が出て来た。

三人は顔見合せ、

「矢張り徳永の霊魂が、頼りきっているお政に告げに行ったのだ。人の一心は恐ろしいなあ」

「井戸と云うたのは、此海の事か」

茲で三人は馬車に飛び乗り、旅館に駈けつけ、検事の前に提出し、発見の順序を報告した。剛情に非認していたカウカース人も、此証拠物件を一目みると、顔色は蒼白となり、腰掛から突然立ちあがり、検事の尋問も待たず、犯行を全部自白した。

犯人の自白

犯人の自白に依れば、

「青年は私が殺害した。然し此青年には何の怨恨もなく、自分の目的を達するのに障碍となったので、不得已《やむをえず》に手にかけた。実に気の毒な事をした。

私は東清鉄道（今の北満鉄道）の技師として、哈爾浜《ハルビン》に勤務していたが、或る事情のため職を免ぜられ、何の目当もなく此地に来り、此下宿屋に居《きよ》を定めたが、已《すで》に半年を経過し、最早や一銭の貯えもなく苦悶中、昨日、旅館の主人が、ある商人より一千留《ルーブル》の現金を受領せし事を目撃した。一千留と口の内に唱えた。今、我には一哥《コペイカ》の収入を得る目途もない。此儘《このまま》にして過ごせば餓死する丈。一千留、是れを我眼前に示せるは神の仕業《しわざ》なり。神、我に与うるものなり。これを掠奪し、再生の期を作らんと決心し、直ちに其準備をなし、午後九時潜《ひそ》かに二階に昇り、此室（目下審問室）に隠れ、人の寝静まるのを待った」

茲まで聞いた武藤君と私は勿論だが、川上事務官も検事も、そこに居る一同、余りに意外の陳述に顔見合せた。殆んど総ての人は心の内で、目標は武藤君か私にあると信じていたらしい。

然し、こんな事には被告は一向に感ぜぬ如く、頗る無邪気に、

「然るに此青年は、階段昇降口の廊下に在る机に倚《よ》り、一生懸命に魯語を暗誦し、一時になるも就床の気配なし。最早や猶予は出来ぬ。心を決して此室を飛び出し、いきなり青年に飛びつき、斬りかかった。青年は強かった。空手を以て僕に抵抗した。然し、私は短剣を持って居た。短剣を以て所きらわず突いた。切った。終に斃《たお》した。茲で第一の障碍を除き、目的の帳場に向うべく、階段を下り、中途まで行いたが、格闘の物音に目を覚ましたのだろう、

階下より階上に向い短銃を乱射した。而して人数も四五人居る様だ。

茲に於て目的の終に達すべからざるを知り、階上に駈け昇り、予《あらかじ》め開放し置いた二階の出入口より街路に出《い》で、ニコライ門の近く海岸材木置き場に隠し置きし服を着更え、汚れたる血染の服に短剣を包み、一束として海に投じたが、茲で初めて小指を嚙み切られ居るに気付き、包帯し、素知らぬ顔して道に出たら、立番の巡査に誰何され、終に拘留された。其当時着用せる服、用いたる短剣を発見されたる以上、いさぎよく服罪する」

と悪るびれもせず、明白に陳述し終《おわ》りた。胸に十字を画《えが》き、

「青年の冥福を祈る」

と述べ、警官にひかれて監獄に行いた。

追想

犯人は監獄に送られ、検事、警官、其他魯西亜側の者は勿論、貿易事務官始め日本人側の人々も大部分引き揚げ、唯親しき者十人斗り食堂に集まり、過ぎし昨夜の出来事を繰返し談話を交えている内に、お政の発議で一同打連れ立って、本願寺〔『曠野の花』「ウラジオストックの偽法師」等参照〕に至り、園田布教師により徳永の為め法要を営み、茲で各々別れ別れに帰路に就いた。

帰ってから武藤君は、

「総てが判明してみれば、羽山の一寸の不注意が原因だった。運命とはいえ、つまらぬ事が、あたら惜しい青年を殺ろしたとは、実に気の毒だった。蓋《けだ》し何事でも原因はつまらぬ、ささいな事から大事を引き起こすものだ」

「お尤《もっとも》だ。そしてね、武藤君、此事の起こった瞬間、我々の胸に浮かんだのは、分ってみれば取越苦労、所謂杞憂で、そして彼をみすみす取逃したのは不覚だったが、夫れに就《つい》て思い出した事がある。笑ってくれるな。犯人が、我々が居た二三歩の所を駈けて街路に出た時、どうして一撃を彼に加える事が出来なかったか。

思えば、古るい話だが、日清戦争の際、近衛師団に属し台湾に渡り、瑞芳の戦いに於て、敵を撃退し、中隊長と共に村の中央に在る商舗の軒下に立って話している時、突然一名の敵兵屋内より飛び出し、青竜刀を上段に振りかざし切り掛ってきた。話に気を奪われていた中隊長と僕は、佩刀を抜く暇もなく、私は杖にしていた錫杖を以て、これに対した。幸い、傍らに私の大事な忠従卒井手口寅吉（日露戦役中奉天の戦で戦死す）立って居り、持っていた小銃を逆に打振り、打ち殺ろした事があった。

今日の事も全く同じだ。君のお考えはどうか知らんが、私が彼を撃ち損じたのは、話に気を奪われ、手が留守になり、精神は統一されず、其一瞬のうちに逃げられたのだと思う。集まった在留人の一部で批評するのが耳に響いた時、私は心潜かに不覚だったと思った」

武藤君は頷きながら、

「あの時、彼と格闘するが宜《よ》ろしかったか、逃がしたが宜《よろ》しかったか、夫れは人□□〔二字不明〕の考え様だ。唯、彼が我々の前に、魔の様に通り過ぎた時は、『事によると目標は我々だぞ、油断すな』と語り合うた其一瞬で、其話に気を奪われ、切り込む機会を失うたのは、君の言う通りだ。取越苦労、場合は違うが、〔北条〕時宗《ときむね》も祖元《そげん》禅師〔無学祖元。鎌倉時代、宋から日本に渡来し、時宗の師となる〕から『莫妄想《まくもうそう》〔妄想するなかれ〕』と一喝された。波井！　種々批難もあろうが、得難い修業をしたよ」

（昭和十二年三月二十二日）

単行本『望郷の歌　石光真清の手記』一九五八年　龍星閣
文　庫『望郷の歌　石光真清の手記三』一九七九年　中公文庫

「附録」は、今回の新編刊行に際し、新たに収録したものです。

本文中、今日の歴史・人権意識に照らして不適切な語句や表現がありますが、テーマや著者が物故していることに鑑み、原文のままとしました。

中公文庫

望郷《ぼうきょう》の歌《うた》

——新編《しんぺん》・石光真清《いしみつまきよ》の手記《しゅき》（三《さん》）日露戦争《にちろせんそう》

1979年1月10日　初版発行
2018年1月25日　改版発行

著　者　石《いし》光《みつ》真《ま》清《きよ》
編　者　石《いし》光《みつ》真《ま》人《ひと》
発行者　大橋善光
発行所　中央公論新社
〒100-8152　東京都千代田区大手町1-7-1
電話　販売 03-5299-1730　編集 03-5299-1890
URL http://www.chuko.co.jp/

DTP　ハンズ・ミケ
印　刷　三晃印刷
製　本　小泉製本

Published by CHUOKORON-SHINSHA, INC.
Printed in Japan　ISBN978-4-12-206527-7 C1195